篠浦
illustration
JN038413
4
黒猫
ニャンゴの
冒険
レア属性を引き当てたので、
気ままな冒険者を目指します

猫人、液状化
「ニャンゴ、俺は一生
ここで暮らしたい」
「どうだ兄貴、
炬燵は良いものだろう」
「あぁ、最高だ……
フォークス
Pechi
Pechi
ニャンゴ

「これ以上の物なんて、
この世には
存在しないだろう」

「まぁにゃぁ……」

ヤバいな、本当に駄目猫人になっちゃいそうだ。
自分で頼んで作ってもらったけど、
これ出られにゃいぞ。

シューレ

Pata Pata

ミリアム

「敵襲ぅ！　南西の方角、上から来るぞ！」
「複合シールド、ダブル！」
俺が三層の複合シールドで二重のドームを作り終えた直後、『巣立ちの儀』の会場に拳よりも大きな石礫が雨のように降り注いだ。
アイーダ
エルメリーヌ姫
王女を護りきれ！

篠浦知螺
illustration 四志丸
レア属性を引き当てたので、気ままな冒険者を目指します
Adventure of black cat "NYANGO"
黒猫ニャンゴの冒険
4

口絵・本文イラスト：四志丸
デザイン：AFTERGLOW

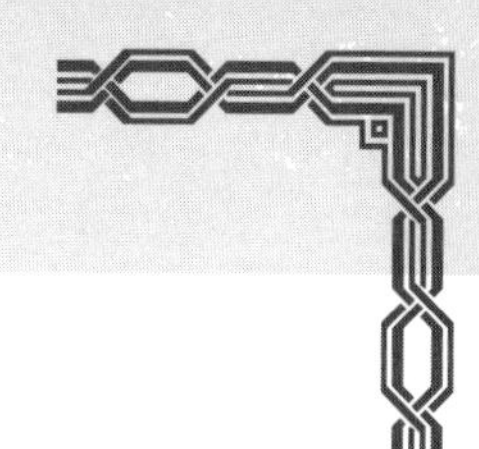

CONTENTS

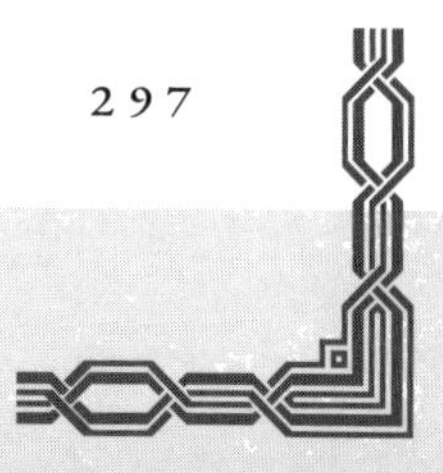

Adventure of
black cat "NYANGO"

第二十五話　束の間の休息

冬のイブーロは雪こそ多くないけれど、底冷えする寒さに包まれる。

雪を抱いた北の山から吹き下ろす冷たい風が、地表の温度を奪い去っていくのだ。

街を歩く人々は外套の襟を立てたり、マフラーを巻いたりして、少しでも体温を奪われないようにしている。

これから二月の中旬ぐらいまでが、一番冷え込む季節だ。

冬の冷え込みが厳しい分だけ春を迎える喜びは強く、春分の日に行われる『巣立ちの儀』は毎年盛大に行われる。

イブーロでは『巣立ちの儀』を中心として、五日間に亘って祭りが続けられるそうだ。

春の妖精に扮した行列が街の外から教会へと練り歩いて祭りが始まり、冬の妖精に扮した行列が教会から街の外へと練り歩いて祭りは終わる。

俺や兄貴のように周辺の村の貧しい家に育った子供は、儀式前日の夕方にイブーロへ入り、翌朝には村へ向かうため妖精の行列は見物できない。

祭りを楽しめるのは、儀式が終わった後の半日ほどの時間しかなかった。

だが、今年はイブーロで暮らしているから祭りを最初から最後まで楽しめそうだ。

『巣立ちの儀』の後で、幼馴染のオラシオと屋台巡りをした記憶が蘇る。

オラシオは王国騎士になるために王都に行ってしまったから、今度の祭りも一緒に楽しむことはできないが、兄貴やシューレ達と一緒に楽しもう。

ワイバーン討伐後にイブーロに戻ったチャリオットは、二週間の休暇を取ることになった。

討伐の報酬に加えて素材の買い取りで大きな利益が出たし、何より俺が足を負傷して万全の状態ではないからだ。

イブーロまで戻って来る間、身体強化魔法を使って傷の回復に努めていたから、傷の表面は塞がっているが内部が治りきっていない。

足を動かすと痛みが走るような状態では、冒険者として依頼を受けるのは無理だ。

ギルドの酒場で行われた盛大な打ち上げの時も、酒場のマドンナであるレイラさんのお持ち帰りを断って早めに帰らせてもらった。

この足では御奉仕なんて無理だし、抱き枕にされるのも勘弁してもらいたかった。

残念だけど、踏み踏みタイムも自重させてもらった。

自分の足では歩けないけど、移動には不自由していない。

空属性魔法で作った椅子に座り、椅子自体を魔法で動かせばどこにでも移動は可能だ。

「兄貴、ちょっと出掛けてくる」

「どこへ行くんだ、一緒に行ってやろうか？」

「ううん、一人で大丈夫だよ」

「そうか、寒いから暖かくして行けよ」

「うん、分かってる」

一旦椅子から下りて拠点のドアを開けて外に出ると、冷たい風が吹き付けてきた。

「うわっ、寒っ！　ウォール！」

空属性魔法で壁を作って寒風を防いだ後、ふかふかのソファーを作って腰を下ろした。

「うん、座り心地はいいね。これで周囲を風防で覆ってからウォールを解除……おっとっと、風で流されるぅぅぅ」

宙に浮かんだソファーは、寒風に吹かれて流されそうになる。

風に流されないように移動させるには、魔力を余分に消費しそうだ。

「うーん……車輪を付けて地上を移動するか」

魔力の消費を抑えるために、カートを作ってソファーを載せて移動したが、周囲の人からはカートもソファーも見えていない。

すっかり寛いだ格好で空中を移動する俺に、擦れ違う人達が驚いていた。

普段もエアウォークで空中を歩いていたりするのだが、ここまで驚かれることは少ない。

中には俺を指差して話をしている人もいて、座った形の空中移動は奇異に見えるようだ。

ソファーのような車椅子に乗って向かった先は、魔道具を扱っているカリタラン商会だ。

店の中では邪魔になりそうなので、自転車のサドルのような椅子に作り直して空中をフヨフヨと移動していると、接客担当の女性店員さんが驚いた顔で歩み寄ってきた。

「いらっしゃいませ、ニャンゴさん。あの……どうやって浮いていらっしゃるのですか？」

「ちょっと足を怪我しているので、空属性魔法で作った椅子に座って移動させてるんですよ」

「そんなことができるのですね。あっ、失礼しました。今日は何をお探しですか？」

「魔道具を特注することって可能でしょうか？」

「内容にもよりますが、ご相談は伺(うかが)いますよ。どうぞ、こちらへ」

店員さんは商談用の応接室へ俺を案内して、お茶を淹(い)れてくれた。

添(そ)えられているクッキーはバターの風味が濃厚(のうこう)で、歯ざわりがサクサクで、うみゃ。

「お待たせしました、ニャンゴさん」

「ルシオさん、あっ痛た……」

てっきり職人さんが来るのかと思っていたら会長のルシオさんが姿を見せたので、怪我を忘れて立ち上がろうしたら足に痛みが走った。

「あぁ、そのまま、そのまま。どうぞご無理をなさらず」

「すみません。討伐でちょっと怪我しちゃったもので」

「ワイバーンに止(とど)めを刺(さ)したそうですね。いやはや凄(すご)いですね」

「倒(たお)せたのは、一緒に戦ってくれた冒険者の皆(みな)さんがいたからですよ」

「またまたご謙遜(けんそん)を……ライオスさんが止めを刺したワイバーンは弱っていたそうですが、ニャンゴさんが倒した二頭目は殆(ほとん)ど無傷だったと聞いていますよ」

「ずいぶん詳(くわ)しくご存じなんですね」

「世間の噂(うわさ)に疎(うと)くては商人としてやっていけませんよ。ましてや、我々と縁(えん)の深い人物の話についていけないようでは、それこそ話にもなりません」

この世界では、前世の日本のように通信手段が発達していないので、遠く離(はな)れた街の出来事どころか同じ街で起きた事件さえも人々の伝聞頼(だの)みだ。

伝言ゲームのようになるので話に尾鰭(おひれ)が付きがちなのだが、大きな商会の主(あるじ)ともなると正確な話を仕入れる伝手があるのかもしれない。

「確かに二頭目のワイバーンに止めを刺しましたが、運が良かったのも確かです。そもそも俺一人では、あの場所に立っていませんしね」

「そういえば、銀級にランクアップされたそうですね。おめでとうございます」

「ありがとうございます。まだ早いような気もするんですけどね」

「いやいや、ワイバーンを仕留めた人が出世しない方がおかしいですよ。ニャンゴさんは、間違いなくイブーロギルドの期待の新星ですよ」

「そんな風に言ってもらえるのは有難いですが、期待に応えられるか心配です」

今回、ワイバーン討伐の功績が認められて、俺の冒険者ランクは銀級に格上げされた。

イブーロのギルドでは破格のスピード出世だそうで、しかもそれを成し遂げた俺が猫人とあって話題になっているようだ。

普通に聞いたら法螺話のような討伐の様子だが、チャリオットのメンバー以外にイブーロで名の売れている冒険者パーティーのリーダー、ジルも証言していたから信用されたらしい。

案外、ルシオさんの情報源はジルなのかもしれない。

打ち上げの席でも『ワイバーン殺し』とか『魔砲使い』なんて呼ばれていたみたいだ。

『レイラのペット』とか『黒い陰獣』なんて二つ名は、聞かなかったことにしておこう。

ひとしきりワイバーン討伐について話し終えると、ルシオさんは好奇心に満ち溢れた表情で、グッと身を乗り出してきた。

「さて、魔道具の製作依頼とお聞きしましたが、どのような魔道具をご希望ですか？」

カリタラン商会は魔道具を製造から販売まで手広く行っている商会で、以前チャリオットが護衛の依頼を引き受けたことで縁ができた。

俺が何気なくやっていた中空構造の魔法陣を重ねて使う方法は、これまでの魔道具の常識を覆す画期的な方法だそうで、会長のルシオさんも職人の皆さんも驚いていた。

すぐさま温熱の魔法陣と風の魔法陣を組み合わせた魔道具の開発に着手し、温風機として商品化し、富裕層の女性を中心に大ヒット商品になっているそうだ。

洗った長い髪を乾かすのは大変だもんね。

俺も温風の魔法陣を自作できるようになるまでは、自慢の毛並みを乾かすのに苦労した。

ルシオさんが自ら現れたのは、俺からの依頼が温風機のような儲け話のヒントになると思っているからだろうが、その期待には応えられないかもしれない。

「えっと……テーブルに取り付ける温風機って作れますか？」

「はっ？　温風機をテーブルに付けるんですか？」

「はい、こんな感じの物が欲しいのです」

俺がカリタラン商会を訪ねた目的は、炬燵のヒーターユニットを作ってもらうためだ。

あらかじめ拠点で描いておいた絵を使って、ルシオさんに魔道具の意図を説明した。

「温風機を取り付けたテーブルに布団を掛けて、更に天板を載せるのですか？」

「はい、こうすれば足元はポカポカになると思いまして……」

ルシオさんは炬燵の絵を見て首を捻っている。

こちらの世界では前世の西洋風の椅子とテーブルの生活が標準的だが、田舎の村や猫人の家では絨毯に腰を下ろしてローテーブルを使う和風スタイルで暮らしている。

　特に猫人の家では絨毯の上でゴロゴロするのが一般的なのだが、炬燵は存在していない。

　そこで冒険者になって経済的に余裕が持てたら、炬燵のある暮らしを実現しようとアツーカ村にいる頃から思っていたのだ。

　お金に余裕ができて、魔道具の商会とも繋がりを持てた今、炬燵を作るのは俺の使命と言っても過言ではないのだ。

「温風機のヒントをくれたニャンゴさんの頼みとあれば作りますが、テーブルに温風機とは変わったことを考えるものですねぇ」

　炬燵に入った経験の無いルシオさんは、説明をしても今一つイメージが湧かないようだ。

「これはローテーブルの形ですけど、冬場は机に向かっていても足元から冷えてきますよね」

「そうですね。確かに火のある部屋でも足元が冷たかったりします」

「そこで机の足元をキルトなどで覆って、内部で温風機を作動させれば暖まると思うんです」

「なるほど……」

　炬燵の魅力は上手く伝わらなかったが、冬場に机の足元を暖める魔道具だと説明して、火事にならない、火傷をしない炬燵ユニットの製作を依頼した。

「ニャンゴさん、それならばテーブルも一緒にお作りしますよ」

「お値段はいくらぐらいになりますか？」

「とんでもない、ニャンゴさんからお金なんて受け取れませんよ」

「いいえ、仕事を依頼するのですから、ちゃんと報酬はお支払いしますよ」

「いいえ、ニャンゴさんのおかげで儲けさせてもらっていますから、この程度はうちで負担させて下さい」

温風機でかなりの儲けが出たらしく、いくら払うと言っても取り合ってもらえなかった。

この後、工房（こうぼう）に場所を移して、職人さんにテーブルの大きさや高さ、ヒーターユニットの大きさや厚さなど、細々と要望を伝えて製作を依頼した。

カリタラン商会は表通りに面した大きな店だが、魔導車などの大きな魔道具の製作も行っている工房は更に広く、大勢の職人さんが作業をしている。

「ニャンゴさん、何か気になる魔道具がありますか？」

「あのぉ、時計にはどんな魔法陣が使われているんですか？」

「時計には振動（しんどう）の魔法陣が使われています」

振動の魔法陣は、厚さによって振動数が変わるらしい。

厚めに成形した魔法陣を、少しずつ削（けず）って振動数を調整して時計の駆動（くどう）部にするそうだ。

カリタラン商会では、時計塔（とう）に使う大型から、懐中（かいちゅう）時計用の小さなものまで製作している。

装飾（そうしょく）の施（ほどこ）された懐中時計は高級品で、専門のベテラン職人さんが製作を担当している。

ルーペまで使って行う精密な作業は、見ている方まで息が詰（つ）まるようだ。

「ルシオさん、振動の魔法陣を書き写していっても良いですか？」

「構いませんけど、これだけでは時計にはなりませんよ」

ルシオさんが言う通り、時計として使うには多くの歯車や針などの機構が必要になる。

「そうですね、でもマッサージ機とかは作れそうな気もします」

「まっさ……何ですか？」

「えーっと、按摩する機械みたいな？」

振動の魔法陣は、魔法陣の厚みを増すと振動数が上がる。

空属性魔法で振動の魔法陣を棒状に作ると、マッサージ機のようにブルブルと振動し始めた。

「これを凝っている肩とか足に当てると……」

「おぉぉ……これは！」

作った振動の魔法陣を肩に当てると、ルシオさんは目を輝かせた。

「売れる！　ニャンゴさん、これは売れますよ」

「でも、棒状の魔法陣を作るのは大変じゃないですか？」

「はっはっは、それは職人の腕の見せ所ですよ」

温風機に続いて新商品のヒントを与えてしまったようで、ますます炬燵の代金は受け取ってもらえそうもなくなった。

カリタラン商会での注文を終えた後は、布団屋に回って炬燵用の布団の製作を依頼したのだが、ここでもワイバーン討伐の話が出た。

前世の日本のようにスポーツや芸能など娯楽となる話題が乏しいからだろう。

そして、片目の猫人の冒険者は思いのほか目立つ存在らしい。

「テーブルに布団を掛ける？　ずいぶんと変わったことを考えるんだねぇ……」

布団屋の店主にも炬燵の魅力は分かってもらえなかったが、注文には応じてもらえた。

厚過ぎず、薄過ぎず、ゆったりとしたサイズで、炬燵に使用した時に綿が偏らないようにステッチを入れてもらえるように頼んでおいたから、後は完成するのを待つだけだ。

俺と兄貴が暮らす拠点の屋根裏部屋には、毛足の長いフカフカな絨毯が敷いてあるが、そこに炬燵をセットすれば更に快適に過ごせるはずだ。

早くできないかにゃぁ……。

外出したついでに、学校のレンボルト先生のところにも顔を出しておくことにした。

学校占拠事件以来、校門でのラガート騎士団の身元チェックは顔パス状態だったのだが、今日はワイバーン討伐の話が伝わっていたために多くの騎士に取り囲まれてしまった。

握手攻めにされた上に頭を撫でくり回されて、俺は招き猫じゃないつーの。

騎士たちの包囲から抜け出して教師用の研究棟の入り口で待っていると、授業を終えたレンボルト先生が戻ってきた。

日当たりの良い場所で空属性魔法で作ったソファーに座って寛いでいる俺を見つけて、レンボルト先生はつんのめりそうな勢いで駆け寄ってきた。

「やあやあニャンゴ君、待っていたよ！　ワイバーン討伐おめでとう」

「ありがとうございます、レンボルト先生」

「では、さっそく射撃場に行こうか」

「いやいや、駄目です。ワイバーンを倒した魔法を見せろって言うつもりでしょうが、あれは危険すぎて射撃場では撃てません」

「そういえば、この前魔銃の魔法を見せてもらった時も的が熔けてしまったね」

「ワイバーンを倒した魔法だと、後ろの壁まで吹っ飛ぶと思います」

「素晴らしい！　以前に見せてもらった時よりも魔法陣に工夫を凝らしているんだね」

「そうです、魔法陣の形を工夫すると共に空気の圧縮率を高めています」

「つまり、より多くの空気を圧縮することで魔素の濃度が上がり、その結果として威力の高い魔法を撃ち出せたということなんだね？」

「はい、圧縮率を上げ、魔法陣の精度や滑らかさを意識することで、それまでよりも高い威力の魔法を使えました」

「素晴らしい！　実に素晴らしいよ、ニャンゴ君！　特に外部に放出された魔力の再活用、これこそが魔道具文化発展の足枷となる魔石不足を解消する鍵になるはずだ！」

　レンボルト先生は抱えていた授業のための資料も放り出し、両手を広げて叫んだ。

　うん、悪い人ではないんだけど、ちょっとヤバい人なんだよね。

「あぁ、ワイバーンの頭を吹き飛ばすほどの魔法。魔銃がそれほどの威力を持つとは……見てみたい。そうだ、空に向かって放てば……いやいやそれでは威力が見えない……」

「駄目ですからね」

「どうしてもかい？」

「どうしてもです」

　実演はできない代わりに、ワイバーン討伐の様子を詳しく話すと約束して、どうにかレンボルト先生に納得してもらった。

「それでは食堂で話を聞かせてもらおうか、私の部屋ではお茶も出せないからね」

研究棟のレンボルト先生の部屋は、足の踏み場も無いほど本や資料が積み上げられている。

お茶を飲むどころか、座る場所を確保するためにソファーの座面を発掘する必要があるほどだ。

レンボルト先生が部屋に資料を置いてきた後で、一緒に学校の食堂を目指した。

食事時ではなかったが、食堂のテーブルの殆どは生徒たちで埋まっていた。

今の時期は外で遊ぶには少々寒すぎるので、室内で過ごす生徒が多いらしい。

学生寮にも談話室があるそうだが、寮は男女で分かれているために異性と交流を持ちたい者は食堂を利用しているらしい。

そうした理由からか、食堂にいる男女の比率は男子の方が多めだ。

俺がレンボルト先生と一緒に食堂に入ると、あちこちからヒソヒソと囁き声がした。

「おい、あの片目の猫人って……」

「えっ、マジでワイバーン殺しの冒険者?」

「あんな小さい体で倒せるものなのか？」

「前に校庭で見せた火の魔法は凄かったぞ」

ヒソヒソがザワザワに変わり、やがてガヤガヤと騒がしくなった。

もしや、街を移動している時に指を差されたのも、ワイバーン討伐絡みだったのだろうか。

「これは、校門前のカフェの方が良かったかな？」

「一度行きましたけど、ポテュエというお菓子が美味しかったです」

「あぁ、ポテュエならここでも食べられるよ。御馳走しよう」

「ありがとうございます」

ポテュエというのはプリンに似たお菓子で、プルプル感は物足りないが味わいは濃厚だ。

レンボルト先生はポテュエとお茶を頼み、教員用のテーブルへと俺を誘った。

生徒は自分で席まで運ぶようだが、教員は食堂の職員が席まで運ぶようだ。

座席も生徒が使う場所とは別に、一段高くなった教員用のスペースがある。

レンボルト先生は魔法陣の話になると色々行動が残念になるが、こちらの世界では教師は一般人よりも尊敬されている。

日本で言うなら、明治や大正時代の頃の教師みたいな感じだろう。

「お待たせしました、ポテュエとお茶でございます」

「ありがとう。さぁ、どうぞ、ニャンゴ君」

食堂のポテュエは、大きなバットで作ったものを切り分けているようだ。

スプーンを入れるとスポンジケーキぐらいの手応えがある。

「うみゃ、卵もミルクも濃厚で、うみゃ！」

校門前のカフェのポテュエよりも少し甘みが強めだが、俺としてはこのぐらいの方が好みだし、デザートという感じがする。

俺がうみゃうみゃし始めると、集まっていた生徒たちが一斉にカウンターに向かいポテュエを注文し始めた。

突然、冬のポテュエフェアが開催されたみたいだ。

食堂の皆さん、急に忙しくしてごめんなさい。

ポテュエを堪能した後、レンボルト先生にワイバーン討伐の様子を語り始めると、少しでも近くで話を聞こうとする生徒たちが集まってきた。

「痛い、痛い、押すなよ！」

「静かにしろよ、聞こえないぞ」

「お前が静かにしろ！」

学校占拠事件の後に訪れた時にも注目を浴びたが、今回は更に注目度が増している気がする。

たぶん自分達が経験した事件ではなく、ワイバーンの討伐という冒険譚に興味があるのだろう。

俺が生徒の立場だったなら、最前列に陣取って聞き耳を立てていただろう。

そんな生徒たちの様子に苦笑いをしていたレンボルト先生だが、ワイバーンを明かりの魔法陣で誘い出して、粉砕の魔法陣と組み合わせてスタングレネードで落としたと話すと、興奮のあまりに椅子から立ち上がって声を張り上げた。

「素晴らしい！　閃光と爆破音で視覚と聴覚を狂わせるとは……なんという発想力だ！」

前世の頃の知識を利用しているのだが、転生については話していないので、魔法陣を工夫している時に偶然思いついたことにしておいた。

「それにしても、ワイバーンとは本当に頑丈な魔物なのだね」

「はい、通常現れるワイバーンは巣立ったばかりの若い個体が多いそうですが、今回現れたのは老練な個体だったので更に手強かったようです」

若い個体の場合、誘き寄せるために用意した牛に真っ直ぐ突っ込んで来ることも珍しくないそうだし、鱗の強度も老練な個体に比べると劣るらしい。

その点、今回討伐したワイバーンは様々な方向から意表を突いて接近し、囮の牛ではなく冒険者を餌として狩っていった。

体格の良い冒険者が鷲掴みにされ、生きたまま連れ去られた様子を話すと、聞き耳を立てていた生徒達もぞっとした表情を浮かべていた。

「聞いているだけでも恐ろしいが、現場にいた者にとっては、後々悪夢を見るような光景だったのだろうね」

「オークやオーガも危険な魔物ですが、ワイバーンは別格でしたね」

「それを倒したニャンゴ君も別格という訳だね。自分達とほぼ同じ歳の冒険者が、それほどの功績を挙げれば、生徒たちが騒ぐのも無理はないのだろうね」

レンボルト先生が視線を向けた先には、話し始めた時よりも多くの生徒が集まっていて、キラキラした目で俺を見ている。

これまでは猫人であるというだけで侮られることも少なくなかったので、誇らしくもあるけれど気恥ずかしさもある。

「レンボルト先生、こんな感じで俺が認められるようになれば、猫人に対する世間の意識も変わっていったりしますかね？」

「うーん、どうだろうね。ニャンゴ君の功績は素晴らしいものだけど、ニャンゴ君以外の猫人達が変わらないと、世間の認識は変わらないかもしれないね」

レンボルト先生が言うには、俺は特別な事例であって、猫人全体に対する世間の認識は殆ど変わっていないというのが現状のようだ。

それは、俺の功績が飛び抜けてしまっているのと、その功績を残すのに使われた空属性魔法が珍しい魔法であることも関係しているようだ。

「でも、ニャンゴ君の活躍は無駄ではないと思うよ。このまま活躍を続けていけば、自分もニャンゴ君のように……と思う猫人が必ず出て来るし、そうした人の中から第二、第三のニャンゴ君が現れるはずだ。そうなれば世間の猫人に対する意識も変わってくるはずだよ」

「じゃあ、これから先も気を抜く訳にはいきませんね」

世間の注目度が上がるのは、良いことばかりとは限らない。

素直に活躍を認めてくれる人もいれば、妬んだり逆恨みしたりする人もいる。

俺自身が調子に乗って横柄な態度をしていれば、猫人全体の評判を下げかねない。

これからは、より一層気を引き締めて行動した方が良さそうだ。

ワイバーン討伐における魔法陣の使い方について詳しく話し終えた後、レンボルト先生から新しい魔法陣を教えてもらった。

「これは何の魔法陣ですか？」

「重量軽減の魔法陣だよ」

「えっ、そんな魔法陣があるんですか？」

「ただ、この魔法陣は魔力の消費が大きくて実用的ではないんだよ」

レンボルト先生が言うには、重量軽減の魔法陣を使ったケース形の魔道具を使うと、確かに荷物を軽くして運べるそうだ。

ただし、魔力の消費量が多いので、自分の魔力を魔道具に流して使うなら、身体強化魔法を使った方が遥かに効率が良いらしい。

「なかなか使い方が難しそうですね」

「普通の人ならばね。でも、空気中の魔素を凝縮させて魔法陣を発動させるニャンゴ君なら、この魔法陣も上手く使えるんじゃないかな」

「なるほど、確かにその通りですね」

空属性魔法で発動させている魔法陣は、俺の魔力を使うのは空気を圧縮して魔法陣の形にするところまでで、その先の効果は空気中に含まれる魔素によって引き起こされている。

魔法陣の効率が悪ければ圧縮率や大きさを増やせば良いだけで、俺が使う魔力も大きくはなるが絶望的に効率が悪くなる訳ではない。

森の中から討伐した魔物を運び出したりするときには、この重量軽減の魔法陣は大いに役に立ってくれそうだ。

「ニャンゴ君、早速で悪いのだが、重量軽減の魔法陣を試してくれないか？」

「試すって……レンボルト先生にですか？」

「そう、体重が軽くなるだけならば別に危険は無いだろう」

「はぁ、それじゃあちょっとだけ……」

椅子から立ち上がったレンボルト先生の胴回りに空属性魔法でベルトを作って、そこに重量軽減の魔法陣を貼り付けてみる。

魔力の消費が大きいという話も考慮して、レンボルト先生と一緒に魔法陣の大きさと厚さ、それに圧縮率を決定した。

「ではいきます、重量軽減！」

「おぉ、明らかに足の負担が減ったよ。これは凄いよ、ニャンゴ君」

レンボルト先生は、月面に降り立った宇宙飛行士のようにフワフワした足取りで歩いた後、おもむろにしゃがみ込んだ。

「そぉれ……うわっ！　痛っ！」

思い切り飛び上がったレンボルト先生は、高さが三メートル以上ありそうな食堂の天井に頭をぶつけて落下した。

それを見た生徒達からは、驚愕が入り混じった悲鳴が上がった。

「だ、大丈夫ですか、レンボルト先生」

「痛たた……こんなに軽くなっているとは思わなかったよ。だが、素晴らしい！　これほどの効果が簡単に得られるとは、私の予想を遥かに上回っているよ」

「先生、落ち着いて。血が出てますから、落ち着いて下さい！」

「こうしよう。重量軽減の魔法陣を発動させたまま医務室に運んでもらおう。そうすれば私は魔法陣の効果を体感したまま、運ぶ人達の負担も減らせる」

額から血を滴らせたまま実験の続行を訴えるレンボルト先生に、俺だけでなく生徒達もドン引きしてしまった。

食堂に集まっている生徒の中には、生徒会長を務めているクローディエの姿があったので、生徒を六人ほど選んでもらってレンボルト先生を医務室へ運んだ。

「ありがとう、クローディエ。おかげで助かったよ」

「いいえ、ニャンゴさんのお役に立てて何よりです。でも、レンボルト先生があんなに高く飛び上がれるなんて凄い魔法ですね」

「検証無しに重量軽減の魔法陣を使ったのは失敗だったなぁ」

幸い額を少し切っただけで済んだけど、レンボルト先生の性格を考えて屋外か天井の無い場所で検証するなどの配慮をすべきだった。

頭を打っているので、大事をとって少し様子を見ることになったレンボルト先生を医務室に残して、俺は拠点に引き上げることにした。

クローディエと一緒に医務室を出ると、キダイ村の村長の娘オリビエが待ち構えていた。

「ニャンゴさん、ワイバーンの討伐おめでとうございます」

「俺も足をやられちゃったけどね」

「名誉の負傷ですね。大丈夫ですか？」

「傷口は塞がっているけど、まだちょっと動かすと痛いんだ」

「多くの冒険者が亡くなったと聞いています。ニャンゴさんやパーティーの皆さんが生きて戻ってきてくれてホッとしました」

「ありがとう、無事に戻って来られて良かったよ」

「傷が良くなったら、またお出掛けに連れて行って下さいますか？」

俺の左側からオリビエが腕を絡めてくると、すかさずクローディエが俺の右腕を抱え込んだ。

「その時は、私もご一緒させてください」

「う、うん……チャリオットの休み次第だけどね」

校門まで俺を送って行くという二人をなだめて、女子寮の入り口まで送っていった。

拠点に戻ろうと校門に向かうと、男子寮の前で顔を合わせたくない奴が待ち伏せていた。

故郷アツーカ村の村長の孫で、俺と同い年のミゲルだ。

「俺は認めないからな！　どうせ他人の手柄を横取りしたんだろう！」

イブーロの学校に通えば、少しは常識が身に付くかと思ったのだが、ミゲルの小物ぶりに一層拍車が掛かっている気がする。

「別にミゲルに認めてもらわなくても構わないよ。俺はギルドに認めてもらっているからな」

「なんだと……」

「ほら良く見ろ、これが俺の銀級のギルドカードだ」

昇格したギルドカードを見せつけてやると、ミゲルは怯んだように半歩後退りした。

「う、嘘だ！　そんなの偽物……うぎゃ」

ギルドカードを奪い取ろうとしたミゲルは、俺が空属性魔法で作ったシールドに顔をぶつけて尻餅をついた。

何度同じような方法で痛い目に遭えば気が済むのだろう、本当に学習しないな。

「ミゲル、俺の成果を妬んでいないで自分が成長することを考えないと、いつまで経ってもオリビエに振り向いてもらえないぞ」

「うるさい、うるさい！　俺が村長になったら、二度と村に入れてやらないからな」

「いつになるのかね。てか、勘当されないように気をつけろよ」

「くそっ、覚えとけよ！」

座り込んだまま悪態をつくミゲルに、ヒラヒラと手を振って校門へ向かう。

ミゲルの言動に腹が立つよりも、故郷アツーカ村の将来が心配になる。

村長の世襲制って変えられないものなのかな。

王都で頑張っているオラシオが王国騎士になったら、退任後にミゲルの代わりに村長になったりできないものだろうか。

そんなことを言い出したら、反乱を目論んでいるとか言われるのだろうか。

チャリオットの拠点に戻るまで考え続けたけれど、良いアイディアは浮かばなかった。


ワイバーンの討伐から戻って来た後、兄貴とミリアムはこれまで以上に熱心に訓練に取り組むようになった。

走り込みや棒術などの肉体的なトレーニング、魔力の制御や活用などの魔法に関するトレーニング、それに冒険者として必要な知識の習得。

シューレの指導の下で心技体、全ての訓練を続けている。

ミリアムは連日フラフラのヘロヘロで、傍から見ていると心配になるが、シューレが付いているから大丈夫なのだろう。

兄貴は自分の訓練の他に、チャリオットの拠点の掃除もやっている。

実家でゴロゴロしていた兄貴とは別人のようだ。

「お疲れ、兄貴。風呂場の掃除はやっておいたぞ」

「ありがとう。でも、足を痛めているのに大丈夫だったのか？」

「座ったままで移動できるし、空属性魔法で掃除道具も作っているから問題ないよ」
「そうか、それならば良いけど、あんまり無理するなよ」
「分かってる、兄貴もね」

兄貴達に触発された訳ではないが、俺も魔法の工夫を重ねている。

今取り組んでいるのは、盾の強度アップだ。

ワイバーンを討伐した時、空属性魔法で思い切り空気を固めて作った柱に翼をぶつけさせることで地上に墜落させられたが、平面状に作った盾は壊されてしまった。

巨大な魔物の突進を受け止めるような機会は多くないだろうが、山賊に崖の上から岩を落とされるようなケースには遭遇するかもしれない。

そうした時に、自分や仲間、護衛の依頼主などを守れる強固な盾は持っておきたい。

チャリオットにはガドという優秀な盾役がいるが、常に行動を共にしている訳ではない。

それに、折角空属性魔法で盾を作れるのだから、強化しないのはもったいない。

強化のポイントは素材と構造だ。

空属性魔法の欠点は、一ヶ所が壊れるだけで全体が壊れてしまう点だ。

単純に硬くするだけでは欠けやすくなり、結果として全体が壊れやすくなる。

柔らかすぎれば切れやすくなり、やっぱり壊れやすくなってしまう。

そこで思いついたのが、複合構造にするというアイディアだ。

物体を撥ね返すポリカーボネートのように固めた部分と、衝撃を吸収する低反発素材のように固めた部分を層状に重ねてみた。

更に、物理耐性と魔法耐性の魔法陣も刻んで、強度を底上げしている。

素材の硬さや厚さ、重ねる枚数などは、ライオスに大剣で斬り付けてもらって、一番丈夫になる組み合わせを探った。

盾の工夫を重ねるだけなら、足への負担を気にする必要もないので思いっきりやれた。

工夫を重ねた五層構造の盾は、ライオスが身体強化魔法を使った一撃すら受け止めてみせた。

「くぅ……ニャンゴ、これで何層目まで壊せているんだ？」

「二層目まで。三層目には刃が届いてるけど、壊れてないよ」

「ワイバーンを一撃で仕留める砲撃に加えて、俺が全力でも壊せない盾か……まったく、どこまで強くなるつもりなんだ？」

「まだまだだよ。攻撃は連射のパターンとか増やしたいし、切断方法とかも工夫したいアイディアがあるんだ」

「この調子だと、アッサリ金級に上がっちまうかもな」

「まさか、そんなに簡単には上がれないでしょ」

ギルドのランクは、初級から始まって、鉄級、銅級、銀級、金級、白金級と上がっていく。

銅級で一人前、銀級なら一目置かれる存在、金級ともなると他の領地でも名前が知られる一流の冒険者だ。

詳しい条件はギルドから公開されていないが、ライオスやシューレでも条件を満たしていないのだから、相当大きな功績を残さなければ昇格できないのだろう。

銀級に上がったばかりの俺は、金級への昇格なんかを気にするよりも、少しでも多くの経験を重ねる方が先だ。

ライオスの協力のおかげで盾の素材と構造は決まったので、後はどれだけ素早く、どれだけ大きく作れるか練習を重ねるだけだ。


パーティーでの活動が休みの間、基本的にメンバーの行動は自由だ。

シューレは兄貴やミリアムの訓練に付き合って一緒に行動しているが、ライオス、セルージョ、ガドの三人は拠点を空けていることが多い。

ライオスはパーティーのリーダーとしてギルドでの手続き、ガドは所有している馬の世話などをしているが、セルージョの行動は謎だ。

昼近くに目を覚まし、シャワーを浴びて着替えてフラリと出掛けて行く。

帰ってくるのは日付が変わってからで、そのまま部屋に戻って寝てしまうようだ。

弓の手入れなどはキチンとやっているようだし、いい大人なんだから俺なんかがとやかく言うことではないのだが、どこで何をやっているのやら……。

イブーロに戻って来て四日目の昼、ライオスがパーティー全員を集めた。

「ラガート子爵から招待を受けた。トモロスの城まで行くぞ」

セルージョやガド、シューレは驚いていないが、兄貴とミリアムは目を真ん丸に見開いて固まってしまっている。

かく言う俺も、十分に驚いている。

「しょ、招待って？」

「落ち着け、ニャンゴ。別に取って食われる訳じゃない。大きな功績を挙げた冒険者から、直に話を聞いて、褒美に飯を食わせてくれるだけだ」

ライオスの話によれば、ラガート子爵家の当主フレデリック様は気さくな人柄で、商人や職人、教師や冒険者などから直接話を聞く機会を設けているそうだ。

「今回はワイバーンを仕留めた冒険者として呼ばれているから、特別に着飾って行く必要も無いから安心しろ。みんなにも直接声を掛けてくると思うが、少々言葉遣いが変でも咎められたりしないから大丈夫だ」

大丈夫だと言われても、俺や兄貴やミリアムは不安げに顔を見合わせてしまった。

「俺は馬車で待っていただけだから……」

「何を言っておるか、フォークスも立派に働いていたではないか」

兄貴が辞退を口にしそうになると、即座にガドが否定した。

実際、野営のために竈を作ったり、ワイバーンの襲撃を避けるために馬車の下にシェルターを作る手伝いもした。

その後もシェルターの入り口から雨が入らないようにしたり、暖炉を作ったり、雪が降るほど冷え込む屋外から帰った後で、俺達が少しでも快適に過ごせるように考えていた。

ライオスやガドに働きを認められて兄貴が涙ぐんでいる一方で、ミリアムは一層不安そうな表情を浮かべている。

「あたしは本当に何もしていないけど、行っても良いの？」

「立派に私の癒やしになってたから大丈夫……」

文句は言わせないとばかりに胸を張ったシューレにライオスも頷いてみせた。

「構わないさ、招待はパーティー全員になっているからな。それに、折角の機会だから城の内部を見物させてもらえ」

たしかに、お城の中に入ることなんて、猫人にとって滅多に無い……というより一生に一度あるか無いかの貴重なチャンスだし、貴族の食事を味わえるまたと無い機会だろう。

アツーカ村を出て、イブーロで暮らすようになって、この世界でも多くの料理や調理法があると分かったが、貴族の食事となれば更に手の込んだ料理に出会えそうだ。

「出発は明後日の早朝、その日のうちに城に入って一晩宿泊して戻って来る予定だ。そのつもりで準備を調えておいてくれ」

ライオスの話が終わった途端、シューレが口を開いた。

「ミリアム、服を買いに行くわよ……」

「えっ、そんなお金あたしには……」

「お金は私が出す。今持ってる服では冒険者っぽく見えないでしょ……」

「それは……そうです」

街での生活を夢見て故郷のトローザ村を飛び出してきたミリアムは、田舎の村娘という感じの服しかもっていない。

一応、冒険者っぽく見える服を仕入れて来ようということらしい。

俺と兄貴は、昨年末に里帰りするときに買った服を着れば良いだろう。

「そうだ兄貴、今度お袋と姉貴に服を買って帰る時には、ミリアムに試着してもらえばいいな」

「おぉ、そうか、それは良い考えだな」

昨年末、里帰りするときのお土産(みやげ)として、アツーカ村の家族に服を買って帰った。

その時、お袋と姉貴の服を選ぶのに、俺と兄貴が試着する羽目になったのだ。

「ニャンゴ、そうはいかないわよ……」

「なにがだよ、俺達は無駄にシューレを楽しませるつもりはないからね」

「そうだ、フリフリのスカートなんか穿(は)かないからな」

女性向けの花柄のシャツやスカートを着たのは、兄貴にとっても黒歴史のようだ。

しかも、俺なんか服屋の娘であるクローディエに女装姿を目撃されてしまい、その手の趣味(しゅみ)は無いんだと誤解を解いてもらうまで大変だったのだ。

「二人がそのつもりなら、御者(ぎょしゃ)をしてあげないわよ……」

「えっ、それじゃあ、どうやって帰ればいいんだ？」

この前、里帰りした時には、チャリオットの馬車を借りて、シューレが御者を務めてくれた。

ガドに頼むという手もあるが、シューレでさえ固まっていた俺の家族が、いかついガドと対峙(たいじ)したら卒倒(そっとう)してしまうかもしれない。

「大丈夫だぞ兄貴、空属性魔法で作ったバイクを改造して」

「にゃぁぁ……あれは駄目だ、速すぎて危にゃい」

「じゃあ、兄貴だけ女装してシューレを楽しませてやってくれ」

「そんにゃ……にゅううう、次の里帰りまでに考えるよ」

兄貴はがっくりと肩を落とし、シューレはニマニマと笑っている。

というか、そんなにバイクは嫌かなぁ……あんなに楽しいのに。

ラガート子爵の城に向かう前日、俺はギルドの射撃場に足を運んだ。

魔銃の魔法陣を覚えて、ワイバーンを倒せるほどの砲撃ができるようになったが、ゴブリンとかコボルトなど的が小さく動きの速い魔物に対しては使い勝手が悪い。

ヘーズル村で村ぐるみの山賊に襲われた時にも、粉砕の魔法陣で建物ごと吹き飛ばしてしまったが、状況によっては周囲に被害を出さないようにしなければならない時もある。

つまり、威力を抑えて使い勝手が良くなるように魔銃の魔法陣の練習をするつもりだ。

具体的には、連射性を高めたいと思っている。

小型の魔物や対人戦闘では、砲撃のような威力よりも連射による面制圧の方が役に立つ。

最初は拳銃の連発程度、最終的にはマシンガンのような連射を手に入れたい。

「魔砲使いだ、にゃんにゃにゃん、連射しちゃうぞ、にゃにゃにゃにゃにゃにゃーん」

「ニャンゴさん！」

「みゃっ？」

鼻歌まじりに射撃場を目指していると、受付嬢のジェシカさんに呼び止められた。

眉間にちょっと皺が寄ってるし、目が怖いんですけど……。

「射撃場に行かれるんですか？」

「はい、魔法の練習をしようと思って……」

「的を壊すような魔法は禁止ですからね。分かってますか！」

「分かってますって、ちゃんと加減しますから大丈夫ですよ」

「今度壊したら弁償してもらいますからね！」

「大丈夫ですって、大丈夫」

ジェシカさんは腕組みをして、ぐぐっと体を傾けて睨んでくるんだけど、俺から見ると胸の膨らみが強調された良い光景で、ちょっとニヤけてしまいそうだ。

「本当に分かってます？　とにかく、的を壊さない、騒ぎを起こさない、いいですね！」

「はい、了解です！」

騎士の真似をして敬礼してみせると、ジェシカさんは苦笑いしながら去っていった。

ギルドの射撃場は、俺以外の利用者の姿は無く閑散としていた。

折角の設備なのに使われないのは勿体ないと思うが、冒険者は実戦重視だし、今はワイバーン討伐に多くの冒険者が出掛けていたせいで討伐の依頼が溜まっている。

殆どの冒険者は、依頼を受注して出払っているのだろう。

「まぁ、変な奴に絡まれなくて済むから助かるけどねぇ……」

今回は速さの改善なので、狙いはアバウトにして素早く発動させることに集中する。

まずは、待機の状態から二連射の速さを高めていこう。

最初に、威力はそこそこ、弾速重視で魔法陣の大きさ、厚さ、圧縮率を決めた。

次は、基本となる魔銃の魔法陣を安定して発動できるように、繰り返し練習した。

パーン……っと乾いた小気味よい発射音が響き、弓矢よりも遥かに速く炎弾が的に命中する。

「うんうん、良い感じ。ピストルを手に入れたみたいだね。じゃあ二連射に挑戦！」

パーン……パーン……と発射音が響いて、ちゃんと魔法陣は発動したのだが……。

「うわっ、遅っ……」

前回射撃場に来た時には、複数同時発動の練習はしたが、連射の練習はしなかった。

一発目を撃ち終わってから二発目を撃つまでに間があり過ぎて、これでは接近戦では使えない。

原因は、一発目の発動を確認してから二発目の魔法陣を作り始めているのと、同じ場所に魔法陣を作ろうとしているから、最初の魔法陣を消して次を作るので余計に時間が掛かっている。

そもそも、まだ魔銃の魔法陣を使い慣れていないので、確実に発動させようと意識してしまうのも連射性を落とす要因になっているようだ。

そこで一発目の発動を確認せず、二発目の魔法陣を少しずらした位置に作るようにしてみた。

パーン、パーン……。

「うん、さっきよりは良くなった」

少し意識を変えただけだが、連射性は大きく向上した。

次は、二連射から倍の四連射まで発射数を増やしてみる。

パーン、ボッ、パーン……ボッ……。

パーン、パーン……ボッ、パーン……。

「にゃあ、不発が混じっちゃったし、連射の速度も安定しない」

連射を続けようとすると、気持ちが焦って魔法陣の形が崩れ、発動しないケースが出て来た。

しかも、発動した魔法陣の威力も弾速も落ちてしまっている。

威力が落ちた時の魔法は、あの粗悪な魔銃のような感じだ。

コケ脅しには使えるけど、威力も弾速も褒められたものではない。

おそらく魔法陣の精度が落ちて、滑らかさが失われているのが原因だろう。

ここから先は、地道に練習するしかなさそうだ。

魔法陣の質にこだわって威力のある魔法陣で四連射、とにかく連射の速さにこだわって四連射を交互に繰り返していく。

パーン、パーン、パーン……、パーン……。

パーン、ボッ、ボッ、パーン……。

パーン、パーン……、パーン…、パーン……。

パーン、ボッ、パーン、ボッ……。

パーン、パーン、パーン……、パーン……。

急ぐと不発が出るし、まだまだ威力が安定しない。

連射の速さも理想には程遠いが、今は四連射を確実にして、次は八連射、十六連射と弾数も増やしていきたい。

「そんなに一ヶ所の的を撃ち続けていると熔けるぞ」

「みゃっ！　ギルドマスター？」

練習に熱中していたら突然後ろから声を掛けられた。

驚いて振り返ると、そこにいたのはギルドマスターのコルドバスだった。

「他に利用者もいないんだ、違う的も使って構わんぞ。でないとジェシカに説教されるぞ」

「そ、それは困ります」

ブルブルと首を振ってみせると、コルドバスはニヤリと笑みを浮かべた。

「やはり、ワイバーン討伐は伊達じゃないな」

「いつから見ていらしたんですか？」

「少し前からだ。集中力は素晴らしいが、気配の察知はまだまだだな」

「うっ、でもギルドの中ですし……」

「そうだな。だが、ボーデのような奴もいるから、あまり無防備にはなるなよ」

「はい、気を付けます」

コルドバスは満足げな笑みを浮かべていたが、不意に表情を引き締めた。

「ニャンゴ、ラガート子爵からの招待の話は聞いたな？」

「はい、昨日ライオスから聞きました」

「騎士への取り立てを打診されるかもしれんが、断って構わん……というか、断ってくれ」

「断っちゃっても大丈夫なんですか？」

「大丈夫だ。今や、お前さんはイブーロギルドのエースと呼んでも過言じゃない。騎士の役割も重要だろうが、ギルドの戦力を削られてたまるか」

ワイバーンの素材でチャリオットは大きな利益を出したが、ギルドもまた素材の売却によって少なからぬ利益を出しているらしい。

チャリオットが討伐してきたオークの肉は高値で取り引きされているし、やり方を真似しているボードメンも儲けているようだ。

冒険者が儲かれば、当然ギルドの儲けも増える。

好景気のサイクルを回す原動力となっている俺を、子爵に引き抜かれたくないらしい。

魔銃の練習を一旦切り上げて、ギルドの酒場でコルドバスと昼食を共にした。

前世の俺だったら、組織のお偉いさんとの食事なんて間違いなく逃げ出していただろうが、冒険者として活動していくならばコネは多い方が良い。

「さっきの訓練は、魔銃の魔法陣を発動させていたのか？」

「ええ、そうです。ワイバーンを仕留めたのも規模は違えども同じ魔法陣です」

「ほぅ、数も威力も自在という訳か？」

「いやいや、自在に扱うには当然練習が必要ですし、まだまだです」

「ということは、まだまだ伸び代が残されているってことだな？」

「はい、冒険者としては経験不足ですし、まだまだ伸びるつもりですよ」

「そいつは頼もしいな」

「あの、ラガート子爵って、どんな方なんですか？」

「一言で言うなら良い領主様だ。領民に目を向けて、ラガート領が発展するように色々な取り組みをしてくれている」

コルドバスによれば、ラガート子爵は様々な地場産業の振興に力を入れているらしい。

「以前ニャンゴが採掘の護衛をした陶器産業は、国内での評価が上がってきているし、それ以外にも魔道具や家具製品、チーズ、魚の養殖、馬の繁殖……色々だな」

「それは、単純に領地を豊かにする為なんですか？」

「まぁ、エスカランテ侯爵への対抗心もあるのだろうが、産業が増えれば、それに関わる人も増え、結果として領地が栄えるのは確かだ」

住民の数は、領地の豊かさを示す一番の指標だ。

住民が多ければ、それだけ税収も見込めるし、有事の際に動員できる兵士の数も増える。

住民を増やすためには、生活の基盤となる産業の育成は欠かせない。

いくら人が増えても、貧民街で暮らすような人が増え続けるのでは意味が無いのだ。

「子爵もニャンゴのような存在を手許に置いておきたいと思うだろうが、冒険者として街の振興に寄与してほしいとも考えているはずだ。今回の招待は、ニャンゴに顔を見せに来いと言ってきたようなものだ。騎士として誘われたとしても、断って構わないから心配するな」

「分かりました。せいぜい美味い物でも食べさせてもらいますよ」

「はははは……子爵の城はトモロス湖の畔にあるのだが、湖では色々な魚の養殖の研究も行っている。今の時期なら脂の乗った魚を食わせてもらえるだろう」

「それは……確かに期待できそうですね」

以前、レンボルト先生に学校の食堂でムニエルを御馳走になった、マルールよりも美味い魚がいるのなら、ぜひとも味わってみたい。

毎日美味しい魚を食べられるならば、子爵家の騎士になるのも悪くないかもしれないにゃ。

コルドバスとの昼食の後は、射撃場に戻って練習を再開した。

求めるのはマシンガン並みの連射性能、理想とするのはバルカン砲のような高速連射だ。

「八連射が安定してきたから、次は三点バーストの練習かな」

発射数を減らすかわりに、更に連射速度を上げていく。

練習を繰り返してきたので、魔銃の魔法陣は意識しないでも発動できるようになってきた。

あとはタイミングなのだが、音をイメージして速度を上げていく。

パーン、パーン、パーン……から、パ、パ、パーンになるように練習し、バババ……を経由して、最後はドリュ……って感じを目指す。

本来、魔銃の魔法陣を作るだけだから構える必要は無いんだけど、何となく右手でガングリップを握(にぎ)り、左手を添える形で構えてしまう。

勿論(もちろん)、左手で握って右手を添えたり、左右両手で交互に撃つ練習もする。

やっぱりイメージは大切だもんね。

空属性魔法を使って魔法陣を作るから、ハンドガンをイメージしていても、将来的にはフルオートでの連射もできるはず。

というか、ハンドガンサイズのバルカン砲とか格好良いよね。

しかも、両手に持ってのガン＝カタとかイメージするだけでもワクワクする。

ゴブリンの巣に単身で乗り込んで、二丁拳銃をぶっ放して壊滅(かいめつ)させる……うん、いいね。

ちょっと馬鹿(ばか)っぽい未来を想像しながら、夕方まで魔銃の練習を続けた。

第二十六話　湖畔の城

朝一番にイブーロを出発したチャリオットの馬車は、まだ明るいうちにトモロス湖に到着した。

ブーレ山から北西へと連なる山脈に降り積もった雪が山肌へと染み入り、やがて伏流水となって湧き出し、集まってできたのがトモロス湖だそうだ。

トモロス湖は農地を潤す水源の役割を果たすと同時に、天然の魚やエビの漁場であり、養殖場としても使われている。

そして湖の北岸に建つラガート子爵の居城、ダルクシュタイン城の堀も満たしている。

トモロス湖の畔に建つダルクシュタイン城を一言で現すならば、質実剛健と呼ぶのが相応しい。

水堀の幅は五十メートルぐらいありそうで、その中にそそり立つ城壁は高さ十メートル程で、外敵を拒絶している。

正方形の城壁は一辺が五百メートルぐらいあって、内側には騎士団の兵舎や馬場もあるそうだ。

遠い昔、シュレンドル王国が隣国エストーレと争っていた頃には、この城で籠城戦が行われたこともあったらしい。

そのため有事には兵士だけでなく、住民を受け入れられるだけの広さを確保しているそうだ。

ダルクシュタイン城の高さは三十メートル程だろうか、湖を背にして建っている。

壮麗という言葉とは対照的な、砦と呼んだ方がしっくりくる無骨な外観をしている。

城壁の内部に入るには、東側か北側の橋を渡るか、船で南面に乗り付けるしかない。

チャリオットの馬車は検問所を通り、東側の橋を渡って城壁の内部へと入った。

城門を潜った所で再度身元の確認が行われ、ようやく城壁の内部へと入ることが許された。

城壁の内部は、まるで広い公園のようだ。

中央は芝生の広場となっていて、そこを取り囲むように樹木が植えられている。

「ニャンゴ、あの木は何の木か分かるか？」

「えっ、何の木って……あれっ、クルミの木みたいだけど」

セルージョに聞かれて良く見ると、クルミの他に栗の木も植えられている。

「ほう、良く分かったな」

「秋の山に薬草採取に入る時には、ついでにクルミや栗を拾ったからね」

「なるほどな、それなら分かるだろうが、ここに植えられている木は、全て実がなる木ばかりだ」

「それって、籠城した場合に、食糧の足しにしようという考えなの？」

「その通りだ。まぁ、今は騎士や兵士の楽しみになっているみたいだがな」

今日は、ラガート子爵からの招待とあって、全員が小綺麗な服装をしている。

討伐の依頼に出ている時には、風呂にも入れないし、着替えも最低限で済ませるので、結構埃っぽかったりするが、今日は全員洗濯済みの服を着ている。

俺と兄貴は年末に買った服だし、ミリアムは昨日買ってきたばかりの服だ。

格好だけ見れば、冒険者に見えないこともないが、服装のせいで性別不明になっている。

「なによ、なにか文句でもあるの？」

「いいや、なかなか似合ってるよ」

「えっ、そ、そう……ありがとう」

うん、君はツンデレのチョロインなのかな。

「ふふっ、私の見立ては完璧……」

シューレもミリアムも満足そうだから、これはこれで良いのだろう。

城壁の内部に入った後も敵に攻め入られた時の対策なのか、庭園内の道を何度も曲がらなければ城の建物には近付けないような造りになっていた。

ようやく辿り着いた玄関前で馬車を預けると、まずは今夜宿泊する部屋へと案内された。

用意されていた部屋は三部屋で、セルージョとガドで一部屋、ライオスと俺と兄貴で一部屋、残りの一部屋にシューレとミリアムで泊まる。

宿泊用の部屋は、賓客に同行してきた護衛のための部屋らしい。

部屋自体は簡素な造りだが、全てのサイズが大きく作られているので、ベッドなどは俺と兄貴の二人で、ヘソ天大の字で伸びきって眠っても余るほどだ。

部屋には洗面所の他にトイレや魔道具を使ったシャワールームまで設えてあり、石鹸も置いてあって魔道具でお湯まで出るようになっている。

残念ながらバスタブまでは付いていなかったが、空属性魔法で作れるから問題無い。

ここならシューレの襲撃を受ける心配も要らないし、兄貴とのんびり風呂に浸かるとしよう。

部屋に荷物を置いたら、いよいよ子爵との謁見に向かう。

と言っても堅苦しい形ではなく、共にお茶を飲み、夕食を食べながらワイバーン討伐の話を語って聞かせるようだ。

現当主のフレデリック・ラガート子爵は、若い頃は王国騎士団で経験を積み、それから家督を相続したそうだ。

単なるボンボンではなく、現場を経験した肉体派の当主らしい。

執事さんに案内されたのは、湖を一望できるガラス張りのテラスだった。

敷地に入る橋の方角からは見えなかったので、こんな洗練された建物もあるのかと驚かされた。

城の本館からは独立した建物なので、恐らく後から建てられたものなのだろう。

足元から天井までがガラス張りで、まるで湖に浮かんでいるように感じる作りだ。

水面をゆらりと泳ぐ魚影を見て兄貴とミリアムがガラスに張り付き、ガドやセルージョさえも湖を見渡す光景に目を瞠っている。

外は凍える寒さだが、陽光が差し込み暖炉に火も焚かれている春のようなテラスには、三人の人物が俺達を待っていた。

フレデリック・ラガート子爵にブリジット夫人、もう一人は末娘のアイーダだとテラスまで来る途中で執事さんが教えてくれた。

フレデリック・ラガート子爵は、三十代後半のピューマ人で元王国騎士とあって、俺や兄貴では見上げるほどの偉丈夫だ。

貴族の子息の中には、子爵のように一度王国騎士団に入団して腕を磨き、世間の実情を知ってから家督を相続する者も少なくないそうだ。

「本日は、お招きいただきありがとうございます」

チャリオットを代表して、ライオスが右手を胸にあてて腰を折って頭を下げる。

俺達も同じように頭を下げると、フレデリックは席を立った。

「よくぞ参った、ワイバーン殺しの勇者達よ。堅苦しい挨拶はそのくらいにして、今日はゆっくりと寛いでくれ」

子爵は両腕を広げた芝居がかった仕草で、俺達をテーブルへと誘った。

テーブルを挟んで、子爵一家とチャリオットが向かい合う形だ。

子爵と同じくピューマ人のブリジット夫人は、にこやかな笑みで我々を迎えてくれたが、時折目の奥に鋭い光が宿るような気がする。

チャリオットのメンバーの実力や人となりを探っているのだろう。

そして俺は、テーブルの向こう側からアイーダにジーっと見詰められていた。

明るい茶髪をショートボブに整えていて、快活そうな印象を受ける子爵の末娘アイーダは今年『巣立ちの儀』を迎えるそうで、二つ年下だが身長は俺よりも高い。

俺や兄貴やミリアムが、お子ちゃま用の座面の高い椅子に座っているのに、アイーダは普通の椅子を使っているぐらいの差がある。

そのアイーダに、見詰めるというよりも睨まれている感じだ。

俺が視線を向けても全く動じる気配すら無く、ジーっと無言で睨んで来るのだ。

それに気付いた子爵が、アイーダの頭にポンっと右手を置いて俺に笑い掛けてきた。

「すまんな。君がニャンゴだね。騎士団の者から話を聞いているよ。ワイバーンを一撃で仕留める攻撃魔法の使い手だそうだね」

「確かに、おっしゃられる通り威力の高い攻撃魔法を使えますが、まだ発動までに時間が掛かって動く標的を狙うのは難しいので、俺一人では倒せなかったでしょう」

「なかなか謙虚だな。すでにギルドのランクは銀級までアップしているぞ」

「銀級にはなりましたが、色々な面で経験不足は否めません。まだまだチャリオットの仲間から学ぶことの方が多いです」

子爵はニンマリと笑うと、満足そうに頷いてみせた。

「謙虚で、しかも頭も良く回るようだな。パーティーの仲間から学ぶことが残されているのでは、私は騎士として引き抜きにくくなってしまうな」

「はい。今は冒険者として活動を続け、いずれは王都にも行ってみたいと思っております」

「ほう、その王都とはどちらの王都だ？　やはり旧王都か？」

シュレンドル王国には王都と呼ばれる街が二つある。

一つは今現在国王が滞在している新王都、もう一つはダンジョンの近くにある旧王都だ。

ダンジョンは先史時代の遺跡だと言われていて、財宝や未知の魔道具などが発掘され、手に入れた者は巨万の富を得ると言われている。

その一方で、侵入者除けの罠があったり、強力な魔物が生息していたり、探索には危険を伴う。

ダンジョンからは大量の魔物が溢れ出したこともあり、周辺の街には大きな被害が出て、王城にも魔物の群れが迫ったそうだ。

そこで王家は遷都を行い、国の中枢を新王都へと移したのだ。

一般的に、普通の人々は壮麗な建築物が立ち並ぶ新王都に心惹かれ、冒険者は一攫千金が狙える旧王都に心惹かれると思われている。

子爵が、俺が行きたいのは旧王都だろうと思ったのは、そうした理由からだ。

「いえ、幼馴染が王国騎士団の候補生として新王都におりますので、いつか会いに行ければと思っております」

「ふむ……そうか、新王都か」

小さく頷いた子爵は、視線を隣に座っているアイーダに向けた。

「ならば、行ってみるか？」

「えっ、俺が……ですか？」

「このアイーダは、今年『巣立ちの儀』を迎える。貴族の子息は、王都にある大聖堂で儀式を受けるのが習わしだ。そして、アイーダはそのまま王都にある学院に入学する。私と妻も同行するが……行ってみるかね？　希望するのであれば、護衛のリクエストを出そう」

「本当ですか！　あっ、でも……」

リクエストをリーダーであるライオスを差し置いて、俺が勝手に受ける訳にはいかない。

俺が視線を向けると、意図を察したライオスが話を引き取ってくれた。

「子爵、それはチャリオットへのリクエストでしょうか？」

「コルドバスが首を縦に振らないか？」

「どうでしょう、『巣立ちの儀』の頃となると、依頼も重なりますので……」

『巣立ちの儀』の時期には、近隣の小さな町や村からイブーロに人が集まって来る。

儀式を受ける本人や関係者、見物人やそれを目当てにした商売人など……人が集まれば、食材も必要になる。

物資輸送の護衛や、オークの討伐依頼などが増える時期で、冒険者にとっても稼ぎ時なのだ。

その時期に看板パーティーの一つであるチャリオットが丸ごと抜けるのは、イブーロのギルドにとっては損失だろう。

「ならば、ニャンゴ個人へのリクエストならばどうだ？」

「それならば、何とか……」

「そうか、まぁまだ日にちがあることだし、頭の隅（すみ）にでも置いておいてくれ」

「分かりました」

突然（とつぜん）降って湧いたような王都行きの話だが、まだ実現するかは微妙（びみょう）な感じがする。

それより子爵と話している間も、ずーっとアイーダに睨まれている。

身に覚えは無いが、何か気に障（さわ）るようなことをしたかな。

「父上、ニャンゴと手合わせをさせて下さい」

突然アイーダが、俺を睨み付けながら子爵に頼（たの）み込んだ。

あぁ、結局このパターンになるんだと半ば諦（あきら）めていたのだが、子爵は意外な返事をした。

「ならぬ。ニャンゴは私が招待した客人だ、無礼な真似（まね）は許さぬ」

「しかし……」

「しかし、何だ？　騎士からの報告を信じられぬのか？」

「いえ、そういう訳では……」

どうやら猫人（ねこひと）の俺がワイバーンに止（とど）めを刺（さ）したという報告に納得（なっとく）がいかないようだ。

まぁ、見た目だけなら、どこにでもいる猫人にしか見えないから無理もない。

「情報が混乱する戦闘（せんとう）中のような状況（じょうきょう）ならば、たとえ味方からの知らせであっても疑って掛かる必要もあるだろう。だが、討伐が終わった後に魔法の検証まで行った上での報告を疑うようでは、騎士達からの信頼など得られぬぞ」

「はい、それは心得ております」

「それに、『巣立ちの儀』を済ませていないお前は、まだ魔法を使うことはできない。となれば手合わせは、体術を使ったものに限定される。体格差は歴然としているし、ニャンゴは討伐で足を負傷したと聞いている。己に有利な条件で手合わせを望むなどという姑息な真似は、ラガート家の者として許されぬ。ラガート家は貴族としては身分の低い子爵家なれども、この地を治める領主だ。民に対して堂々と胸を張れぬような行動は許さぬ」

声を荒げた訳ではないが、厳然とした子爵の言葉にアイーダは沈黙するしかなかった。

「まぁ、ニャンゴが万全な時に手合わせをしたところで、楽には勝たせてくれぬぞ。身のこなしを見て、実力を推し量れないようでは……アイーダ、そなたはまだまだ未熟だ」

アイーダから視線を移した子爵にニヤリと笑い掛けられると、背中の毛がゾゾっと逆立った。

手合わせして試すまでもなく、間違いなく俺よりも強い。

ゼオルさん、シューレ、コルドバス、そして子爵……まったく、おっかない連中ばっかりだ。

まだ怪我が癒えておらずシューレとの手合わせもできないけど、治ったら身を入れて取り組まないと駄目だな。

「手合わせは許可できぬが、ニャンゴよ、ワイバーンを倒した魔法を見せてくれぬか?」

「構いませんが、かなり威力の高い魔法なので、標的や壁を壊す恐れがありますが……」

「そう言うと思ってな、ちゃんと場所は用意してある」

ラガート子爵は、自信ありげにニンマリと笑みを浮かべてみせた。

今日は時間も遅いので、明日改めて魔法を披露することになった。

チャリオットの他のメンバーも、それぞれの技量を披露するらしい。

技の披露と聞いて兄貴とミリアムが青くなっていたが、そこは見習いメンバーとして考慮してくれるそうで、二人は何もしなくても良いそうだ。

「ふぅ、良かったよ、まだ俺は駆け出しの冒険者にもなれていないからな」

技の披露を免除されると聞いて、兄貴は胸を撫で下ろしている。

「大丈夫、兄貴はちゃんと頑張っているし、これからもっと色々できるようになるからさ」

「うん、ずいぶんと出遅れてしまったが、ニャンゴの兄として恥ずかしくないように頑張るよ」

「あ、あたしだって頑張ってるわよ」

「ふふっ、大丈夫、ミリアムもフォークスも私が鍛える……」

ニヤリと笑ったシューレを見て、兄貴とミリアムは尻尾をボフっと膨らませて身震いした。

シューレの足技は……兄貴やミリアムの足の長さでは習得できないだろうけど、身のこなしを習うだけでも冒険者としてだけでなく、普段の生活にも大いに役立つはずだ。

歓談している間に太陽が西の稜線に沈み、空は茜色から藍色へと変わりつつあった。

「そろそろ夕食にしよう」

子爵に誘われて食堂へと移動し、お待ちかねのディナータイムとなった。

食堂のテーブルは片側に十人程が座れる大きな物で、ホストである子爵一家とチャリオットが向かい合う形で座った。

子爵とライオス、ガド、セルージョ、子爵夫人とシューレ、ミリアム、そしてアイーダと兄貴、俺という感じだ。

ミリアムは子爵夫人の怪しげな視線に晒されて、カチコチに固まっている。

もしや、子爵夫人はディープなモフリストなのか。

真っ白なテーブルクロスの上にナイフやフォークが何本も並べられている食卓を見て、兄貴やミリアムは緊張のあまり震えている。

「ど、どうすればいいの？」

「心配ない、出て来た順番に食べればいい……」

シューレ、ミリアムが聞きたいのは、そういうことじゃないと思うぞ。

「ニャ、ニャ、ニャンゴ……ど、ど、どうすれば……」

「お、落ち着け兄貴……お、俺たちが食われる訳じゃないから平気だ……たぶん……」

かく言う俺も、ぼっち高校生だった前世でも高級レストランに行った経験など無いので、テーブルマナーとかはサッパリ分からない。

だが俺達には、アイーダという手本が目の前に存在しているではないか。

アイーダには聞き取られないように、小さな声で兄貴に耳打ちする。

「兄貴、アイーダの真似をしよう。どのナイフとフォークを使うのか確認して、それを真似して食べれば大丈夫だ」

「そうか……頭良いな、ニャンゴ」

「こういう場所に来る機会なんて滅多に無いと思うけど、後々のために良く観察しておこう」

「うん、そうだな」

観察対象のアイーダは、相変わらず不機嫌そうな視線を俺に向けて来る。

それでも、俺と兄貴にとっては貴重なお手本なので、ジックリと観察させてもらおう。

つい今しがたまで、オドオド、オロオロしていた兄貴と俺に見詰められ、アイーダはちょっと狼狽したような表情を見せた。

「な、なによ……何か言いたいの？」

何か言っても機嫌を損ねるだけだと思い、思わず兄貴と一緒に無言で首を横に振ってしまった。

「も、もう、何なのよ……」

猫人の兄弟に、ジッと見詰められてアイーダは居心地が悪そうだが、俺達は俺達で結構テンパってる状態だから我慢してくれ。

夕食はコース料理で、足の付いた細いグラスに注がれた食前酒を手にして子爵が挨拶を述べた。

「あらためて、私の城にようこそ。今宵はマナーには囚われず、大いに飲み、食べ、楽しんでくれたまえ。では、チャリオットのワイバーン討伐を祝して乾杯！」

俺と兄貴もグラスを掲げ、すぐにアイーダへと目を向けると、驚いたことに一息で飲み干しているではないか。思わず兄貴と目を合わせて、小声で会話を交わす。

『ニャンゴ、これ全部飲むのか？』

『いやいや、一気に飲んだら倒れちゃうよ』

『でも……お嬢様は飲んでるぞ』

『の、飲むふりというか、ちょびっとだけで良いだろう』

『そ、そうか……』

かくして猫人の兄弟は、おそるおそるグラスに口を付け、ほんの少し果実酒を口に含んでビクリと体を震わせた。

まったくもって挙動不審だろうが、猫人としては頑張っていると思う。

前菜はエビと魚のカルパッチョで、赤、黄、緑の三色のソースで模様が描かれている。

アイーダを見ると、一番外側に並べられているナイフとフォークを使って食べ始めていた。

俺と兄貴はアイコンタクトで確認し、頷き合ってから料理に向かった。

緊張はしているが、お腹も空いていたし、何よりも目の前の料理は凄く美味そうだ。

まずは中央にドームのように並べられたエビから食べる。

エビは甘みを引き立たせるために、軽くボイルしてあるようだ。

「うみゃ！　エビがプリプリの歯ごたえで甘くて、うみゃ！　魚はネットリとした舌触りで、旨みが濃厚で、うみゃ！」

ヤバい、いつもの調子で、うみゃうみゃ叫んでしまったら、食堂の空気がシーンと静まり返ってしまい、嫌な汗がどっと噴き出してきた。

「ふははは！　気に入ってもらえたようで何よりだ」

静寂を打ち破るように食堂に響き渡ったのは、子爵の笑い声だった。

「構わぬ、堅苦しいことは気にせずに、食事を楽しんでくれたまえ」

「あ、ありがとうございます」

子爵は楽しげに笑いながら、ライオスやガドに酒を勧めた。

アイーダから凍り付くような目を向けられただけでなく、ミリアムにも呆れたようなジト目で見られたけれど、料理が美味すぎるから仕方ないだろう。

前菜に続いてスープとパンが出た後、魚のソテーが出された。

白身の魚だが、切り身の形から見ても、かなり大きな魚のようだ。

軽く粉を塗してバターソテーしてあるらしく、香ばしい匂いが立ち昇ってくる。

ナイフを入れると、皮はパリッ、身はホッコリしていて、口に運ぶ前から唾液が溢れてきた。

「うんみゃぁ！　なにこれ、マルールより、うみゃ！」

「それはモルダールという魚で、今養殖を試みているものだ」

子爵の話によると、トモロス湖では様々な魚の養殖に力を入れているそうだ。

地域の特産品にするために、主に味の良い高級魚の養殖を試みていて、このモルダールも養殖技術の確立を急いでいる一種らしい。

「噛みしめると皮ぎしの脂がジュワって広がって、ホコホコの身とパリパリの皮が混然となって、うんみゃぁ！」

「うみゃいな、ニャンゴ。こんなにうみゃい魚を食べたのは初めてだ」

兄貴もモルダールの美味さに感動したようで、ナイフで切り分けるのももどかしいらしく、フォークで突き刺して齧り付いている。

またしても向かいの席に座っているアイーダからは、ナイフで刺すような視線を向けられているけど、モルダールの美味さは語らずにおれんのだよ。

モルダールを食べ終えると、次は肉料理の皿が出てきた。

「これは……もしかして」

「そうだ、君達が仕留めたワイバーンだよ」

分厚く切った肉は裏表だけでなく側面も焼き固められているが、ナイフを入れると焼き加減はミディアムレアだった。

肉の旨みが逃げないように周りに焼き目を付けてから、ジックリと弱火で火を通したのだろう。

肉はサクラ色の赤みを残しているが、火は通っているので血が滴るようなことはない。

ステーキに添えられたブラウンのソースからは、嗅いだ覚えのある匂いがする。

「うんみゃぁ！　濃厚で、重厚で、ワイバーンうんみゃぁ！　だけど、このソースの匂いは……もしかしてプローネ茸？」

「ほう、良く分かったな。その通り、プローネ茸を使ったソースだ」

「プローネ茸は、アツーカ村に居た頃に良く探して歩きました」

「なるほど、それではニャンゴしか知らない秘密の場所もあるのかな？」

「えっ？　あー……そうですね。今はどうなっているのか分かりませんが」

プローネ茸は、イブーロのような街に持って来ると高値で売れる。

他の人に横取りされないように、取りに行く時は後を付けられないように注意していた。

あの場所が誰にも見つかっていないなら、今も人知れずプローネ茸が生えているのだろう。

今度里帰りした時には、取って来てみんなで食べてしまおう。

メインディッシュの後は、デザートとしてワイルドベリーのシャーベットが出た。

ワイルドベリーの旬は六月から七月なので、厨房には冷凍庫があるのだろう。

最後の〆は、小さなマロンクリームのパイとカルフェが出た。

気が付けば料理に夢中になっていて、マナーがどうとか全く気にしていなかったし、ワイバーン討伐の話もライオスに任せきりの状態だった。

これでは大人な冒険者の振る舞いとは到底言えないが、料理が美味すぎるのがいけないのだ。

しかも普通の人ならば丁度良い分量だが、猫人にとってはもう食えないと思うレベルの量だ。

ベルトを緩めないと苦しいほど満腹になって、兄貴はうとうとと船を漕いでいる。

まぁ、朝から緊張しっぱなしだったから精神的な疲れも出ているのだろう。

倒れないように空属性のクッションで支えてやると、兄貴は熟睡モードに入ってしまった。

だらしないと思うかもしれないが、食ったら寝るは猫人にとっては習性のようなもので、俺やミリアムも瞼が落ちないようにしているのがやっとの状態だ。

「どうやら食事は堪能してもらえたようだな。それではそろそろお開きにしようと思うが、ライオス、もう少しいけるだろう？」

「ええ、お相手を務めさせていただきますよ」

夕食は終わったが、ライオス、セルージョ、ガドの三人は、子爵ともう少し酒を飲むようだ。

シューレはブリジット夫人のお相手をするそうなので、兄貴とミリアムは空属性魔法で作ったクッションに寝かせ、同じく空属性魔法で作った台車に載せて部屋まで運ぶことにした。

「ちょっと、なんで浮いてるの？」

宙に浮いているように見える兄貴とミリアムを見て、アイーダが不思議そうな顔で訊ねてきた。

「これは、空属性魔法で作った台車に載せてあるんですよ。触ってもらえば解りますよ」

「嘘っ、本当に台車があるわ」

「ほう、どれどれ……なるほど確かに台車があるな」

「あら、ここはずいぶんと柔らかいのね」

俺とアイーダの話を聞き付けて、子爵やブリジット夫人まで近づいてきて、台車やクッションを触って確かめ始めた。

周囲を子爵一家に取り囲まれているが、兄貴とミリアムはグッスリ寝入っている。

不敬だと言われないか心配したが、猫人を愛でる会みたいになっているから大丈夫だろう。

台車には俺も乗っかって、魔法で動かして部屋まで戻った。

ミリアムも一人で部屋に寝かせておくのは不安なので、俺達の部屋に連れて来て兄貴と一緒にベッドに放り込んだ。

色々とサイズの大きな作りになっているので、猫人なら三人で寝ても余裕はたっぷりある。

兄貴とミリアムは起きそうもないので、一人で風呂に浸かることにした。

空属性魔法でバスタブを作り、少し熱めのお湯を張り、最後に水で温度を調節した。

備え付けの石鹸でお湯を泡々にしたら、レッツ・バスタイムにゃ。

「トモロスよいと〜こ、一度はおいで〜にゃぁぁ……極楽、極楽」

広めに作ったバスタブの中で、ぐーっと体を伸ばして目を閉じる。

緊張で強張っていた体が解れて、すっかりリラックスしていた。

子爵様の城の中でもあり、何の警戒もしていなかったのは失敗だった。

「ニャンゴ、詰めて……」

「ふにゃぁ！　シュ、シューレ？」

いきなり声を掛けられ、驚いて目を開けると服を脱ぎ捨てたシューレがいた。

例によって音も立てずに忍び寄ってきたらしく、油断していて全く気付かなかった。

「やっぱりバスタブが無いと温まらない……」

「いや、ちょっと、溢れる、溢れちゃうって」

俺用に広く作ったバスタブでも、シューレと二人で入るには狭い。

鍛えているシューレの体は引き締まっているけれど、出るところは出ているから、むにゅんと柔らかいものが当たってきて困るんだよ。

まぁ、当のシューレが全く意識してないから、色っぽい空気にはならないんだけどね。

バスタブの縁に寄り掛かったシューレにかかえられ、乳枕に頭を預けながら風呂を堪能する。

「美味しい食事、美味しい酒の後は、やっぱりお風呂ね……」

「俺は一人でのんびり浸かりたかったのに」

「贅沢言わないの……ちゃんと洗ってあげるから……」

「にゃっ！　脇は駄目だって……尻尾はらめぇぇぇ……」

シューレに丸洗いされて、丸洗いさせられ、髪を乾かす手伝いまでさせられた。

ちゃっかり風呂を堪能したシューレは、ミリアムを抱えて自分の部屋に戻っていった。

ふう、なんだか風呂に入る前よりも疲れたよ。

翌日、朝食をうみゃうみゃした後で、チャリオットの技量を披露することになった。

まずは、ライオス、ガド、シューレの三人がラガート家の騎士を相手に手合わせをする。

ライオスの相手をするのは、バルディオという三十前後に見える熊人の騎士だ。

騎士の中でもガッシリとした体形で、ライオスよりも頭半分ぐらい背が高い。

二人は大剣を模した木剣を手にして、訓練場の中央で向かい合った。

「始め！」

審判役の騎士が号令を下すと、ライオスは伸びあがるように大上段に木剣を構えた。

一方のバルディオは、木剣を脇構えにしながらジリジリとライオスの周囲を回り始めた。

相手の動きに合わせて体の向きは変えるが、その場を動かないライオスと、少しずつ木剣の切っ先を下げながら足を運び続けるバルディオ。

ピーンと張り詰めた空気の中で、互いの位置を変えながら徐々に二人の距離が縮まっていく。

「たぁ！」

「おぉ！」

先に踏み込んだのはバルディオで、ライオスの胴体目掛けて木剣を振り抜く。

瞬時に反応したライオスも、猛然と踏み込みながら木剣を振り下ろす。

ガツンっと凄まじい音がして、隣で見ていた兄貴が俺の手をギューっと握ってきた。

気持ちは分かるけど、落ち着け兄貴。

カランと乾いた音がして木剣が地面に転がり、バルディオは手首を押さえて蹲った。

「勝負あり！　勝者、ライオス！」

振り下ろしと薙ぎ払いでは、勢いと体重を乗せた振り下ろしに軍配が上がったらしい。

「参りました」

「いや、紙一重の差だろう。俺も手が痺れている」

ライオスはプラプラと手首を振った後で、バルディオと握手を交わした。

続いて登場したガドの相手はナバーニアという牛人の騎士だった。

鉄製の大盾と木剣を手にした姿は壁のようで、王都に行った幼馴染のオラシオも鍛えられたらこんな感じに成長するのだろうか。

ガドも同じ盾と木剣を手にしているが、体格的にはナバーニアの方が一回り大きい。

ガドより大きい騎士の姿を目にして、兄貴が心配そうに訊ねてきた。

「ニャンゴ、ガドは大丈夫かな？」

「さぁ、ガドが強いのは知ってるけど、相手がどの程度の実力なのか分からないよ」

「そうか……」

兄貴とすれば、日頃から世話になっているガドに勝ってもらいたいのだろう。

「始め！」

「うおぉぉぉぉ！」

「うらぁぁぁぁ！」

ライオス達の時とは違って、ガドとナバーニアは開始の合図と同時に動いた。

二人とも同じように盾を構えて、猛然と相手にぶつかっていく。

ズダーンっと盾と盾がぶつかり合い、凄まじい衝撃音が訓練場に響き渡る。

驚いた兄貴が、俺の腕にギューっと抱き付いてきた。

最初のぶつかり合いは互角で、双方よろめきもせず盾を隔てた押し合いとなった。

「ぬぉぉ……」

「だりゃぁ！」

ゴリゴリと分厚い盾が歪むのではないかと思うほどの押し合いの後、二人は示し合わせたように一旦距離を取ると、再び盾を構えて突進する。

再び凄まじい衝撃音が響いた後、今度は木剣を振るっての戦いとなった。

ガドもナバーニアも軽々と片手で振っているが、俺では両手で振るのもおぼつかない大きさの木剣で、盾を殴りつける重そうな音が尋常ではない衝撃を物語っている。

猫人の俺から見ると、モビルスーツ同士で殴り合っているのではないかと思える程の迫力だ。

盾でのぶつかり合い、木剣を振るっての戦い、どちらも決して引こうとはしない戦いは、技というより己の膂力と意志の力のぶつかり合いのように見えた。

「それまで！　この勝負、引き分け！」

時間にして十五分程、死力を尽くした戦いは双方決め手無しの引き分けとなったが、ガドとナバーニアの力量を実感し、見学に集まっていた騎士達からは惜しみない拍手が送られた。

いつの間にか俺の腕を放した兄貴も、目をキラキラさせながら手を叩いている。

「凄かったな、ニャンゴ」

「あぁ、俺達には絶対にできない戦い方だ」

ガドとナバーニアは大きく両手を広げて、分厚い胸板をぶつけ合うように抱擁を交わした。

二人が肩を組んで訓練場を後にすると、代わって細身の騎士が姿を見せた。

シューレの相手をするのはイアゴという狼人の騎士で、屈強な騎士の中にあってはスラリとしたモデルのような体形をしている。

なかなかのイケメンで、酒場に行けばモテそうだ。

左腕に小型の盾を着け、長剣サイズの木剣を携えている。

一方のシューレは、防具こそ身に着けているが手にしているのは短剣サイズの木剣だ。

イアゴは、審判を務める騎士に本気を出して大丈夫なのかという感じで目配せをしているが、俺からすればイアゴの方が大丈夫かと訊ねたいくらいだ。

「始め！」

それでもイアゴは開始の合図と同時に木剣を正眼に構えたが、シューレは木剣をダラリと下げたまま、スタスタと無造作に歩み寄って行く。

何事かと怪訝な表情を浮かべてイアゴが構えを緩めた瞬間、シューレが突風のように距離を詰めて右の回し蹴りを放った。

イアゴは驚愕の表情を浮かべつつも、咄嗟に左腕の盾でシューレの蹴りを弾いてみせた。

さすがはラガート家の騎士だけのことはあるが、シューレの攻撃が一発で終わるなんて思ったら大間違いだ。

シューレは回し蹴りを弾かれた勢いを利用して体を独楽のように回転させると、イアゴの右の脇腹に後ろ回し蹴りを叩き込んでみせた。

「がはっ……」

革鎧越しだが、シューレの蹴りの衝撃でイアゴの顔が歪む。

シューレは蹴りを走らせる時には脱力し、インパクトの瞬間に力を加えている。

これによって、細身のシューレが放ったとは思えないほど蹴りが重たくなるのだ。

距離を取ろうとしてか、イアゴは顔を狙った苦し紛れの横薙ぎを繰り出すが、シューレは上体を反らして剣を避けつつ鋭い前蹴りを繰り出す。

「ぐはっ……」

再びまともに蹴りを食らい、イアゴはよろめくように後退りしたが、すぐさまシューレが踏みこみ右の下段回し蹴りを放つ。

「くそっ……」

イアゴは咄嗟に左腕の盾でガードしようとするが、次の瞬間軌道を変えて跳ね上がったシューレの蹴りが左の頬を捉えた。

「ぶへぇ……」

イケメンをひしゃげさせながら、イアゴはグリンっと回転しながら訓練場に倒れ込んだ。

「勝負あり！　勝者、シューレ！」

立ち合いを終えたシューレは、どうだとばかりに胸を張って戻ってくる。

ピンっと立ったモフモフの尻尾が、実に自慢げに見える。

「騎士に勝っちゃうなんて、凄いよシューレ！」

出迎えたミリアムとハイタッチを交わしながら、シューレは事も無げに言ってみせた。

「まぁ、ざっとこんなもの……」

バルディオがライオスに敗れた時には満足そうに頷いていた子爵だが、イアゴの負けっぷりを見ると右手を額に当てて小さく首を振っていた。

ガドとナバーニアの立ち合いが終わった直後には盛大な拍手が起こったが、今度は騎士達の盛大な溜息が聞こえてきた。

この様子では、勝負の行方によって明日以降の訓練の厳しさが変わるのかもしれない。

「では、場所を射撃場に移そう」

この後はセルージョが弓矢を披露し、最後に俺が魔法を披露する予定だ。

どちらも飛び道具なので、射撃の訓練場で行うことになっている。

バッタリと倒れていたイアゴは、仲間の騎士に助け起こされていたけれど、頭をはたかれたり脇腹を小突かれたりしているようだ。

負けるにしても、子爵が納得するような形で負けろとでも言われているのだろう。

そんなイアゴの様子を振り返って見ていると、すっとセルージョが体を寄せて来た。

「ニャンゴ、手を抜こうなんて考えるなよ。招待してもらったんだから全力だぞ」

「そうだね、手抜きなんて失礼だもんね」

そもそも、冒険者としても歩き出したばかりの俺が、騎士を相手に手を抜こうなんておこがましいにも程があるというものだ。

やるなら全力で披露するのが礼儀だが……射撃場の設備が少々不安だったりもする。

うん、施設を壊さない程度の全力にしておこう。

案内された射撃場は、イブーロの学校の敷地に併設された騎士団の訓練場と同規模のもので、射撃位置から一番遠い的まで百メートルほどの距離がある。

まずは、セルージョとラガート騎士団の弓兵が腕を競う。

この世界には魔法があるのだし、技術を要する弓は必要無いと思われるかもしれないが、魔法と違って実体の矢があることは貫通力の大きさに繋がる。

弓使いの多くはセルージョと同じく風属性の持ち主で、魔法を操って命中精度や矢の速度を上げるのが一般的だそうだ。

ラガート騎士団の弓兵コレイアも風属性の魔法を使うそうだ。

勝負は魔法抜きの純粋な弓の腕前と、魔法を使った場合の腕前の両方で競い合うらしい。

最初に、五十メートル程の距離に置かれた五つの的を順番に射って、狙いの正確性を得点形式で競うそうだ。

的の中心が十点、以下外側に向かって七点、五点、三点という感じで同心円が描かれている。

十点の部分は、直径が三センチ程度しかない。

射撃訓練場は流れ弾を防ぐために周囲を壁で囲まれているので風の影響は小さそうだが、五十メートルの距離で三センチの的を射貫くのは簡単ではないはずだ。

先攻は訓練場に慣れているコレイアで、見事に的の中心に命中させた。

後攻のセルージョの第一射は、僅かに中心を外して七点。

そのまま今度はセルージョが先に第二射を放ち、少し逸れて五点だった。

コレイアの第二射はまたしても十点で、続く第三射は七点だった。

二射を終えた時点で八点の差を付けられたセルージョだが、ここから本領を発揮して、第三射、第四射で立て続けに的の中心を射貫いてみせた。

「おらっ、どんなもんだ！」

プレッシャーの掛かる第四射でコレイアは七点だったが、続く第五射で中心を射貫けば、その時点で勝利が確定する。

だがコレイアが放った矢は、僅かに中心から外れて七点だった。

第五射を終えてのコレイアの合計得点は四十一点。

第四射を終えてのセルージョの得点は三十二点。

最後の一射でセルージョが中心を射貫けば逆転勝利だ。

第五射の前にセルージョは、ふーっと大きく息を吐くと、力みも見せずに弓を引き絞った。

普段はチャラく見えるセルージョだが、弓を引いている時の表情は引き締まっている。

ビーンという弓弦の音を残して飛んだ矢は、見事に的の中心を射貫いたように見えたのだが……

直後に天を仰いだセルージョの苦い表情が結果を物語っていた。

矢は十点のエリアから、ほんの二ミリほど外れた七点だった。

四十一点対三十九点で、最初の勝負はコレイアに軍配が上がった。

続いての勝負は通し矢で、距離百メートルほどの場所に設けた直径三センチほどの鉄の輪を魔法も使って何本連続で射貫けるかの勝負となるのだが、セルージョは浮かない表情をしている。

「セルージョ、どうしたの？　もしかして自信無いの？」

「いいや、簡単すぎて外す気にならないから、何本射っても勝負つかないんじゃねぇか？」

つまり、何本も射続けるのが面倒らしい。

確かにセルージョはブロンズウルフの討伐の時でも、とんでもない方向に射った矢の軌道を魔法で操作して、視覚の外から急所を狙っていた。

あれだけの芸当が可能なセルージョにとっては、遥か遠くに見える小さな鉄の輪を通すのも簡単なのかもしれない。

一方、対戦相手のコレイアは、セルージョの言葉を聞いて眉を顰めていた。

騎士としては比較的小柄な羊人のコレイアは、セルージョほどの自信は無いらしい。

「女神ファティマ様の名の下に、風よ我が矢を導き的を射貫け！」

今回も先攻を務めたコレイアは、見事に鉄の輪に矢を通してみせた。

魔法を使っているのだろうが、普通に構えて、普通に射貫いたように見えた。

続いて射撃位置に立ったセルージョは、的の鉄の輪から外れた方向を向いて弓を引いた。

「風よ、導け」

セルージョの放った矢は、まるで意思を持つ鳥のごとく鋭く軌道を変えて、S字を描くように飛んで見事に鉄の輪を射貫いてみせた。

「おぉぉぉ……」

セルージョの矢の軌道を見届け、見物に集まっていた騎士からどよめきが起こった。

続いてコレイアが第二射の準備に入ったのだが、セルージョよりも的外れの方向に向かって弓を引き絞り詠唱を口にした。

「女神ファティマ様の名の下に……風よ、我が矢を導き……的を射貫けぇぇぇ！」

弓弦の音を残して飛んだ矢は、途中で軌道を変えたものの、鉄の輪からは大分離れた場所を通過して背後の土の山に突き刺さった。

「くっ……」

矢の行方を見守ったコレイアは、悔しそうに右手で自分の太腿を叩いた。

続いて射撃位置に立ったセルは、ろくに狙いもつけずに無造作に弓を引いた。

「風よ、導け」

弓も半分ほどしか引かずに放った矢は、山なりに飛んで途中で落ちるかと思った瞬間、急激に速度を上げて鉄の輪を通過した。

弓の腕前はほぼ互角だが、魔法を使った矢の扱いについてはセルージョの圧勝だった。

ていうか、矢を捻くれた方法で飛ばすのは、いかにもセルージョが得意そうな技だよね。

そして最後は、いよいよ俺の出番だ。

弓矢のための的が片付けられて、見慣れた鉄の的が二つ設置された。

一枚は俺のため、もう一枚は俺の相手の騎士のための的なのだろう。

「ニャンゴ、的の後には厚い鉄の盾を二枚置いてある。その後ろには土の山、土属性魔法で固めた土壁、更に土の山と土壁、最後は魔法耐性を強化した壁だ。これだけ念を入れれば大丈夫だろう」

子爵は、これでどうだとばかりに胸を張ってみせた。

ワイバーン討伐に関する報告書の内容を信じて、万全の用意を調えたと自慢したいのだろう。

「まずは……ジュベール、試してみせろ」

「はっ！」

子爵から指名されたジュベールは、二十代前半ぐらいにみえる獅子人の騎士でかなりの使い手のように見える。

「ジュベールは、ラガート騎士団の若手のホープでな、将来は騎士団を背負って立つ存在になると思っている」

「そうなんですか……凄いですね」

二十代前半で、子爵からこれだけの言葉を掛けられるのだから、相当期待されているのだろうし、それに相応しい実力の持ち主なのだろう。

射撃位置についたジュベールは、こちらを振り向いて子爵に尋ねた。

「全力で、構いませんか？」

「無論だ。思いっきりやってみせろ」

「はっ！」

「ジュベール、期待してますよ」

「はい、お嬢様。お任せ下さい」

ジュベールは片膝をついて恭しくアイーダに頭を下げると、射撃体勢に入る前にギロリと鋭い視線を俺に向けてきた。

ワイバーンの討伐現場にはラガート騎士団の人達も参加していたので、それを差し置いて止めを刺した俺にライバル心を抱えているのかもしれない。

「女神ファティマ様の名の下に！」

ジュベールが右手を振り上げると、頭上に直径五メートルはありそうな火球が現れた。

十メートル以上離れている俺達の方まで、ゴォという音と熱気が伝わってくる。

直後に、真っ赤な炎が凝縮して、直径五十センチほどの青い火球へと変化した。

押し寄せてくる熱気は、火球が凝縮される前よりも温度を上げているように感じる。

「炎よ、貫けぇぇぇぇぇ！」

雄叫びを上げながらジュベールが右腕を振り下ろすと、青い火球が物凄い勢いで撃ち出された。

火球は的にぶつかって形が崩れたが、飛んで来た勢いのまま後方の土山の表面を焦がしている。

ジュベールの魔法の威力に驚いた兄貴が、また俺の手をギューって握ってきた。

魔法の威力を目にした、同僚の騎士や兵士からも驚きの声が上がった。

「おぉ、的が……」

「あの鉄の的がこんなになるとは……」

直撃を食らって赤熱していた的は、自重を支えきれずにグニャリと曲がって倒れてしまった。

なるほど、これを見越していたから的が二つ用意されていたのか。

「凄いです！　さすがはジュベール！」

「ありがとうございます、お嬢様」

手を叩いて喜ぶアイーダに、ジュベールはまた片膝をついて頭を下げてみせた。

どうやら、このジュベールはアイーダのお気に入りの騎士なのだろう。

絵に描いたような姫様と騎士という姿を見て、ちょっと微笑ましいと感じると同時に、この後全力の砲撃を披露して良いものか考えてしまった。

「さて、ニャンゴ。用意は良いかな？」

「はい、いつでも……あっ、そうだ！」

「どうした、ニャンゴ」

「子爵様、ジュベールさんに、もう一度魔法を披露してもらうって可能ですか？」

「ジュベールにか？」

子爵に視線を向けられると、ジュベールは胸を叩いてみせた。

「勿論（もちろん）可能です。いつでもお任せ下さい」

「そうか……だがニャンゴ、それでは君の分の的が無くなってしまうぞ」

「えっと、実は今、空属性魔法による防御（ぼうぎょ）の訓練をしていまして、それが一級品の魔法に通用するものなのか試してみたいのです」

「それでは、的の前にニャンゴが立って防御するのか？」

「いえ、まだ練習中なので、俺はこちらにいる状態で的の前に空属性魔法の盾を展開します」

「ほう、つまりニャンゴの守りが勝つか、ジュベールの攻撃が上回るか勝負という訳だな？」

「まぁ……そうなりますね」

確かにその通りなんだけど、あんまり煽（あお）らないでもらいたい。

「面白（おもしろ）い！　ジュベールよ、見事ニャンゴの守りを打ち破ってみせよ」

「はっ、かしこまりました！」

子爵に敬礼をしながら答えたジュベールは、俺に見下すような視線を投げ掛けながら、ふんっと鼻で笑ってみせた。

役立たずと呼ばれている空属性魔法など、壊すのは簡単だと思っているのだろう。

猫人として生まれて見下されるのには慣れているが、今日はチャリオットの一員として魔法を披露する立場なので、むざむざとやられるつもりは無い。

ライオスの協力によって作り上げた複合シールドを、念のために七層で構築した。

「準備できました、いつでもどうぞ」

「ふん、空属性魔法の盾など、俺の魔法で粉々に打ち砕いてやる。女神ファティマ様の名の下に……炎よ、貫けぇぇぇぇぇ！」

再び物凄い勢いで飛んだ青い火球は、的の手前で大きく弾けて広がった。

炎が消えた後、鉄製の的は先程とは違って赤熱すらしていなかった。

すっと近付いてきたライオスが、俺の耳元で囁いた。

「今ので何層目まで壊れた？」

「火球に貫通力が無いのか、盾が魔法に強いからなのか分からないけど、一層も壊れてない」

「何の話だね？」

ライオスと俺の会話に興味を持った子爵に、盾の構造やジュベールの魔法を受け止めた結果を伝えると、実物を触ってみたいと言われた。

的の前に展開していた盾を消し、手元に三層の盾を作った。

「ここに盾があります。硬い層で衝撃を吸収する層を挟み込んだ形になっています」

「ほほう、これほどまでに硬い盾が作れるものなのか」

子爵は、騎士達の腰の高さ程度に作った盾を手で撫でてみたり拳で軽く叩いてみたりして確かめていた。

「ニャンゴ、これをうちの騎士に斬らせてみても良いか？」

「はい、かまいませんよ。壊れても何度でも作れますから」

「子爵様、私にやらせて下さい！」

真っ先に名乗りを上げたのはジュベールだった。

自分の魔法を防いだ盾を今度は剣で叩き壊そうというつもりなのだろう。

「よかろう、やってみろ」

「はっ！」

ジュベールは真剣を手にして盾の前に立った。

目には見えない盾を手で触って位置を確かめると、距離をとって腰を落とした。

剣を鞘から抜き放ち、脇構えにして目を閉じて呼吸を整え始めた。

どうやら身体強化の魔法を使うみたいだ。

思わぬ形で俺の盾が、騎士のガチの斬撃に盾が耐えられるか実験する形になり、ちょっと不安であると同時にワクワクが止められない。

「しゃっ！」

猛然と踏み込みながらジュベールが振った剣は、ドスっという鈍い音と共に、何も無いように見える空中で押し留められた。

「馬鹿な……」

渾身の一撃を止められたジュベールは、剣を持ったままワナワナと震えていた。

「ニャンゴ、今度は何層だ？」

「二層目まで壊されて、どうにか三層目で止まった」

ライオスのフルパワーでも二層目までしか壊せなくなっていたので、騎士と自分の斬撃の威力を比べてホッとしているのだろう。

「素晴らしいぞ、ニャンゴ。守りも一級品だな」

「いいえ、この盾は展開するまで時間が掛かるので、まだまだ改良の余地が残ってます」

「貪欲だな。その貪欲さこそが成長の秘密という訳だな。では、そろそろ攻撃の魔法を披露してくれるか？」

「かしこまりました。子爵のご要望にお応えして、こちらも全力でやらせてもらいます」

剣を鞘に納めたジュベールは、魂が抜け落ちたような表情で下がっていく。

別に、ジュベールのプライドを完膚なきまで叩き折ってやろうなんて思っていた訳ではないのだが、結果的には彼の自信を圧し折ってしまったようだ。

だが今は、磨き上げた砲撃の魔法を披露することに集中しよう。

ワイバーンの頭を吹き飛ばした時よりも、その後の検証の時よりも、更に魔法陣の精度と滑らかさを意識して、圧縮率も上げて発動させる。

「いきます！　ニャンゴ・キャノン！」

ドンっと重たい発射音を残して、魔銃の魔法陣と的が炎の線で結ばれる。

ドチュン……と的も二枚の鉄盾も突き抜けた炎弾は、一つ目の土の山を吹き飛ばし、土壁を突き抜け、二つ目の土の山に食い込んだところで止まったようだ。

吹き飛んだ土の塊がバラバラと地面に落ちると、射撃場は水を打ったように静まり返った。

ジュベールの仇とばかりに俺を睨み付けていたアイーダも、ポカーンと口を開いている。

静寂を破ったのは、子爵の高笑いだった。

「ふははは！　素晴らしい、素晴らしいぞ、ニャンゴ！」

「ありがとうございます。さすがに二つ目の山までは吹き飛ばせませんでした」

「何を言うか、鉄の的に鉄の盾が二枚。まるで紙に穴を空けるように突き抜けておるではないか」

「ワイバーンの鱗は強靭なので、貫通力が増すように魔法陣を形作って撃ちました」

「そうかそうか、それにしても、たった一人でこれほどの威力の魔法を撃てるとは……単純な個人の攻撃力ならば、王国内の十指に入るであろうな」

「えっ……俺が、ですか？」

「他に誰がいる？　それだけニャンゴ、君の力はズバ抜けているぞ」

「そ、そう言われても、実感がないというか……」

いきなり王国内で十指に入る攻撃力と言われても、今いちピンと来ない。

それよりも、その攻撃力をどう使いこなすか、経験が不足していると感じる。

「そうだな、君は色々な場所に行き、色々な物を見て、色々な人に会い、知識や経験を積み重ねていくべきだろう」

「はい、俺には知らないことが多すぎます」

「見聞を広げ、知識と経験を得たら、うちの娘の婿にならんかね？」

「にゃ？　む、婿……？」

いきなりだったので、何を言われているのか分からなかったが、視線を向けたアイーダが貴族のご令嬢にはあるまじき顔の歪め方をしているのを見て理解が追い付いた。

てか、そんなに不細工な顔になるほど俺が嫌なのか。

「いえ、ご本人が凄く嫌そうですし、辞退させていただきます」

「ふははは！　まぁ、まだ結婚云々を言う歳でもないな。だが、アイーダが王都に行く時には警護として同行してもらうぞ。あの見えない盾は素晴らしい、見えないのに強固な守りとなる」

「はい、前向きに検討させていただきます」

空属性魔法の盾を披露したことで、王都に行くという話が現実味を帯びてきた。

王都の大聖堂で『巣立ちの儀』を受けるアイーダには、子爵夫妻も付き添って行くらしい。

その道中で、俺の見えない盾を警護に活用するつもりなのだろう。

「王都か……オラシオは元気にしてるかな？」

二年前の『巣立ちの儀』の後、王国騎士団にスカウトされて王都に向かった幼馴染を思う。

騎士見習いとして厳しい訓練を受けて、逞しく成長していることだろう。

まだ正式に決まった訳ではないけれど、新王都の街並みや、そこまでの旅路、オラシオとの再会などを想像すると胸が弾む。

ラガート子爵一家の王都行きに同行できるならば、俺の世界がまた広がるはずだ。

それまでには、魔銃の連射や、複合シールドの素早い展開なども練習しておく必要がある。

足の傷も癒えてきたし、イブーロに戻ったら依頼をこなしながら訓練を重ねていこう。

第二十七話　水辺の依頼

　ラガート家の城を訪問した後、当初は真っ直ぐイブーロに帰る予定だったのだが、二日目の夕食の席で子爵から依頼の話を聞かされた。

「近頃、ラージェ村で養殖施設が荒らされる被害が出ていると報告が来ている。イブーロに戻る途中の村だし、帰り掛けの駄賃を稼いでいったらどうだ？」

「そうですね、明日トモロスのギルドに立ち寄って、詳しい話を聞いて考えます」

　ラージェ村には、トモロス湖ほどではないが大きな池があり、そこで高級魚マルールの養殖が試みられているそうだ。

　その池で出荷前の魚を入れておく生簀などが、何者かによって壊されているらしい。

　元々、池には大きな魔物は棲んでいないはずなので、どこからか移動してきたか、あるいは誰かの嫌がらせの可能性もあるようだ。

「ライオス、早く行こう。マルールの養殖を邪魔する奴は、絶対に許せない」

　今行われている養殖への取り組みが上手くいけば、あのホロホロとほぐれる極上の白身が、手頃な価格で食べられるようになるかもしれないのだ。

　そのための取り組みを邪魔するような奴はとっちめて、生まれて来たことすら後悔させてやる。

「ニャンゴ、張り切るのは良いが、場合によっては水中の大きな魔物と戦うことになる。近くには漁に関係する施設があるだろうし、持ってきている装備だけでは討伐できないかもしれんぞ」

「それもそうか……残念だけど、その場合は諦めるよ」

チャリオットの馬車には、移動の最中に山賊などに襲われる可能性もあるので、みんなの武器や装備品が積み込まれている。

オークやオーガならば問題無く討伐できると思うが、水中を主戦場とする魔物を討伐するには準備不足なのかもしれない。


ダルクシュタイン城を訪問して三日目の朝、俺達は城を出てトモロスの街のギルドを訪れた。

ラージェ村での討伐依頼の詳細を聞くためだ。

代表してライオスが聞いてきた話では、ラージェ村の養殖施設を荒らしているのは、亀系統の魔物である可能性が高いそうだ。

討伐が難しい魔物なので、ブロンズウルフやワイバーンの時のように、受注パーティーには制限を付けず、一番早く討伐した者に報酬が支払われるらしい。

「ライオス、亀系の魔物って危険なの？」

「陸上での動きは遅いから水辺に近付かなければ危険じゃない。ただし、水に潜って移動するし、甲羅が硬いから討伐するのは難しいな」

「それで、どうするの？」

「そうだな、とりあえず現地の状況を確認して、あまり手間を掛けずに討伐できそうならば倒してしまおう。逆に手間取るようなら他のパーティーに任せて撤収する」

どうやら、すでにいくつかのパーティーが討伐に名乗りを上げているそうなので、チャリオットとしては半分冷やかし程度で現地に向かうことになった。

ラージェ村に向かう馬車の中で、セルージョに亀の魔物について聞いてみた。

「セルージョは、亀の魔物を討伐したことある？」

「あるけど、俺とは相性が悪いな」

「それって、やっぱり甲羅が硬いから？」

「まぁな、魔法でフルブーストしても甲羅を貫通させるのは難しい。急所を狙って仕掛けても、奴ら水の中だと意外に動きが速いからな」

弓矢を武器にして戦うセルージョにとって、亀の魔物を倒すのは容易ではないらしい。

俺が討伐する場合を想定してみても、水中の敵を攻撃する手段は限られてしまう。

体の一部が水面に出ているなら、魔銃や粉砕の魔法陣で攻撃できるが、水中に潜られてしまうと、攻撃が届かなくなってしまうのだ。

水の抵抗というものは、馬鹿にならない。

水面からライフルで銃弾を撃ち込んでも、一メートルも進むと急激に速度が落ちる。

ワイバーンを倒した砲撃を加えたとして、どの程度の効果が得られるか分からない。

雷の魔法陣は威力を発揮しそうだが、近くにマルールの生簀があるのでは使えない。

守るべきマルールが、感電死したら本末転倒だ。

とりあえず、ラージェ村に着くまで色々と考えてみよう。

トモロスのギルドを午前中に出発して、ラージェ村には昼過ぎには到着できた。

依頼主の村長の家に出向くと、村の集会所を宿舎として使って良いと言われた。

少々手狭ではあるが炊事場も付いているし、野営の準備はほぼ必要なくなった。

ただし、他のパーティーと共同使用なので、俺達だけで独占する訳にはいかない。

他のパーティーとの兼ね合いもあるが、馬車と集会所に分かれての宿泊になるかもしれない。

俺達以外のパーティーは、すでに討伐のために動き出しているようだ。

「セルージョ、ニャンゴ、下見に行くから一緒に来てくれ。ガドとシューレは馬車を頼む。それと、フォークスとミリアムは不用意に水辺には近付くな。ガブっとやられて引き摺り込まれたら助からないからな」

「わ、分かった。絶対に水辺には近付かない」

「あたしも近付かないわよ」

亀系の魔物は、水の中から岸辺にいる生き物を襲う場合があるそうだ。

どの程度の大きさなのか分からないが、体の小さい猫人では引き摺り込まれる恐れがある。

俺の場合は空中から近付けば良いが、兄貴やミリアムには危険すぎるようだ。


馬車と集会所をガドとシューレに任せて、俺とライオス、セルージョは下見に出掛けた。

問題の生簀は、湧水が集まった小川が流れ込む所に設置されていた。

ここ以外にも小川が流れ込む場所があり、池の水は意外に澄んでいるように見えるが、池の中で水が湧いているのではないので、中央付近の水には濁りがあるそうだ。

マルールは池の底に生息しているそうで、生簀で数日間泥を吐かせてから出荷するそうだ。

その生簀の一つが、無残に壊されていた。

浮きとなる丸太に網を縛り、網で囲われた所にマルールを放していたようだが、一部の丸太が強い力で折られて網が引き千切られていた。

「ライオス、あの壊れ方だと亀の魔物の可能性が高いの？」

「そう思うが、魔物だと決めつけて掛かるなよ。魔物だと思わせた人の犯罪かもしれんからな」

「なるほど……」

確かに人の仕業である可能性もゼロではないが、ライオスは念のために言っているのだろう。

丸太に残された爪痕は、とても人の手によるものとは思えない鋭さと深さがある。

ライオス達は、生簀がある辺りの岸辺を入念に調べていたが、魔物の痕跡は見つからなかった。

この辺りの岸辺には上がっていないようだ。

「ライオス、ぐるっと回ってみるか？」

「そうだな、今日のうちに少し見ておこう」

セルージョの提案で、池の周囲を見て回る。

生簀や船着き場以外は冬枯れた葦が生い茂り、何かが隠れるには格好の場所のように思える。

「ニャンゴ、葦が茂っている上を歩いて、不自然に倒れている場所が無いか見てくれ」

「分かった」

「ただし、水の中から襲い掛かって来るかもしれないから、水際は三階ぐらいの高さから見てくれ」

「了解」

ライオス達では、掻き分けて踏み込んで行かないと確認できないが、俺ならエアウォークを使って上から観察できる。

二十分ほど見て歩くと、葦が倒れている場所があった。

「ライオス、こっちで葦が倒れている。岸辺の方から続いてるみたい」

「どこだ？　あぁ、ここだな……ニャンゴ、水辺まで続いてるか？」

「うん、続いてるよ」

「水辺の葦は、どちらに向かって倒れている？」

「池に向かって倒れている感じ」

「よし、分かった。次に行こう」

こうした葦が倒れている場所は他にもあったが、どこも葦は池に向かって倒れていた。

ライオス曰く、住民が小魚やエビを獲るために分け入ったか、他のパーティーが下見のために踏み入った跡のようだ。

池の北側から回り始めて三分の一を過ぎた辺りで、今度は池から出て行く小川があった。

「ニャンゴ、ちょっと戻って来い！」

セルージョに呼ばれて戻ると、ライオスも川原に下りて痕跡を調べていた。

「ライオス、こっちだ」

「どこだ？　あぁ、間違い無さそうだな」

セルージョが指差している所は、自然にできた堰のような場所で、そこを乗り越える時に付いたと思われる爪痕が残されていた。

それを見たライオスとセルージョは表情を曇らせた。

「ライオス、こいつは結構デカいぞ……」

「あぁ、かなりの大物だな」

上から眺めてみると良く分かるが、甲羅を引き摺った跡の両側に地面を掻いた跡が残っている。

その足と足の間の幅を見れば、亀が相当な大きさであるのが良く分かった。

「ここまで大きいとなると、ロックタートルの可能性が高いな」

亀系の魔物は何種類かいるそうだが、ロックタートルはその中でも大型になるそうだ。

甲羅が頑強で、弓矢や剣、槍だけでなく生半可な魔法では弾かれてしまうらしい。

前世の日本なら、こんな寒い時期には亀は活動せずに冬眠しているはずだが、そんな常識は魔物には通用しないのだろう。

「いずれにしても陸地に引っ張り出さないと話にならないだろう。どうするよ、ライオス」

「そうだな、餌で釣るしかないだろうな……」

亀系の魔物の討伐は、水の中から追い出して火属性の魔法などで焼き殺すのが一般的らしい。

一刀のもとに首を斬り落とせれば、それが一番良い討伐方法なのだが、余程素早く仕掛けないと甲羅の中に引っ込んで出て来なくなるそうだ。

甲羅の中に閉じこもられると、余程の達人でもない限り、単独で撃破するのは難しいらしい。

村の集会所への帰り道、ライオスとセルージョは水中に潜んでいると思われる魔物を誘き出す作戦を話し続けていた。

集会所に戻り、ガドとシューレも交えて作戦を話し合った。

「相手は大物、恐らくロックタートルだろう。狩場を作って餌を仕掛けて誘き出すしかない。他のパーティーも同様の方法をとっているはずだ。出遅れた分だけ不利になるが、どうする？」

チャリオットは、ワイバーンの討伐で稼いだので、ガツガツ仕事をする必要は無いが、別の見方をするなら他のパーティーが討伐しても構わないと思える余裕がある。

「俺はやるべきだと思うぜ。出し抜かれる可能性もあるが、ニャンゴの魔法で仕留められたら大きな儲けが出る」

「私もセルージョに賛成……餌を捕らえるならミリアムに経験を積ませたい……」

「えっ、あたし？」

突然シューレに指名されて、ミリアムは戸惑った表情を浮かべている。

「よし、それなら討伐する方向で動こう。明日は、俺とセルージョ、ガドで狩場の設営。シューレとミリアム、ニャンゴで餌を確保してきてくれ。フォークスは馬車と荷物の番を頼む」

ライオスが立てた作戦は、亀系の魔物に対する標準的な討伐方法らしい。

池の周囲は船着き場と生簀の辺りを除けば、葦が生い茂っている湿地で足場が悪いので、葦を刈り飛ばし、整地して狩場を作るらしい。

そこに餌を用意して、魔物を陸上へと誘き寄せて討伐するそうだ。

「あの……俺にも整地を手伝わせてくれませんか？」

チャリオットのメンバーには慣れてきたが、滅多に自分から発言しない兄貴が手を挙げたのを見て、ライオスはニヤリと口許を緩めた。

「どうする、ガド？」

「勿論、大歓迎じゃぞ。ワシの仕事が楽になるからな」

「その代わり、フォークスがバクっとやられないように気を配ってくれよ」

「心得た……任せておけ」

「よしっ」

狩場作りへの参加を許されて、兄貴は拳を握って気合いを入れている。

シューレがミリアムに経験を積ませると言ったので、自分も何かしたいと思ったようだ。

「シューレ、あたしは何をすればいいの？」

「ミリアムには、魔法で獲物を探してもらうわ……嫌？」

「うにゃうにゃ、嫌じゃないです。行きます、連れて行って下さい」

「遊びに行くんじゃないから、気を引き締めなさい」

「はい！」

ミリアムも両手の拳を握ってやる気満々といった様子だけど、行くのは明日だぞ。

兄貴もミリアムも、今夜ちゃんと眠れるのかなぁ。


村の人に分けてもらった魚をカリサ婆ちゃん直伝の香草塩で味付けして焼いていると、今日の作業を終えたらしい他のパーティーが戻ってきた。

早速、ライオスとセルージョが話し掛けて情報交換を始めた。

戻って来た九人はトモロスの冒険者で、獲物の大きさを見て共闘を決めた二つのパーティーが合わさった合同パーティーだそうだ。

「ワイバーンを討伐したチャリオットか、こいつは強敵だな」

「あんたらガッチリ稼いだばかりだろう？　お手柔らかに頼むぜ」

ワイバーンを討伐したおかげで、トモロスの冒険者にもチャリオットの名前は知れ渡っていた。

「今日着いたばかりで、明日から狩場作りだから、そっちの方が早いと思うぞ」

ライオスは出遅れているのを強調し、どこに狩場を設置したのか訊ねた。

情報交換は互いの腹の内の探り合いでもあり、狩場の場所が重ならないようにする擦り合わせの意味もある。

「討伐に参加しているのは、あんたらだけなのか？」

「いや、もう一つ五人組のパーティーがいるぞ。確かイブーロ所属って言っていたが……あぁ、戻って来たみたいだぜ」

トモロスの冒険者が指差す方向から現れたパーティーは、見覚えはあるけどできるなら出会いたくない連中だった。

「ちっ、あんたらワイバーンで稼いだばかりだろう。こんな所までノコノコ出て来んな」

ライオスの顔を見て、舌打ちした後で文句を言ったのは、俺がイブーロに暮らすようになってから何かにつけて絡んできた、レッドストームのリーダーで、ジャッカル人のボーデだ。

ギルドのアリーナで決闘した時に、空属性魔法で超強力なゴムパッチンを食らわせて鼻っ柱を圧し折ってやってから、微妙に鼻筋が曲がったままになっている。

そのせいで鼻曲がりのボーデと陰で言われているらしく、俺に恨みを抱いているらしい。

「どんな汚ぇ手を使ったら、ニャンコロがワイバーンを倒したことにできるのか知らねぇが、俺はあんたらを絶対に認めねぇ。今回の獲物は俺達がいただく！」

「そうか、別に構わんぞ。俺らもお前らを邪魔する気は無い。お互いに嫌な思いをしないで済むように、狩場の場所だけ教えてくれ」

苦笑いを浮かべつつライオスが訊ねたが、ボーデは拒絶した。

「お断りだ！　手前らに流す情報なんか無ぇよ！」

レッドストームの五人は集会所の奥に陣取ると、俺達に向かって薄暗い視線を投げつけてきた。

「兄貴もミリアムも、ここにいる間は一人にならないようにして」

「何か、あいつらと揉めたのか？」

「うん、兄貴が来る前にちょっとね」

ボーデと揉めた経緯と決闘の結末を話すと、兄貴は大きな溜息をついた。

「はぁぁ、お前はいつの間にそんな乱暴者になったんだ？」

「仕方ないじゃん。向こうから絡んで来たんだし」

「酒場のお姉さんに鼻の下を伸ばしてるからじゃないのか？」

「そ、それは、レイラさんから……」

「そうそう、ニャンゴはレイラにデレデレしすぎ……」

「あたし達は、とんだとばっちりなのね」

「あれっ、俺が悪いの？」

念のために注意したはずなのに、何で俺が悪いことになってるんだろう、解せん。

それでも、兄貴はガドに、ミリアムはシューレに気を配ってもらえるようにした。

シューレやガドが一緒なら、ちょっかいは出してこないだろう。

翌朝、集会所で朝食を食べた後、チャリオットのメンバーは二手に分かれて行動を開始した。

ライオス、セルージョ、ガド、それに兄貴の四人は狩場の設営に向かう。

俺はシューレ、ミリアムと一緒に手頃な魔物の生け捕りだ。

「じゃあ兄貴、気を付けて作業してくれよな」

「分かってる。ガブっとやられないように、ちゃんとガドやライオスの指示に従うよ」

兄貴とグータッチを交わして、俺達は池の近くの里山に向かった。

池の近くであっても、ゴブリンやコボルトは姿を見せる。

山に食べ物が無くなれば、村に現れて家畜や農作物、貯蔵している穀物などを漁り、場合によっては子供や年寄りを襲う。

前世の日本で言うならば、イノシシやクマと同じだろう。

この里山でも秋には巣の駆除が行われているそうで、向かっているのは昨秋に駆除が行われなかったエリアだ。

「ニャンゴ、上から見て……」

「了解」

チャリオットの討伐では、シューレが足下の痕跡を探し、俺が高い場所から見渡すというコンビネーションが確立されている。

今日は、それに加えてミリアムにも探索をやらせるようだ。

「風を誘導して周囲から匂いを集めなさい。流量を絞れば遠くからも風を引き寄せられるわよ」

「はい、やってみます」

「風の匂いを嗅いで、濃密な獣の臭いを感じたら知らせなさい」

「はい！」

ゴブリンやコボルトは、風呂に入ったりしないので獣臭い。

一般の人でも近くにいけば臭いと感じるし、鼻の利く猫人ならば敏感に感じ取れるはずだ。

討伐の依頼で探索を行う時、シューレは風向きを確かめることもせずに森に入っているが、実際には風属性の魔法を使って風を読み、操り、自分達の匂いを消して獲物を探している。

俺も探知用のビットを配置して動かしていけば、遠くにいる獲物を見つけることができるが、深い森の中でシューレと対決したら、たぶん先に察知されてしまうのだろう。

だがミリアムは、今日が初めてだから、思うようには探索を進められていないようだ。

臭いに集中すれば、足下が疎かになって転びそうになっているし、足下に気を取られると風の流れを見失ってしまうようだ。

それでもミリアムは、必死に鼻をヒクつかせて、見えない魔物の臭いを探り続けている。

先行させていた探知ビットに反応があり、木立の間を見透かすと、何やら動く影が見えた。

知らせようと視線を向けると、目が合ったシューレが小さく首を横に振った。

たぶん、シューレも魔物の存在を捉えているが、ミリアムに経験を積ませるつもりなのだろう。

シューレはミリアムには知らせず、自然な足取りで魔物の反応があった方向へと進んでいる。

俺達が反応を察知した場所から、三分の二程度まで近付いてもミリアムは臭いを捉えられない。

だが、半分程度まで距離が縮まろうとした時に、ミリアムが鋭く反応した。

「みゃ！　シューレ」

「しーっ……声が大きい、悟(さと)られる」

シューレに咎(とが)められて、ミリアムは慌(あわ)てて両手で口を塞(ふさ)いだが、興奮冷めやらぬといった表情を浮かべている。

「シューレ、獣臭い空気が……」

「それは、どちらの方角から流れてきている？」

「あっちです」

「どのぐらい離(はな)れているか分かる？」

シューレの問いに、ミリアムは小さく首を横に振った。

「初めてにしては上出来よ」

「やった……」

「静かに、私の後から付いてきなさい……」

思わず喜びの声を上げそうになったミリアムだが、シューレに咎められて小さく頷(うなず)いた。

里山の奥にまで踏み込んで来ているので、もう人の気配はしない。

魔物がいる場所からは風下だが、大きな声を出せば勘(かん)づかれるかもしれない。

シューレは頭上にいる俺に視線を向けると、手振りで回り込むルートを示す。

ここからは、俺も存在を悟られないように、木の幹に体を隠しながら接近する。

反応の数は五つ、大きさからみてゴブリンだろう。

近づいていくと五頭のゴブリンが、倒木(とうぼく)や落ち葉の下を掻き回し、虫を探していた。

今の時期、冬ごもりしている虫は、ゴブリンにとって貴重な食べ物なのだ。

シューレが手招きしているので、地上近くまで下りた。

「殺さずに倒せる?」

「たぶん、五頭いるから加減を変えてやってみる」

「打ち洩らしても良いからやってみて……」

「了解」

殺さずに捕らえるならば、雷の魔法陣の出番だ。

殺さないように、最初は効果を少し弱めにしておく。

「ギイイイ……」

最初に雷の魔法陣に触れたゴブリンは、呻き声を上げ体を痙攣させたが倒れなかった。

徐々に効果を強めていくと、二頭目は呻き声を上げて倒れ、三頭目は声すら上げずに倒れ、四頭目は瞬間的に体を硬直させてぶっ倒れた。

シューレが姿を隠さずに近づいていくと、最初の一頭と残っていた一頭は、慌てた様子で逃げ去っていった。群れというよりも、寄せ集めの集団だったのかもしれない。

厚く積もった落ち葉の上に倒れた三頭のゴブリンの内、最後に感電した一頭は事切れていた。

シューレは用意してきたロープで、残った二頭の手足を手早く縛り上げた。

「俺が運ぶよ」

空属性魔法で台車を用意したと告げると、シューレはニンマリと微笑んだ。

「やっぱりニャンゴは有能……」

シューレに台車がある場所を示して一緒にゴブリンを積み込み、同じく空属性で作った路盤の上を押していく。池の畔までは緩い下りなので、殆ど力も必要としない。

「買い出しの時の台車と同じなの？」

「うん、今回は走らせる路面も作ってるけどね」

アツーカ村にいた頃には、一人でシカやイノシシを狩って山から村まで運んでいたと言うと、ミリアムは口をアングリと開けて言葉を失っていた。

池の畔まで戻ると、狩場の設営もほぼ完了していた。

生い茂っていた葦をセルージョが風属性魔法で切り飛ばし、ガドが土属性魔法で地面を隆起、硬化させた場所は、なだらかに池に向かって傾斜していた。

その一角だけ葦が無くなり、池に落ち込んでいく斜面がある様子は、まるで漁港の船を揚げておく場所のようだ。その斜面の水際には太い杭が立てられている。

ライオスは、台車に載せられて運ばれてきたゴブリンを見て顔を顰めた。

「あんまり活きが良くないな……」

「今は、まだ痺れてるだけだよ。もうちょっとすれば元気になると思うよ」

「ふむ、それなら良いか」

そう言うとライオスは、一頭のゴブリンを片手でヒョイと持ち上げる、後ろ手に縛った状態で杭に繋ぎ、傍らに白い塊を置いた。

「あれは、なに？」

「塩の塊だ」

セルージョに言われて良く見ると、確かに塩の塊のようだ。

しばらく見守っていると、体が動くようになったゴブリンは、周囲をキョロキョロと見回して確かめた後、塩の塊を見つけると舐め始めた。

「あいつら馬鹿だからな、塩があると無くなるまで舐め続けやがる。そうすると……」

「喉が渇いて水を飲みに行くんだね」

「その通りだ」

ゴブリンは後ろ手に縛られているので、顔を突っ込んで水を飲むしかない。

池に危険な魔物がいると知ってる訳ではないのだろうが、ゴブリンは恐る恐る池に近付くと、口を付けて水を飲んだ。

「ニャンゴ、向かい側には生簀も家もない。思いっきり魔法を撃ち込んで構わないぞ。勿論、ゴブリンごとで構わないからな」

「分かった、手加減無しでいくよ」

狩場の先の水面には、俺達が戻って来る前に鶏のブツ切りを放り込んであるそうだ。

そこにゴブリンが水飲み行動を繰り返す……果たして上手く亀の魔物は現れてくれるだろうか。

夕方まで見張りを続けたが、亀の魔物は姿を見せなかった。

囮として杭に繋いだゴブリンは、日が暮れた後もそのまま放置するそうだ。

「夜も交替で見張るんだよね？」

「いや、まぁ見張りはするが、倒せたら倒す……ぐらいの感じだな」

俺としては、マルールを守るために一刻でも早く倒したいと思っているのだが、ライオスの返事からは闘志が感じられない。

「えっ……倒さないの？」

「倒せれば倒しても良いが、まずは相手の正体を見定めること。それと、ここに餌があると分からせることの方が重要だ」

狩場が餌にありつける場所だと魔物に認識させられれば、他への被害は軽減できる。

相手の正体が見定められれば、もう一頭のゴブリンを使って万全の態勢で討伐に臨める。

「むしろ、中途半端に仕掛けて、ここには罠があると悟られたくない。仕留めるならば、一気に確実に息の根を止める」

一頭目のゴブリンは誘き出すための餌で、二頭目が本命らしい。

「他のパーティーも同じように餌を仕掛けているはずだ。うちに来るとは限らないぞ」

ライオスがそんな話をしたからなのか、葦の茂みの向こうから叫び声が聞こえてきた。

「他が食わせたみたいだが、なんだか嫌な感じだな」

セルージョの言う通り、どうやら他のパーティーの狩場に魔物が現れたようなのだが、聞こえて来た声は気合いを入れる声というよりも悲鳴のように聞こえた。

第二十八話　鼻曲がりの意地

俺の名はボーデ、イブーロではちょっとは名の知られた銅級冒険者パーティー、レッドストームのリーダーを務めている。

結成以来、討伐系の依頼では失敗知らずのパーティーとして、ゆくゆくはイブーロの頂点まで上り詰める予定でいたのだが、あのニャンコロのせいで歯車が狂い始めた。

ニャンゴという名のニャンコロが現れたのは、去年の秋だ。

ブロンズウルフに止めを刺したとかいう触れ込みで、イブーロでも一目置かれている冒険者パーティー、チャリオットにスカウトされて山間の村から出て来た田舎者だ。

手柄話を利用して酒場の女を独占したり、俺の舎弟共を罠に嵌めて痛めつけたりしたらしい。

ベテランの冒険者どもに取り入り、好き勝手して調子に乗っていやがるから、冒険者の厳しさを教えてやるつもりでギルドのアリーナで決闘したのだが……。

ニャンコロは審判役の銀級冒険者ジルまで抱き込んで、俺様の名声に泥を塗りやがった。

そもそも、ニャンコロがあんな強力な魔法を使えるはずがない。

火属性の攻撃魔法は、客席にいたライオスの仕業だろう。

最後に顔に食らった見えない攻撃は、セルージョの風属性魔法だろう。

急激に力を付けてきたレッドストームを恐れて、あいつらグルになって俺を陥れやがった。

そうでもしなけりゃ、ニャンコロが俺に勝てるはずがないのだ。

正々堂々と戦った俺様は鼻の骨を圧し折られて土に塗れ、インチキをしやがったニャンコロは調子に乗ったまま。

決闘で折れた鼻は治療をしたものの微妙に曲がったままになり、そのせいで事情を知らない連中から陰口を叩かれて笑われるようになっちまった。

更に調子に乗ったニャンコロは、今度はワイバーンを倒したとか言い出しやがった。

ニャンコロが魔法一発でワイバーンの頭を吹き飛ばしたなんて与太話を、一体どうやったら信じられるというのだ。

ギルドの酒場の打ち上げで、まるで自分の手柄のように自慢げに語るジルを見て、本気で殺してやろうかと思ったぐらいだ。

だからこそ今回の討伐では、チャリオットの連中には絶対に負けられない。

正々堂々とチャリオットの連中よりも早く魔物を討伐して、俺達の実力を思い知らせてやる。

「あんな連中には絶対に負けねぇぞ、お前ら気合い入れろ」

「おう、任せとけよ」

水牛人のバルガスが力強く答えたのに対して、馬人のクレンは不安そうに呟いた。

「ボーデ、勝ち目あるのか？」

「あぁん？　クレン、あんな連中にビビってんのか？」

「いや、そうじゃねぇけどよ」

風使いのクレンは、索敵の能力は高いのだが、臆病なのが玉に瑕だ。

「奴ら、明日の朝から狩場を作るとか言ってやがったからな、こっちのが断然有利だ。明日のうちに仕留めちまえば、それで終わりだ」

実のところ、俺達レッドストームは亀系の魔物を討伐した経験が無い。

経験は無いものの、狩場の設営や餌の配置など討伐方法の知識はある。

すでに俺達は狩場の設営も終わっているし、餌の準備も終えている。

この時間的なリードを活用すれば、銀級パーティーを出し抜くことだって可能なはずだ。

翌日は早朝から狩場に出向いて、囮のゴブリンを水辺に繋いで魔物が現れるのを待った。

だが、待てど暮らせど一向に魔物が現れる気配が無い。

昼を過ぎた頃に、飯の休憩を終えたクレンが話し掛けてきた。

「ボーデ、なんかやり方が間違っているんじゃないのか？」

「うるせぇ、そう簡単に現れたら冒険者なんか要らねぇだろう」

「まぁ、そうだがな……」

「グダグダ言ってねぇで持ち場に戻れ」

「ボーデも飯食ってこいよ」

「俺のことは構うな、さっさと持ち場に戻れ」

「分かったよ」

分かったと言いながらも、ブツブツと文句を洩らしながらクレンは持ち場に戻った。

冒険者としての腕は悪くないが、あの暗い性格はこっちまで憂鬱にさせやがる。

適当な探索役がいたら、クレンを追い出すことも考えた方が良いかもしれない。

その後も監視を続けたが、魔物は姿を現さなかった。

そもそも餌として用意したゴブリンは、体を丸めてブルブル震えているだけで、全く水辺に近付こうともしない。

亀系の魔物は動いている餌を好むそうで、ゴブリンは生かしたままにしてあるのに、捕まえる時に痛めつけた影響なのか、今にも死にそうに見える。

「ちっ、この役立たずが。餌として役目が果たせるようにしてやるよ」

体を丸めて蹲り、ブルブルと震えているゴブリンに歩み寄って蹴りを入れる。

「ギャフ……ギィィィ……」

ゴブリンの首の後ろを右手で掴み、水辺まで引き摺って行くと、バルガスが声を掛けてきた。

「ボーデ、どうすんだ？」

「こいつは活きが悪くなったから、もう駄目だ。明日、別の餌を捕まえに行くが、こいつには最後の仕事をさせてやる。お前ら、何時魔物が出てきても良いように構えとけ！」

パーティーの連中に声を掛けた後で、左手でナイフを抜いてゴブリンの首筋を切り裂いた。

「ギギャァアア！」

それまでの活きの悪さが嘘のように、ゴブリンは断末魔の苦しみに暴れ始めたが、身体強化魔法を使って押さえ込む。

動きで魔物を誘えないなら、血の臭いで誘き出してやる。

ゴブリンの首から噴き出した血飛沫が、池の水面に落ちて広がっていった。

丁度正面から夕陽を浴びて、池全体が血の色に染まっているかのようだ。

噴き出す血の勢いが失われていくと、暴れていたゴブリンの体から力が抜け落ちていった。

「ボーデ、そんなことをしても大丈夫なのか？」

「あぁん？　何がだよ！」

クレンの問い掛けに後ろを振り向くと同時に、それまで照りつけていた夕陽が急に陰った。

大きな水音に反射的に振り返りながら、ゴブリンごと右手を突き出して半歩後退りしたのは、意識した動きではなく生存本能による無意識の動きだった。

ガチーンと目の前で大きな鉄の門が閉じられたような音がして、ゴブリンの胸から上の部分が俺の右腕ごと消失した。

風圧に押されるように尻餅をついた俺の視界に映ったのは、巨大な亀の口先だった。

「ボーデ！　この野郎、食らいやがれ！」

バルガスが水属性魔法で槍を作って撃ち出すが、ロックタートルの甲羅を貫けずに弾け、水飛沫となって飛び散った。

クレンが射掛けた矢は首筋に浅く刺さっただけで、ロックタートルが身じろぎしただけでポロリと落ちてしまった。

「うがぁぁぁぁ！　炎よ、焼き尽くせ！」

魔力を練るとか固める余裕も無く、左手でただの炎を噴出させると、鼻先を炙られたロックタートルは、ズズっと後退りして悠々と水の中へと戻っていった。

ロックタートルの姿が消えた直後、思い出したかのように右腕に激痛が走った。

噛み切られた肘の先から、血が噴き出している。

「しっかりしろ、ボーデ。クレン、血止めのポーションだ！」

「クソがぁ！　あのクソ亀、俺様の腕を食いやがった！」

「落ち着け、ボーデ。興奮したら血が止まらないぞ」

「あの野郎、殺してやる。絶対にぶっ殺してやる！」

バルガスに狩場の奥へと引きずられて行き、腕をロープできつく縛られ、傷口に血止めのポーションを掛けられた。

焼け付くような痛みが、腕の傷口から脳天へと突き抜ける。

「がぁぁぁぁ……くそぉ、殺してやる、絶対に殺してやる！」

「分かった、分かったから、落ち着けボーデ、このままだと失血死するぞ」

「ふざけんな、死んでたまるか！　俺が奴を殺すんだ、絶対に殺してやる！」

「分かったから、俺も手を貸すから、今は、今だけは落ち着いてくれ」

起き上がって暴れようとする俺を、バルガスが全力で押さえ付ける。

バルガスとの攻防は、俺が出血によって気を失うまで続いた。

第二十九話　凶亀討伐

遠くから聞こえていた喚き声が止んでしばらくすると、池の周囲を巡る道を通ってレッドストームの連中が戻って来たのだが……ボーデは仲間に担がれていた。

しかも、ボーデの右腕は肘の辺りから失われていて、巻き付けた布が血で染まっている。

「どうした、何があったんだ？」

「ロックタートルだ。餌のゴブリンごとやられた」

ボーデを担いだバルガスと他二人は足早に集会所へと戻って行き、残ったクレンがライオスの質問に答えて状況の説明を始めた。

「水辺に近付こうとしないゴブリンに腹を立てて、ボーデが水際まで引き摺っていき、首を切り裂いて池に血を撒いてたんだ。そしたら急に現れて……」

「ゴブリンに塩は与えていたのか？」

「塩？　何のために？」

「自分で水を飲みに行かせるためだが、その様子だと与えなかったんだな」

「そうか、だから水際に行かなかったのか。やっぱり、やり方が間違っていたんだ」

ロックタートルには、水属性の攻撃魔法や弓矢も通用しなかったらしい。

ボーデが火属性魔法を使ったので逃げて行ったが、ダメージは殆ど与えられなかったようで、レッドストームとしては完敗だったそうだ。

ライオスに説明を終えたクレンは、仲間を追い掛けて集会場へと戻って行った。

「セルージョ、あいつら討伐を諦めて帰るのかな？」

「さあな、奴ら次第だろうが、ボーデの野郎は使い物にならないだろう」

ギルドのアリーナで決闘した時の動きを思い出してみたが、確かボーデは右利きだった。

利き腕を失い、傷口も満足に塞がらない状態では、討伐に参加するなんて無理だろう。

「レッドストームの連中が帰るなら、奴らが使っていた狩場を使った方がロックタートルを誘き出せるんじゃない？」

「いや、駄目だな。ロックタートルは意外と警戒心が強いから、一度待ち伏せされた場所には現れなくなる。こっちで待ち伏せた方がいい」

チャリオットの狩場の周囲には、身を潜められるように葦を刈らずに残してある。

俺達は、葦の茂みに隠れながらロックタートルを待ち伏せるのだ。

「ガド、シューレ、残ってゴブリンを見張っていてくれ。ロックタートルが現れたら、手出しせずに獲物の狩り方を観察してくれ」

どうやら一匹目のゴブリンは食わせて油断させ、動きを見て手順を考え、二匹目のゴブリンを食いに来た所を討伐するつもりのようだ。

「セルージョ、ニャンゴ、一緒に来てくれ。やつらと話をする」

「あいよ」

「話をするって、レッドストームと？」

「そうだ」

「それなら、俺は居ない方が良いんじゃない？」

「いいや、ニャンゴには居てもらわないと困る」

ライオスの意図は分からないが、視線を向けるとセルージョも頷いてみせた。

兄貴はガドと、ミリアムはシューレと一緒に残るようだ。

集会場へと戻ると、腕を失ったボーデは暖炉の近くに寝かされていた。

出血の影響なのだろう、顔色が青白く見える。

俺達の姿を見ると、ボーデに付き添っていたバルガスが席を立って歩み寄ってきた。

「何の用だ、俺らのヘマを笑いに来たのか？」

「いいや、俺らの狩場に加わるか確認に来た」

「はぁ？　どういう意味だ」

「ロックタートルに借りを返すのに、俺らと組むかと聞いてるんだ？」

「あんたらの手は借りねぇ！」

「お前らだけで借りを返せるのか？」

「それは……だとしても、あんたらの手は借りねぇ！」

「レッドストームは、その程度か？」

「何だと……」

「冒険者ってのは、自分達の目的を果たすには、気に入らない連中だって利用するもんだ。面子に拘って目的を達成できない奴は、冒険者なんか辞めた方がいい」

バルガスが黙り込むと、隣で話を聞いていたクレンが訊ねてきた。

「俺達に手を貸して、あんたらには何の利益があるんだ？」

「利益？」

「そうだ、あんたらだって俺らのことは気に入らないと思ってるんだろう？　それなのに、何で手を貸そうなんて思ったんだ？」

「同じイブーロに所属するパーティーだからだ。下手打った挙句、獲物までトモロスの連中に持っていかれたらイブーロの名折れだろう。まぁ、そっちにやる気が無いなら、俺らだけで討伐するだけだが……どうするのか話し合ってくれ。俺らが本格的に動くのは明日からだ」

「分かった。バルガス、行こう」

クレンとバルガスは、眠(ねむ)っているボーデの所に戻って、残りのメンバーと相談を始めた。

それを見届けたライオスは、俺とセルージョを集会場の外へと連れ出した。

外に出た所でセルージョが、俺に質問してきた。

「ニャンゴ、イブーロの仲間だからじゃないの？」

「えっ、何でレッドストームの連中を誘(さそ)ったと思う？」

「いいや、奴らがニャンゴの実力を認めていないからだ」

「えっ、どういうこと？」

「組んで討伐をすれば、奴らもニャンゴの実力を理解するだろう。陰(かげ)でほざいているイカサマなんて、下らない思い込みだって分からせてやる」

ボーデを始めとして、レッドストームの連中が俺の実力を認めていないのは知っているが、セルージョやライオスも奴らの陰口を耳にしているらしい。

セルージョの言葉を引き取ってライオスが話を続ける。

「あいつら仕事は雑だが、同年代の中では腕が立つ方だ。まだまだ伸びる余地はあるが、それには他の連中の実力を認めて、自分達に足りないものを自覚する必要がある」

「だから俺の実力を分からせるの？」

「そういうことだ。ついでに下らん陰口も叩けなくしてやれるしな」

どうやらライオスは、レッドストームの連中に俺の実力を見せつけて成長を促し、ついでに恩を着せて下らない陰口を封じるつもりのようだ。

ボーデが負傷したのを見ただけで、よくそこまでの計算ができるものだと感心する。

打ち合わせもしていないのに、ライオスの考えを理解しているセルージョも大したものだ。

視線を向けると、セルージョはニヤリと笑ってみせた。

「ニャンゴ、敵は潰すか抱き込むかだ。憎たらしい奴でも、味方にすれば利用価値があるぞ」

「うわぁ、それって味方と思ってないよね」

「何言ってんだ、こちらに刃を向けず、共通の敵に向かっていく奴は味方だぞ……一応な」

レッドストームの連中の成長を促そうというのも嘘ではないのだろうが、セルージョは利用する気満々に見える。まぁ、こうした駆け引きも冒険者らしいと言えば冒険者らしいけどね。


夕食の支度を始めた所で、ゴブリンを見張っていたガド達が戻ってきた。

どうやらロックタートルが現れて、ゴブリンを腹に収めたらしい。

「食い付くまでの動きは速いが、その後は隙だらけじゃ。甲羅以外の柔らかい部分を狙えばニャンゴの火力なら一撃で仕留められるじゃろう」

ロックタートルの甲羅が硬（かた）いといっても、全身の全（すべ）てが甲羅で覆（おお）われている訳ではない。

首や手足の付け根の部分なら、十分に攻撃が通る余地があるようだ。

チャリオットの作戦は、俺が正面から腕の付け根を狙って砲撃（ほうげき）し、シューレとセルージョが真横から首筋に攻撃を撃（う）ち込む。

これならお互（たが）いの射線に入らなくて済むし、どちらかが仕損じた時にもカバーできる。

作戦の相談をしながら夕食を済ませた頃（ころ）、バルガスが顔を出した。

「ロックタートルの野郎に借りを返したい、一緒にやらせてくれ」

「ボーデは納得（なっとく）したのか？」

「まだ眠ったままだし、明日はここに置いていく」

「後で揉（も）めても知らんぞ」

「それは……こっちで何とかする」

「分かった。それじゃあレッドストームを加えた作戦を練ろう」

「よろしく頼（たの）む」

レッドストームを加えた作戦も、基本的には元の作戦と変わらない。

俺とライオス、バルガスが正面から、シューレ、セルージョ、クレンが側面から攻撃する。

共同作戦がボーデに知られると面倒（めんどう）だから、集会所を出るのは別で、狩場で合流する。

その晩、ボーデは熱を出して大分うなされていたようだ。

腕を切断するような怪我（けが）は、前世の日本なら間違いなく入院ものだが、こちらの世界では出血を止めたら、後は怪我人の体力次第という感じだ。

魔法を使って瞬時に傷口を塞いだり、欠損部位まで修復したりする治癒士も存在しているらしいが、治療費は高額だし高度な治療は王都などの大きな街でしか受けられない。

冒険者がこうした怪我をした場合にはポーションで止血して、薬草を混ぜた軟膏で傷口を覆って包帯を巻く程度の処置しかできない。

すでにボーデの傷口には処置が施されているから、トモロスやイブーロの治癒士の所に担ぎ込んでも、これ以上の治療は期待できないのだ。


一夜が明けて、どうやらボーデの熱は下がりつつあるようだが、まだ朦朧としているようで、到底討伐に参加できる状態ではない。

それでも一命は取り留めたようだから、良かったとするべきなのだろう。

チャリオットのメンバーは、簡単な朝食を済ませた後で狩場に向かう。

今日はレッドストームも加わった合同作戦なので、兄貴とミリアムは集会所で待機する。

ロックタートルが陸で暴れ回った場合、踏まれたり蹴られたりする心配があるからだ。

ボーデが元気な時には、俺への腹いせに暴力を振るわれる可能性も考えたが、起き上がることすら困難な状態なら心配は要らないだろう。

狩場に出向き、ライオスが後ろ手に縛ったゴブリンをロープで杭に繋いだ。

ゴブリンは、昨日ロックタートルに食われた仲間の血の臭いを感じ取ったのか、水際に近付いてしきりに鼻をヒクつかせている。

レッドストームのバルガス達が姿を見せたところで、ライオスが塩の塊を放り投げた。

最初はビクリとして警戒していたゴブリンだが、白い塊が塩だと気付くと、ペロペロと夢中になって舐め始めた。

そんなに舐めたら喉が渇くのも当然だし、体に悪いだろうと思うのだが、野生の本能なのだろうか、ゴブリンは塩を舐めるのを止めない。

そんなゴブリンの様子を観察していたら、同じ持ち場に付いたバルガスが話し掛けてきた。

「お前は火属性なのか？」

「違うよ、俺は空属性だ」

「手前、やっぱりボーデとの決闘ではイカサマしてやがったのか！」

「イカサマなんてしてない。あれは空気を魔法陣の形に圧縮して固めて発動させた刻印魔法だ」

「刻印魔法だと？」

「そうだ。だから魔法陣の形を変えれば、火でも、風でも、水でも、魔銃だって発動できる」

「それじゃあ、ワイバーンを倒したってのは？」

「思い切り強力に発動させた魔銃の魔法陣による刻印魔法だ」

「今日も、その魔法を使うんだな？」

「そうだよ、どれだけ強力か見せてあげるよ」

バルガスと話をしている間にも、ゴブリンは塩を舐め続けていて、話が終わったころには喉の渇きに耐えかねたらしく、水際へと近付いていった。

ゴブリンが水際に近付いて行くと、狩場の周囲の空気がピンと張り詰めた。

葦の茂み隠れている全員が、固唾を呑んでゴブリンを見守っている。

恐る恐る水面に口を付けて水を飲んだゴブリンが塩を舐めに戻ると、誰からともなくふぅっと息を吐く音が聞こえてきた。

その後、二度三度とゴブリンは水を飲みに行ったが、ロックタートルは姿を見せない。

やはり、昨日と同じく夕方から夜にならないと現れないのかと思い始めたころだった。

同じ行動を繰り返したことで、警戒心の薄れたゴブリンが無造作に水際に近付くと、それまで鏡のように凪いでいた水面が山のように盛り上がり、鋭い口先が飛び出してきた。

初めて目にするロックタートルは、巨大なワニガメのようだった。

ガチンという金属を打ち合わせるような音共に、ゴブリンの胸から上が食い千切られた。

残されたゴブリンの胴体から内臓が溢れ出し、辺りに濃密な血の臭いが漂う。

鋭い動きでゴブリンを食い千切ったロックタートルだが、その後は悠然と食い千切った肉片を飲み込み、おもむろに残ったゴブリンに向かって口を開いた。

「撃てぇ！」

「ニャンゴ・キャノン！」

ライオスの合図と同時に、砲撃用の魔法陣を発動させた。

ドンっという重たい音と同時に魔法陣とロックタートルの肩口が火線で結ばれ、直後に池の水が盛大に爆散した。砲撃はロックタートルを貫通したらしい。

俺の攻撃とほぼ同時に、シューレが風属性魔法による斬撃を放ったらしく、ロックタートルの首筋からは破れたホースのように血飛沫が飛んでいる。

ここまでダメージを与えれば、追撃の必要は無いだろう。

ロックタートルは、ゴブリンに齧り付こうとした首を地に落とし、そのまま動きを止めている。

俺の砲撃で爆散した池の水が、ザーっと通り雨のように降り注いだ後、周囲は静寂に包まれた。

ロックタートルの首筋から脈打つように噴き出す血の量は、目に見えて減り続けている。

「ガド、頼む！」

「任せておけ」

ライオスが合図すると、ガドは狩場の地面に両手をついて土属性の魔術を発動した。

すると、それまで池に向かってなだらかに傾いていた狩場の地面が隆起して、ロックタートルの体も完全に水の中から姿を現した。

討伐に加わった全員が葦の茂みを出て、ロックタートルを遠巻きに囲む。

死んだと思った魔物が不意に動く場合があるので、まだ不用意には近づけない。

側面に回り込んで、首筋の傷を確認する。

シューレの本気の攻撃魔法は初めて見たが、丸太のように太いロックタートルの首を半分ぐらいまで切り裂いていた。

「シューレは魔法も凄いんだね？」

「でも、ニャンゴの威力には負ける……思い切り斬ったのに、ちょっと悔しい……」

十分すぎる威力だと思うのだが、シューレは納得していないようだ。

一緒に待機していたバルガスはどうなったのか振り返ると、俺の砲撃に驚いたのか、それともシューレの魔法に驚いたのか、ポカーンと口を半開きにしてロックタートルを眺めていた。

バルガスは俺の視線に気付くと、ロックタートルを指差しながら訊ねてきた。

「つ、突き抜けたのか？」

「たぶんね」

「とんでもない奴だな……」

呆れたように言うバルガスの横で、ライオスが俺の砲撃でできた傷口をジッと眺めている。

「ライオス、どうかしたの？」

「ニャンゴの砲撃がどこを抜けたのか見ていた。まぁ、たぶん魔石は無事だろう」

「あっ、そうか、魔石のことなんか、すっかり頭から抜け落ちていたよ」

魔物の魔石は、心臓の近くにある器官に包み込まれている。

ロックタートルの体内構造には詳しくないが、俺の砲撃は右の肩口から右脚の上へと突き抜けているように見える。

体の中心部からは逸れているように見えるので大丈夫だと思うが、この体格からすると魔石も相当な大きさだろうし、砕けてしまっていたら大損害だ。

「まぁ、解体してみれば分かるだろう」

「ライオス、丸ごとギルドの連中に任せちまおうぜ」

「そうだな、そうするしかないな」

セルージョの言う通り、甲羅だけで二メートルを軽く超えているロックタートルは、専門知識の無い俺達では解体できそうもない。

それに、砲撃が貫通しているが、火炙りにしていない甲羅には高値が付くはずだから、本職に解体を任せることとなったが、問題はどうやって運ぶかだ。

「ライオス、こいつはオークの三、四倍ぐらいありそうだぜ」

「参ったな、うちの馬車じゃ載(の)せられないぞ」

「うちの馬車で運びますよ」

「いいのか、バルガス」

「勿論(もちろん)です。こいつに借りを返すのを手伝ってもらうどころか、俺らは殆ど出る幕が無かったですし、これまで散々失礼なことを言ってきた罪滅(つみほろ)ぼしをさせて下さい」

チャリオットの馬車は幌馬車(ほろばしゃ)だが、レッドストームの馬車は幌の無い荷馬車なので、少々荷台からはみ出す大きさの物でも積んでゆける。

「ただ、積み込みには手を貸してもらえますか？　俺達だけじゃ持ち上がらない」

「あぁ、それなら俺が手を貸しますよ」

「いや、お前さんに手を貸してもらっても……」

俺が手を貸すと言ったら、バルガスは何を言い出すのかと思ったらしく怪訝(けげん)な表情を浮(う)かべた。

「いや、力を貸すんじゃなくて……この前、重量軽減の魔法陣を教えてもらったんで、それを使えばかなり軽くなると思うよ」

「そんな魔法陣があるのか？」

「魔道具として使うには効率が良くないけど、俺が使うには便利なんだ」

クレアが取りにいった荷馬車に六人掛かりでロックタートルを載せる準備が調(ととの)ったところで、重量軽減の魔法陣を強めに作って貼(は)り付けてみた。

「よし、せーので上げるぞ。せーのぉぉぉ……」

ライオスの号令で六人が一気に持ち上げたロックタートルは、ふわりと手を離（はな）れて宙に浮いた。

「なんだ、この軽さ！」

「一瞬放り投げちまったぞ」

六人は口々に驚きの声を上げながらも、ロックタートルを荷台に積み込んだ。

「じゃあ、魔法陣を解除するよ……解除」

重量軽減の魔法陣を解除した途端（とたん）、馬車の荷台がミシミシと不気味な音を立てた。

「おぉ、大丈夫か？　てか、どんだけ軽くなってたんだよ」

セルージョが心配そうにのぞき込んでいるが、荷台が軋（きし）んだだけでなく、車輪が少し土に沈（しず）み込んだように見える。正確な重量までは分からないが、相当な重さなのだろう。

馬車への負担を考えて、まずはゆっくりと動かしてみる。

横から見ると、ロックタートルが御者（ぎょしゃ）を務めるクレンを襲（おそ）っているかのようだ。

「この状態でイブーロに戻ったら、大騒（おおさわ）ぎになるぜ」

セルージョは騒ぎを危惧（きぐ）するというよりも、楽しみにしているようだ。

ただ、馬車を引く馬の負担は大きそうで、緩（ゆる）い登りでも相当踏ん張っているように見える。

これは、イブーロまでの道中、重量軽減の魔法陣を張り付けておいた方が良さそうだ。

試（ため）しに重量軽減の魔法陣を貼り付けてみると、馬車は軽快に進み始めた。

集会所の前には、俺の砲撃を見たトモロスの冒険者達が戻って来ていた。

荷馬車に載せられたロックタートルを見て驚きの声を上げている。

そして、パーティーの仲間に肩を支えられているボーデの姿もあった。

「仕留めたのはバルガスか？　良くやった！」

自分達の馬車に載せられているから、ロックタートルを討伐したのはレッドストームのメンバーだとボーデは勘違いしたようだ。

「はっ、ざまぁみやがれ！　雁首揃えて間抜けな面を晒しやがってよ。どうだ、これがレッドストームの実力だ、思い知ったか！」

自慢げに喚き散らすボーデに、沈痛な面持ちのバルガスが歩み寄った。

「ボーデ、ロックタートルを仕留めたのはチャリオットだ」

「はぁ？」

「首筋を斬り裂いたのはシューレの魔法、肩口から後ろ脚のところまで貫通させているのはニャンゴの魔法だ」

「はぁぁ？　何言ってんだ、ニャンコロにこんな魔法……」

「ボーデ！　ロックタートルを貫通させるような魔法を使える奴なんて他にはいない。何よりも俺はこの目でニャンゴが魔法を撃つのを確かに見たぞ」

「う、嘘だ……こんなニャンゴが、そんな魔法を使えるはずがねぇ。イカサマだ、またイカサマを使ったに決まってる。認めねぇ……俺は認め……」

「ボーデ、現実を見ろ。俺らはロックタートルにまるで歯が立たなかった。昨日の今日で、こんな風に倒せるようにならねぇよ。俺らはまだ、足りないものばかりなんだよ。それを認めないで、目を背けているようじゃ強くなんてなれねぇよ。違うか？」

「俺は……俺は……」

「ボーデ！」

膝から崩れ落ちるボーデを、駆け寄ったバルガスが支えて集会所へと戻って行った。

「セルージョ、ボーデは俺のことを認めるようになるのかな？」

「さぁな、俺はボーデじゃねぇから分からないが、自分よりも優れている奴を認めず反発するのも上に向かう活力になるのは確かだ。まぁ、妬まれる者にとっては迷惑なだけだがな」

「別に俺に向かってくるだけなら構わないけど、周りの人間にまで迷惑を掛けてほしくないよ」

「ボーデ以外のレッドストームの連中は、ニャンゴの実力を認めたから大丈夫だろう。てか、ニャンゴ以外に手を出すようなら、容赦なく叩き潰しちまえ」

「うん、そうする」

集会場に戻ったボーデは、また熱を出して寝込んだ。

翌日、チャリオットとレッドストームは一緒にイブーロまで戻ることになったのだが、ボーデは魂が抜け落ちたようになっていた。

体調も思わしくないようで、ボーデをチャリオットの幌馬車に乗せ、俺はレッドストームの荷馬車に乗って、道中ロックタートルに重量軽減の魔法陣を貼る役割を担うことにした。

バルガスがボーデに付き添い、荷馬車の手綱はクレンが握った。

「しっかし、この重量軽減てのは本当に大したものだな。何もしなけりゃ車輪がめり込むほどの重さのはずが、空荷で走ってるかと思うほどだぜ」

「俺も覚えたてなんだけど、色々と使い道がありそうだよ」

重量軽減の魔法陣が無かったら、相当馬車の速度を落とす必要があっただろうが、通常の速度で走らせられたおかげで、昼過ぎにはイブーロに戻って来られた。

ロックタートルを載せた馬車を見て、道行く人々は目を瞠っている。

これほど大きな亀系の魔物は珍しいので、当然の反応なのだろう。

裏門からギルドに入り、買い取り場へと馬車を乗り付けるとワラワラと野次馬が集まってきた。

チャリオットの馬車は、ライオスを降ろしたらボーデ達を送ってから拠点に戻るそうだ。

俺とセルージョは、クレン達と一緒に買い取り場へ残った。

普段は俺も報告について行くのだが、今日はロックタートルに重量軽減の魔法陣を貼り付けているから離れる訳に行かないのだ。

「また、とんでもねぇのを仕留めて来やがったな」

革製の長いエプロンを掛けた、ゴツい熊人のオッサンがロックタートルを眺めながらセルージョに声を掛けてきた。

「どうだい、ローウェル。火炙りにもしてない甲羅付きだ、高値で買ってくれよ」

「そりゃ、これだけの代物だ、相応の値段はつけるが……この傷は後ろまで抜けてるのか？」

「あぁ、そうだ。肩口から後ろ足の上に抜けてる」

「捌いて、魔石の状態を見てみないと、査定できないな」

「そんじゃあ、降ろすのを手伝うから、さっさと捌いて査定してくれ」

「簡単に言うんじゃねぇよ。甲羅を上下に割るだけでも大仕事なんだぞ」

「だったら、尚更早く始めた方が良くねぇか？」

「まぁな……台車と人手を集めて来るから待っててくれ」

熊人のローウェルは、ギルドの解体部門の主任を務めているそうだ。

そのローウェルは、運搬(うんぱん)用の大きな台車四台と部下を十人ほど引き連れて戻ってきた。

「じゃあ、せーので降ろすぞ。重たいから気を付けろよ。せーの……うぇぇ？」

「なんすか主任、ぜんぜん重たくないじゃないっすか」

「甲羅の中身、スッカスカなんじゃねぇ？」

「いやいや、おかしいだろう。どう見たって、こんなに軽いはずないだろう」

それは勿論、重量軽減の魔法陣を貼り付けてあるからだ。

たぶん、五分の一ぐらいの重さになっているはずだ。

ロックタートルが台車の上に落ち着いたところで、セルージョが合図をよこした。

「ニャンゴ、もう解除していいぞ」

「了解(りょうかい)」

重量軽減の魔法陣を解除した途端、台車がミシミシと軋み音を立てた。

「うぉぉ、どうなってやがるんだ、セルージョ」

「うちの超(ちょう)有能なメンバーが、重量を軽減させる魔法を掛けてたんだよ」

「マジか……台車ぶっ壊(こわ)れないだろうな。おい、さっさと運ぶぞ」

ロックタートルが十人掛かりで解体場へと運ばれていくと、後ろには野次馬の列ができていた。

ギルドの裏手にある解体場には、大きな窓が付いていて、外から解体の様子が見物できる。

駆け出しの冒険者たちに、魔石の取り出し方とかを見せるためらしい。

それと、ロックタートルのような珍しい魔物が持ち込まれた時には、解体の様子を見せて冒険者に弱点などを理解させる狙いもあるそうだ。

俺とセルージョは討伐したパーティーの代表なので、解体場にも入る許可が下りた。

ロックタートルを台車から降ろしたローウェルが持ち出して来たのは、ゴツい鑿と金槌だった。

「亀系統の魔物をバラす場合は、まず甲羅を上下に分けるんだが……まぁ、やってみるか」

ローウェルは、甲羅の脇の部分を前脚の付け根から後ろ脚の付け根まで割り裂くつもりのようだ。

後ろ脚の前側の甲羅に鑿を当てて金槌でぶっ叩き始めたが、刃が進んでいるように見えない。

ガン、ガン、ガン……と、ローウェルが丸太のような腕で大きな金槌を振るっているのだが、甲羅は思うように割れていかないようだ。

「くっそ、なんて硬さだ。この、この、このぉ！」

ローウェルが百回ぐらい金槌を振るっても、甲羅は十五センチほどしか割れていない。

硬さに加えて粘りがあるらしく、見た感じではポリカーボネートのような性質らしい。

今日も底冷えしているのに、ローウェルの額からは玉のような汗が噴き出し、頬を伝って顎の先からポタポタと滴っている。

甲羅の厚さは十センチもあって、長さが二メートル近くある。

これを上下に割り開くのは、気が遠くなりそうな作業だ。

「おいっ、前側からノコを入れてみろ」

「へいっ！」

若い牛人の解体担当者がノコギリを使って切断を始めたが、思うように進んでいかない。

「おいおい、夜中になっちまうんじゃねぇのか？」

「やかましいぞ、セルージョ。やる気を削ぐようなこと言ってんじゃねぇ！」

金槌を振るい続けているが、遅々として進まない作業にローウェルは苛立っているようだ。

「セルージョ、ちょっと手伝ってくるよ」

「手伝うって……また何か新しい魔法陣か？」

「うん、まぁ……ローウェルさん、ちょっと鑿を借りますね」

「はっ、ニャンコの兄ちゃん、割れるものなら割ってみな」

鑿を一本拝借して、セルージョと一緒にローウェル達が作業している反対側へと回り、新たな魔法陣を試してみる。

「超振動ブレード！」

カリタラン商会で振動の魔法陣を教わった後、超振動ブレードの作製に挑戦してみた。

空属性魔法で厚さ三ミリ、刃渡り五十センチ、刃幅十センチの片刃の剣を作ってみたのだ。

その剣身には鍔元から刃先まで、ズラリと振動の魔法陣を組み込んでおいた。

この全部で八個の振動の魔法陣によって、剣身は超振動……してにゃかった。

振動は一秒間に六〇回ほどで、切れ味も上がらない微妙に震える変な剣でしかなかった。

超振動が上がらない理由は、振動数が魔法陣の厚さに比例するからだ。

魔法陣が薄いほど振動数が下がり、厚みが増すほどに振動数が上がる。

なぜそのような特性を持つのかは分からないが、時計に利用するには非常に都合が良いようだ。

だが、超振動ブレードを作るのには都合が悪い。

超振動させるには魔法陣が分厚くなり、剣身には仕込めなくなってしまう。

一度は諦めかけた超振動ブレードだが、発想の転換をして魔法陣を分厚いというよりも、細長い棒状にしてみたのだ。

鑿の柄に秒間三万回の振動体を接続すれば、超振動ツールのでき上がりだ。

「おぉぉ、どうなってんだよニャンゴ」

「説明は後で……今は切断しちゃうよ」

スパっという感じでは切れないが、超振動ブレードを使えば粘土をヘラで切るようにロックタートルの甲羅の片側を十分ほどで切断できた。

「嘘だろう……どうなってんだ、セルージョ！」

「俺に聞かれたって説明できるわけねぇだろう、ニャンゴに聞けよ、ニャンゴに」

解体を担当するゴツい兄ちゃん達に取り囲まれて、残った反対側で切断を実演しながら超振動ブレードの説明をした。

「それじゃあ、お前さんが空属性で作っているのと同じものを魔道具屋に作らせれば、硬い甲羅だとか骨だとかも切断できるようになるんだな？」

「うーん……理論上はそうなんだけど、作れるのかなぁ……」

超振動する魔法陣は、振動の魔法陣で金太郎飴を作るようなものだ。

複雑な模様の魔法陣を長い筒状に作れるのだろうか。

前世の日本なら３Ｄプリンターなんて方法もあったけど、手作業で作るのは難しい気がする。

「そうか……どの道作るのは魔道具屋だ。あいつらは金になるなら作るし、難しい依頼ほど意地になるからな、まぁ頼んでみるさ」

どうやらカリタラン商会に厄介な依頼が入りそうだが、俺のせいじゃないからね。

甲羅が上下に分かれたので、ロックタートルの解体が本格的に始められた。

四人掛かりでナイフを振るい、張り付いている肉を削ぎ落として甲羅を剥がしていく。

甲羅さえ剥がれてしまえば、後は肉と内臓なので、どんどん切り分けられていき、いよいよ魔石がある部分が見えてきて……。

「良かったな、セルージョ。ギリギリで助かってるぞ」

砲撃はロックタートルの体内をかなり破壊していたが、硬い魔石は砕けずに済んだようだ。

「甲羅、魔石、肉、肝……またチャリオットは大儲けだな」

「まったく、ニャンゴ様様だぜ」

「セルージョ、ロックタートルって食えるの？」

「当たり前だ。絶品だぞ、絶品。今夜の打ち上げは楽しみにしとけ」

「マジで！　うにゅぅぅ……早く査定を済ませて、拠点に戻って着替えて来ようよ」

「待て待て、慌てるな。もうロックタートルは逃げたりしねぇよ」

セルージョはそう言うけれど、マルールの仇を討つためにも食ってやらなきゃ駄目だろう。

「ニャンゴ、ロックタートルは煮込みが美味いんだぜ」

「煮込み！」

「そうだ、煮込みだ。トロットロになるまで煮込んだロックタートルは最高だぞ」

「煮込み……トロットロ……最高……」

「だから、夜までお預けだ」

「にゅううう……分かった」

トロットロならば仕方ない、最高ならば我慢するしかない。

俺は大人な冒険者だから、ちゃんと夜まで我慢できるのだ。

ロックタートルは切り分けられて重さを記録されるとギルドの冷蔵庫に一時保管される。

俺達に支払われる金額は、この時点での状態を見て、規定の数字に重さを掛けて算出される。

甲羅の素材としての価値も、大きさや厚さ、傷などを考慮して弾き出される。

結局、ロックタートルは黒オークの五倍近い値段になった。

やはり、甲羅が防具の素材として価値が高いらしい。

甲羅を加工して、物理耐性や魔法耐性などの魔法陣を刻み込むと、鉄盾の半分以下の重さで同等以上の強度を持つ盾も作れるそうだ。

「ガドが欲しがるんじゃない？」

「欲しがらねぇな。盾を構えての体当たりでは、重い方が威力が増すからな」

「なるほど……防具だけなら軽い方が良いけど、武器として考えるなら重さも必要なのか」

「そういうことだ。さぁ、拠点に戻って一休みするぞ。魔法を使いっぱなしで疲れただろう」

「確かに少し疲れたけど……ロックタートルの煮込みが待ってるから」

「分かった、分かった、風呂でも入ってから一眠りしろ。逃げねぇから、大丈夫だ」

セルージョは呆れたように言うけれど、ロックタートルなんて滅多に手に入らないだろうし、逃す訳にはいかないんだよ。

無事に煮込みが食べられるように祈りつつ、高額査定にほくほく顔のセルージョと拠点へ戻った。

拠点に戻って風呂に入り、屋根裏部屋で仮眠を取った。

ロックタートルの煮込みは気になったが、やはり重量軽減の魔法陣を使い続けていたせいで疲れていたのだろう、布団に入って丸くなった途端眠りに落ちたようだ。

「ニャンゴ、そろそろ起きろ。打ち上げに行くみたいだぞ」

「にゃっ！　煮込み！」

「俺は煮込みじゃないぞ……ほら、寝ぼけて階段から落ちるなよ」

「あっ……兄貴か、あぁ、眠ってたんだ……」

布団から這い出て、グーっと伸びをすると少し頭がハッキリしてくる。

着替えて一階に下りると、もう全員出掛ける支度を終えて集まっていた。

今回も誰一人怪我もせずに依頼を達成し、しかも大きな儲けを手にできた。

胸を張って打ち上げに出かけよう。

ミリアムはシューレが抱え、兄貴はガドの肩に座っている。

兄貴は狩場の設営で、ガドの片腕として良い働きをしたそうだ。

ゴブリンの心臓を食べたことで人並み程度の魔法が使えるようになり、拠点の前庭で地道に練習を重ねた成果が出始めているのだろう。

夕方のギルドは、依頼を終えた冒険者達が集まってごった返しているが、チャリオットの姿を見つけると若手たちは道を空けた。

若手の冒険者がライオス達を見る視線には、憧れの気持ちが宿っているように見える。

俺もチャリオットの一員として役目を果たしてきたのだから、胸を張って一緒に……。

「ふにゃぁぁぁ……」

「捕まえた。また大物を仕留めてきたみたいね」

「レイラさん……」

おかしい……周囲への警戒を怠っていなかったのに、またしてもレイラさんに接近を許し、抱え上げられ、お姫様だっこされてしまっている。

ワイバーンを仕留め、ロックタートルを仕留め、確実に冒険者としてのレベルは上がっているはずなのに、なんで毎度毎度レイラさんには捕まってしまうのだろう。

この格好では銀級冒険者の威厳なんてあったものではない。

若手の冒険者が憧れて道を譲る存在になるのは、まだまだ先らしい。

ギルドの酒場には、ジル達ボードメンのメンバーの姿があった。

あちらもオークの討伐から戻っての打ち上げらしい。

「ライオス、ロックタートルを仕留めたそうじゃないか」

「俺達は仕込み、仕上げはニャンゴとシューレって感じだな」

ワイバーンの討伐にイブーロの主要パーティーが出掛けていたことで、溜まっていた討伐の依頼も一段落したようだ。

それと、酒場にはこれまで見掛けなかった新顔が増えているように感じる。

「学校を卒業して、冒険者として活動を始めた子達が増えてるのよ。まだ、ニャンゴみたいに活きの良いルーキーはいないみたいだけどね」

「なるほど、確かに見かけない顔は若い人ばかりだ……」

『巣立ちの儀(ぎ)』を終えて魔法が使えるようになれば冒険者としての登録は可能だが、実際に活動を始めるのは学校を卒業してからというパターンが多いそうだ。

冒険者として独り立ちしてやっていければ良いが、冒険者としての活動を諦めた場合、学校を出ていた方が別の職業に就(つ)きやすい。

学歴社会というほどではないが、学校で一般(いっぱん)常識を学んでいるのといないのとでは、仕事を教える時の手間が違うのだろう。

年明けから冒険者として活動を始めて、少し生活にも慣れて酒場に足を踏み入れてみよう……といった段階らしい。

中には俺の方を指差して、何やら仲間内で言葉を交(か)わしている連中もいる。

大方、俺はレイラさんのペットだと思われているのだろう。

それでも、呪(のろ)い殺さんばかりの勢いで睨(にら)んでくるオッサン連中に比べれば可愛(かわい)いものだ。

お持ち帰りされた後の過酷(かこく)な労働を知らないから、あんな恨(うら)みがましい目で見るのだろうな。

「では、チャリオットとボードメン、無事に依頼を終えられたことを祝して、乾杯(かんぱい)！」

ライオスの乾杯の挨拶(あいさつ)で打ち上げが始められる。

乾杯のための一杯は、酒場にいる全員に振る舞(ま)われる。

ガッチリ儲けて、みんなに振る舞う、その回数が増えるほど、パーティーとして冒険者として名前が売れていくのだ。

まぁ、俺の場合、乾杯の一杯からミルク一択だけどね。

イブーロで売られているミルクは、とても濃厚で美味い。

レイラさんが、どこの出身か知らないけど、このミルクのおかげでたわわに育ったのではないかと思ってしまうほどだ。

「うみゃ！　討伐明けの一杯はうみゃい！」

「ほらほら、ニャンゴ。白いお髭が生えちゃってるわよ」

レイラさんが甲斐甲斐しく口許を拭いてくれたが、ミリアムに鼻で笑われた気がする。

てか、毛が白いから目立ってないけど、ミリアムだって口の周りにミルク付いてるからな。

「はい、ニャンゴ、あ～ん……」

「あ～ん……うみゃ！　何これ、うみゃ！」

「ポラリッケのスモークよ」

「ネットリ半生で、スモークの香りがして、味がギューって濃縮されてて、うみゃ！」

テーブルの向かい側に座っている兄貴やミリアムも、ポラリッケのスモークに夢中のようだ。

「ねぇ、ニャンゴ。ロックタートルを倒すのは大変だった？」

「うーん……準備に手間は掛かったけど、倒すのはそんなに大変じゃなかったよ」

「ふふっ、さすがは銀級ね。ニャンゴの魔法は甲羅まで貫通させちゃったんでしょ？」

「うん、甲羅が硬いって言われてたから、強めに撃ったら貫通しちゃった」

俺とレイラさんの話に聞き耳を立てていた連中からどよめきが起こった。

「ロックタートルの甲羅を貫通って、マジかよ」

「解体の時にも何かやらかしてたみたいだぞ」

「何かって？」

「解体場の親方が苦労する甲羅を簡単に割ってみせたとか……」

「あら、ニャンゴ解体場でも何かやらかしたの？」

「やらかしたって……ちょっと解体を手伝っただけだよ」

俺達の話を聞いた外野がざわめき、それを聞いたレイラさんが話題を振ってくる感じで、何だか俺の実力を周囲に宣伝するように仕向けられている気がする。

視線を転じると、ジルが今回のオークを討伐した様子を見振り手振りを交えて語っていた。

冒険者として実力を認められることは、割の良いリクエストにも繋がる。

俺ももっと積極的に、自分の手柄の宣伝をするべきなのかな。

時間が進むにつれて、打ち上げは賑やかさを増していたのだが、不意に酒場が静かになった。

口を閉じた人達の視線を追って振り返ると、バルガスに肩を借りているボーデの姿があった。

一応、今回の討伐はチャリオットと共同で行った形になっているが、レッドストームの連中は打ち上げには参加しないと言っていたはずだ。

まだ体調が思わしくないのか、顔色も悪く、目の焦点もおぼつかない様子のボーデは、グルリと酒場を見回し、俺を見つけるとよろめくように歩み寄ってきた。

万全の状態の時でも負ける気はしないが、片手を失ったばかりのボーデをやり込めるのは、正直言って気が進まない。

大人しく拠点に籠もっていれば良いのに、何をしに来たのだろう。

歩み寄ってきたボーデは、俺に向かって肘から先が無くなった右腕を突き出した。

「ニャンコロ、俺は手前なんか認めねぇからな！　たとえ片手が無くなっても、すぐに手前なんか乗り越えてやるから覚えてやがれ！」

一方的に言い捨てたボーデは返事も聞かずに背を向けると、よろよろと酒場を出ていった。

「何なの、あれ？」

「さぁ、俺に聞かれても……」

分からないと言い掛けたけど、ちょっと分かる気もする。

大嫌いな奴が大きな成功をしたら、素直に称賛するのは難しい。

むしろボーデから、凄いとか大したものだとか称賛され、祝福される方が気持ち悪い。

たぶん、この先もボーデと分かり合えるとは思わないし、それで構わないのだろう。

バルガスに支えられてボーデが姿を消すと、また賑やかさが戻ってきた。

そして、楽しみにしていたロックタートルの料理が運ばれてきた。

最初に運ばれて来たのは、冷製の和え物だった。

茹でた胃袋を細切りにして、白ネギと一緒にビネガーベースのタレで和えてあるらしい。

「うみゃ！　コリコリ、シャキシャキで、うみゃ！」

「一度乾燥させてから作ることもあるけど、やっぱり生から作った方が美味しいわね」

次に出て来たのは、レバーを使った甘辛い味付けの炒め物だった。

「これもうみゃ！　思ったほどクセも無くて、しっかりした味わいで、うみゃ！」

ガツガツ食べたいところだけど、肝心の煮込みが出て来ないからセーブしておこう。

次に出て来たのは、ロックタートルのメンチカツだった。

「熱っ、うみゃ、熱っ！　衣カリカリ、中から肉汁ジュワーで熱っ、でもうみゃ！」

レイラさんが、フーフーしてくれたけど飲み込むまでに、アニアニ、ハフハフ苦戦してしまった。

そして、いよいよ待望の煮込みが運ばれてきたのだけど、グツグツだよ……。

沸々と煮えたぎっているスープは白く濁っていて、表面には薄く脂が浮いている。

フワッとショウガの匂いが混じった香りだけでも濃厚で、白飯三杯ぐらい食べられそうだ。

スープに浮かんだ肉は、ゼラチン質が豊富なようでプルプルとしている。

俺も兄貴もミリアムも、視線を釘付けにされて鼻がヒクヒクしちゃっているけど、見るからに熱そうで食べられそうもない。

「レイラさん、スープだけでも……」

「待ってね。ふーふー……」

「熱っ、でもうんみゃぁ！　なにこれ、脂が甘い！　鶏よりも野趣溢れる味わいがガツンと来て、うんみゃぁ！」

味わいはトンコツスープに負けない程の濃厚さだけど、脂は鶏に近い感じでしつこくない。

レイラさんが取り皿を貰ってくれて、スープから出して冷ました肉を切り分けてくれた。

「うんみゃぁぁぁ！　トロトロ、ホロホロ、濃厚で、うみゃぁ！」

「ふふっ、狂暴な魔物もニャンゴの食欲の前では形無しね」

ロックタートルを心ゆくまでうみゃうみゃした後は、レイラさんにお持ち帰りされてしまった。

前回の打ち上げの時には足の怪我を理由にして解放してもらったが、今回は逃げられなかった。

ギルドの斜向かいにある高級アパートのエントランスロビーで俺を下ろすと、レイラさんは深い胸の谷間から部屋の鍵を取り出した。

「じゃあ、ニャンゴ。お願いねぇ……」

ふにゃっと力を抜いたレイラさんを抱き留めて、空属性魔法で作ったクッションに寝かせる。

毎回、ここから俺がお姫様だっこでレイラさんを部屋まで運ぶのだが、今回は秘策を用意した。

いつも通り身体強化の魔法を使うのと同時に、レイラさんに重量軽減の魔法陣を貼り付ける。

あとは魔法陣を途切れさせないように、慎重に三階まで階段を上るだけだ。

部屋の前で一旦レイラさんを下ろして、鍵を使ってドアを開けてからリビングに運び入れた。

「ふぅ……」

「うーん……惜しい、今の溜息が無かったら満点だったのに」

「採点が厳しすぎだよ」

「はいはい、かしこまりました」

「ニャンゴ、お水……あと、お風呂にお湯張って……」

グラスに水を注いで戻り、続いてバスルームに行きバスタブにお湯を張っていると、フラフラとした足取りでレイラさんが入って来た。

「ニャンゴ、脱がせて……」

「はいはい、ただいま……」

自分も服を脱ぎ、泡々のバスタブでレイラさんを隅々まで洗い、隅々まで洗われる。

バスタブを出てシャワーで泡を流したら、空属性魔法で温風の魔法陣を作って、レイラさんの髪を乾かし、自分の毛並みもフワフワに乾かした。

「はい、ニャンゴ」

「ありがとう……うーん、うみゃ！」

一仕事終えた後はレイラさんが用意してくれたミルクを飲んで、あとはベッドルームでアダルトな時間……ではなく一晩抱き枕を務めた。

二人とも生まれたままの姿だったけど、抱き枕にされただけなのだよ……踏み踏み。

翌朝、レイラさんを起こさないようにベッドを抜け出して部屋を後にした。

顔馴染みになったアパートのガードマンと挨拶を交わし、ギルドの酒場に朝食を食べに行く。

奥のテーブルに座って、いつものメニューをゆっくりと食べた。

朝食を食べ終える頃には、ギルドのカウンター前の混雑も解消されていた。

ギルドに来たのはラガート子爵による王都同行のリクエストについて確認するためだ。

王都に向かう子爵の目的は、娘アイーダの『巣立ちの儀』に立ち会うためで夫人も同行する。

当然子爵家の騎士が護衛に付くので、俺の護衛は必要無いだろうが、同行させるための口実として護衛のリクエストを出すのだ。

俺にとっては渡りに船の条件なのだが、好意に甘えると後が怖いような気もするので、仕官を強要されたりしないか確認しておきたい。

混雑する時間に込み入った話をするのは申し訳ないと思い、順番待ちの列が解消されたのを確認してからカウンターに出向いたのだが、なんだかジェシカさんは機嫌がよろしくない。

「おはようございます、ジェシカさん」

「おはようございます、ニャンゴさん、昨夜はお楽しみだったみたいですねぇ……」

「ふにゃ？　お楽しみというほどでは……」

「レイラさんのアパートからいらしたんでしょう？」

「みゃっ！　そ、そうなんですけど……」

「折角、レッドストームの皆さんと和解したのに、また恨まれても知りませんよ」

「うにゅぅぅぅ……気を付けます」

てか、どうすればレイラさんから逃れられるんだろう。

「それで、ニャンゴさん、本日のご用件は何ですか？」

「あの、リクエストの件なんですが……」

率直に不安を感じていると伝えると、ジェシカさんではなく別の人物から声を掛けられた。

「ニャンゴ、そいつは俺が説明してやろう」

背後から声を掛けてきたギルドマスターのコルドバスで、くいっと顎をしゃくって付いて来るように合図すると、階段に向かって大股で歩き出した。

慌てて追い掛けたが、歩幅が違い過ぎて小走りにならないと置いていかれそうになる。

執務室で向かい合って座り、感じている懸念を伝えると、コルドバスは頷いた後で話を始めた。

「心配する必要はないぞ。素直に好意を受け取って王都を見て来い。それに、お前さんならば立派に護衛の戦力になる。卑屈になる必要は無い」

「でも、俺が王都に行って、王都の暮らしに憧れて子爵領に戻らない……なんて言い出したら、連れて行った意味が無くなっちゃうかもしれませんよ」

「そうだな。それでも、子爵は後悔などしないだろう。ラガート領からいなくなったとしても、王国の国民ではあり続ける。才能を開花させ国の礎となってくれるなら構わないと言うだろうな」

ラガート子爵は、ワイバーンの討伐をエスカランテ侯爵と競ったりするような子供じみた一面もあるが、基本的には国を愛し、民を愛する良い領主であるらしい。

「ニャンゴ、ラガート領は他国との国境に位置しているのに、なぜ侯爵や辺境伯でなく子爵なのか知っているか？」

「いいえ、何か理由があるのですか」

「元々、ラガート家は辺境伯だったが、五代前の領主が隣国エストーレへの侵攻を巡って当時の国王に諫言して不興を買い、子爵に格下げになったそうだ」

国王はエストーレへの侵攻を主張したが、当時のラガート辺境伯は和睦を強く主張したそうだ。最も大きな被害を受けた領地でありながら和睦を強く主張したのは、戦が長く続き、領民の生活が疲弊していたかららしい。

「でも格下げになったら、領地も違う場所に移されたりするんじゃないですか？」

「まぁ、普通はそうなるが、その時の諫言が結果としては国王の決定よりも良い結果となり、それ以来両国の間では戦は起こっていない」

「それなら、元の辺境伯に戻しても良いのでは？」

「その通りだな。実際、ラガート家には辺境伯に戻すという話があったが断ったらしい」

「正しい意見を述べたのに、格下げになってヘソを曲げたとか？」

「うははは……あるいは、そうだったのかもしれんな。ラガート家は子爵に留(とど)まる代わりに、王は諫言に耳を傾けるという約束を取り付けたそうだ」

「それって、王様に民の声を聞けって言ってるようなものでは？」

コルドバスは、俺の言葉を聞いて満足そうに頷いた。

「その通りだ。ラガート家は王に意見する権利を手に入れたが、それに慢心するなと後継者(こうけいしゃ)に厳しく言い渡しているそうだ。全ては国を思い、民を思って行動すべし……とな」

「それなら、アイーダ様の『巣立ちの儀』はイブーロでやっても良いんじゃないですか？」

「貴族は王都で、平民は大きな街で……というのは四代前のラガート子爵が提案した話だと聞いている。それ以前は、神官が村を回って儀式をしていたそうだ」

「その方がお金も掛からなくて良いのですよね」

「そうだな。だが貧しい者の中には、それこそ一生村から出ない者もいるんじゃないのか？」

「あっ……」

確かに、アツーカ村でも巣立ちの儀以外では村から出たことのない人がいる。

それこそ、『巣立ちの儀』がなければ、外の世界を知らずに一生を終えることになる。

「狭(せま)い世界しか知らない者からは、大きな人物は生まれてこないというのが、四代前のラガート子爵の主張だ。それに一生に一度だとしても、それは思い出として残るんじゃないのか？」

「そうですね……確かに、その通りです」

「そのラガート家が見聞を広めて来いって言ってるんだ、遠慮せず王都を見て来い」

「はい、この右目でしっかり見て来ます」

この日、正式にラガート子爵からのリクエストを受諾して、王都に行くと決心した。

コルドバスとの面談を終えた後、ギルドを出てカリタラン商会へと向かった。

そろそろ頼んでおいた炬燵ができているはずだ。

それに、ギルドの解体部門から超振動ブレードの作製依頼が出されると思うので、その件についても説明しておいた方が良いだろう。

一応、解体部門の主任を務めるローウェルには超振動ブレードの原理を説明したのだが、肝心の物が透明で見えていないので何度も首を捻っていた。

依頼する人間が理解できていなかったら、依頼を受ける方は更に意味が分からないだろう。

混乱しないように、俺の口から説明しておいた方が良いだろうし、魔道具を作る職人ならば超振動ブレードについても理解できるような気がする。

売り場の店員さんに来訪の意図を伝えると、すぐにルシオさんに取り次いでくれた。

「ようこそいらっしゃいました、ニャンゴさん。頼まれていた温風機付きのテーブルはでき上がっていますよ。それと、新しい魔道具のアイディアも教えてくださると聞きましたが……」

ルシオさんは炬燵よりも新しいアイディアに興味津々のようだ。

「はい、ロックタートルの解体を手伝った時に使った魔道具なんですが……」

超振動ブレードの性能と原理について話すと、ルシオさんは身を乗り出して聞き入っていた。

「なるほど……超高速で振動することで物を容易に切断できるのですね」

「はい、何か硬い物があれば実演してみますけど……」

「それでは、工房へまいりましょう」

魔道具の製作を行っている工房に移動すると、ルシオさんは魔導車を作っている職人に声を掛け、木材の切れ端を持って戻ってきた。

「ニャンゴさん、これはストラー樫といって魔導車や馬車のフレームに使われる木材です。非常に目が詰まっていて丈夫ですが、硬くて加工がしづらいのが欠点でもあります」

「これは、削ってしまっても大丈夫なものですか？」

「はい、端材ですので、ぜひ削ってみせて下さい」

五センチ角で長さ十センチほどのストラー樫は、ズシっとした重さを感じ、空属性魔法で作った棒で叩いてみると金属のような音がした。

作業台の万力で端材を固定し、鑿を借りて空属性魔法で作った超振動の魔法陣を接続する。

鑿の刃をあてがうと、ブーン……という音を立てつつ端材はザクザクと削れていった。

「おいおい、冗談だろう。ストラー樫だぞ、どうなってんだ」

「あんなに簡単に削れるようになったら、もっと色んな加工ができるようになるぞ」

端材が削れる度に、工房の職人たちは驚きの声を上げた。

原理を説明し、俺が手を添えて実際に使ってもらうと、驚きの声は更に大きくなった。

「ルシオさん、こいつは絶対に作るべきだ」

「だが、これだけの厚みの魔法陣をどうやって作るんだ」

「それこそ俺達職人の腕の見せ所でしょう。これができれば、職人の現場は大きく変わりますよ」

「よし、早速試作を始めてくれ」

商会で魔道具の試作を担当するグループが、早速超振動ブレードの開発に取り掛かるようだ。

ルシオさんや職人さんたちの興味は超振動ブレードに奪われてしまったが、頼んでおいた炬燵は素晴らしい仕上がりだった。

炬燵自体も天板も、天然木なので少々重たいけれど、惚れ惚れするほど木目が美しい。

ルシオさんにお礼を言って、炬燵と天板を空属性魔法で作ったカートに積み込み、その足で布団屋に寄って頼んでおいた炬燵布団を受け取って拠点に戻った。

「兄貴。いい物を買って来たぞ」

「なんだ、もしかして新しいお布団なのか？」

「ふっふっふっ、新しい布団だけじゃないぞ。ちょっと置くのを手伝ってくれ」

「ん？　何だこのテーブル、何か付いてるぞ」

屋根裏部屋に炬燵を運び上げ、敷いてある毛織物のラグの中央にセットした。

「にゃ、テーブルにお布団？」

「そして、この魔道具を作動させると……」

「にゃにゃ？　あったかい風が出てきたぞ」

温風の魔道具は三段階で調節ができるようになっているが、一番弱くしても十分に暖かい。

「まぁまぁ、ゆっくりしようよ、兄貴」

さっそく炬燵に足を突っ込んで、くつろぐ手本を兄貴に見せた。

恐る恐るという感じで炬燵に足を入れた兄貴だったが、すぐに天板に頬を預けて液状化した。

「ニャンゴ、俺は一生ここで暮らしたい」

「どうだ兄貴、炬燵は良いものだろう」

「あぁ、最高だ……これ以上の物なんて、この世には存在しないだろう」

「まぁにゃぁ……」

炬燵は大きめに作ってもらったから、俺と兄貴が肩まで潜（もぐ）っても、まだまだ余裕（よゆう）がある。

「ちょっと、それは何なの？」

俺と兄貴が炬燵で蕩（とろ）けていると、階段を上がって来たミリアムが声を掛けてきた。

「これ？　これは猫人（ねこひと）を駄目にする魔道具だよ」

「はぁ？　猫人を駄目にするって、なんでテーブルに布団が掛かってるのよ」

「それは、足を入れてみれば分かるよ」

「何を言って……あったかい！　にゃにこれ？」

ミリアムが液状化するまで、三十秒も掛からなかった。

「みんなで私を除（の）け者にして、ズルい……」

「シューレも入っていいよ」

「これは……ニャンゴは天才……？」

文句を言いに来たシューレも、炬燵の魔力の前には抗（あらが）う術（すべ）を持たなかった。

ヤバいな、本当に駄目猫人になっちゃいそうだ。

前世の日本人の頃よりも、猫人に生まれ変わった体には炬燵の魔力が数倍強力に感じる。

自分で頼んで作ってもらったけど、これ出られにゃいぞ。

第三十話　王都への旅路

いよいよラガート子爵に同行して、王都へと向かう日が来た。

王都までは約十日間の旅程だが、今回は令嬢アイーダの『巣立ちの儀』という重要な予定があるので、五日ほど余裕を持たせて出発するそうだ。

俺が王都に行っている間もチャリオットは通常通りの活動をするそうだが、兄貴のことはガドとシューレに頼んできたから大丈夫だろう。

出発当日は、ダルクシュタイン城を早朝に出立するので、俺は前日のうちに城を訪れた。

イブーロからは空属性魔法のオフロードバイクで来たのだが、途中で擦れ違ったり追い抜いたりした人からは、ずいぶんと驚かれてしまった。

空属性魔法で作ったバイクは他の人からは見えないので、俺はキーーーンという風の魔道具の作動音と共に地面スレスレを飛んでいる猫人にしか見えなかったはずだ。

宿泊する部屋は前回と違って、王都に同行する騎士達と同じ宿舎の一室を与えられた。

俺が冒険者として大成すれば貴族の警備を行う機会も増えるだろうし、実際に警備を行う騎士達の動きを見せておくという目的があるそうだ。

食事の時には騎士達から、先日披露した魔銃の魔法陣について質問攻めにされてしまった。

全ての手の内を明かす訳にもいかないので、空属性魔法で魔法陣を作ると発動することは明かして、あとは創意工夫だと誤魔化しておいた。

先日、魔法を競ったジュベールも食堂にいたが、隅から眺めているだけで近付いて来なかった。

騎士達から聞いたのだが、王都までは二十人の騎士が同行するらしい。

先触れとして二人が先行し、子爵一家が乗った車両の前方に八人、後方に十人が配置される。

俺は魔導車の御者台に乗って警備を担当する……という格好になるらしい。

近年、貴族の行動には馬車ではなく魔導車が使われるようになっている。

襲撃を受けた時、馬の心配をせずに走り続けられるからだ。

今回の子爵一家の王都行きにも、馬車ではなく魔導車が使われるそうだ。

厳重な警備態勢だが、貴族の乗った車両が襲われることは滅多に無いらしい。

貴族の使う車両には紋章が大きく彫られていて、襲撃すると国への反逆とみなされる。

通常よりも厳しい対応がなされるので、盗賊にとっては割が合わないらしい。

貴族の車両が襲われるのは、殆どが王位継承などの権力争い絡みだそうで、今回の王都行きについてはその心配は無いそうだ。

つまり同行する二十人の騎士は、ラガート子爵家の威信を示すための飾りなのだ。

出発当日、騎士の集合場所へ出向くと、同行する騎士達は煌びやかに着飾っていた。

俺は普段冒険者として活動する格好で良いと言われていたので、作業用のカーゴパンツとワークシャツにリュックを背負っているという姿だから、明らかに見劣りしてしまう。

この格好で大丈夫なのか不安に思ったので、護衛の騎士隊を指揮する隊長に聞いてみた。

「いや、そのままで構わないぞ。我々は言ってみれば国民のための見世物だ。これも騎士としての役目だが、冒険者にまでその役目は求めないから大丈夫だ」

前世の日本では、来日した要人を見ようと見物人が集まっていたが、こちらでも同じのようだ。

むしろ娯楽の少ない世界なので、貴族の行列の見物は一種の楽しみなのだろう。

テーマパークのパレードに、飛び入り参加するぐらいの気持ちで御者台に座ることにした。

そういえば、同行する騎士の中にジュベールの姿が無い。

昨晩、睨みつけられていたのは、これが原因なのかもしれない。

出発の時間が迫り、俺は御者や同行する執事さんやメイドさんと一緒に子爵一家を出迎えた。

子爵一家は、旅支度ではあるが一目見るだけで貴族と分かる豪華な衣装に身を包んでいた。

「おはよう、ニャンゴ。道中よろしく頼むぞ」

「おはようございます、子爵様。こちらこそよろしくお願いします」

魔導車に乗り込む際、ブリジット夫人はにこやかに微笑みかけてくれたが、アイーダはジト目で一瞥をくれただけで眉間に皺を寄せてプイっと顔を背けた。

まったく、ジュベールが同行しないのは、俺の責任じゃないんだぞ。

というか、アイーダとの仲を進展させたくない子爵の策略じゃないのか。

『巣立ちの儀』を終えた後、アイーダは王都の学院に籍を置いて寄宿舎で暮らすそうだから、そのうちどこかの貴族の息子が言い寄ってくるのだろう。

最終的な結婚は、家の事情に左右されるのだろうし、自由な恋愛ができないことには同情するが、貴族として良い生活をしているのだから諦めてくれ。

今回、ラガート子爵はアイーダの『巣立ちの儀』に立ち会うために王都に行くが、王族や貴族などとの面会も行う予定だそうで、最大十日ほどは王都に留まるそうだ。

俺へのリクエストは往復の道中の警護で、王都滞在（たいざい）中は自由にしてよいそうなので、騎士見習いとして王都にいるオラシオと再会したいと思っている。

王都を知るためにも、最初の五日間は自分でオラシオの居場所を探し、五日経（た）っても面会の目途が立たなかったら、子爵家の伝手（つて）を使ってでも面会を試みるつもりだ。

使えるものは全て使ってでも目的を達成するのが冒険者というものだ。

魔導車の御者を務めるナバックは、人当たりの良いヤギ人のオッサンで話好きだ。

三十代後半ぐらいだろうが、白髪（はくはつ）で白い顎鬚（あごひげ）を蓄（たくわ）えて、いかにもヤギ人という風貌（ふうぼう）をしている。

王都へは何度も御者として行っているそうで、色々なことを教えてくれる。

ラガート子爵領に隣接（りんせつ）するエスカランテ侯爵領（こうしゃくりょう）についても、色々と教えてくれた。

「エスカランテ侯爵家は、シュレンドル王国騎士団の騎士団長を代々務めている家柄（いえがら）で、現当主のアンブリス様が現在の王国騎士団長だ」

「代々務めているってことは、騎士団長は世襲制（せしゅうせい）なんですね？」

「いや違うぞ、そもそも王国騎士には実力が無ければ選ばれないのは知ってるよな。その実力者の集団を束ねていく役割だから、当然実力が伴（ともな）わなければ務まらない」

「それじゃあ、歴代当主が実力を認められて騎士団長に選ばれているのか。凄（すご）いなぁ……」

「まぁ、騎士団長ともなると、貴族に睨みを利（き）かせないといけないし、平民出身では務まらないのも事実だな。大貴族の出身で、武術に秀（ひい）でた者となると……」

「あぁ、なるほど……エスカランテ侯爵家以上に、武術に熱心な貴族がいないのか」

「まぁ、そういうことだ」

殆どの貴族は嗜みとして剣術や槍術を習うが、あくまでも貴族の手習い程度だそうだ。

それに対してエスカランテ家では、幼少の頃から修業と呼ぶのが相応しい修練を積むそうで、他の貴族が対抗するのは難しいようだ。

ナバックは俺と話をしながらも、せわしなく右手を前後に動かしている。

どうやら右手で握ったレバーで、動力である魔道具への魔力の供給を調整しているらしい。

加速するにはレバーを前に倒し、減速時は後ろに倒してブレーキレバーにも手を掛けている。

ナバックの正面にある左右に倒れるレバーが、魔導車の舵の役割を果たしているようだ。

前世の日本の知識を持っている俺から見るとブレーキが貧弱に思えてしまうが、馬車のブレーキも同様だし、魔導車の速度はあまり速くないから大丈夫なのだろう。

魔導車の御者台は、寒さしのぎのために囲った状態にしてある。

足下は板で、目線の高さはガラス窓で覆われている。

空属性魔法で覆いを作る必要も無いし、さすがに貴族の魔導車らしく振動も良く抑えられている。

その上、俺は専用の空属性クッションを使っているから、乗り心地はすこぶる良好だ。

つまり……眠たくなってきてしまう。

これは冒険者として未熟というよりも、隙あらば眠たくなってしまう猫人の体質的な問題だ。

一応、護衛という役割を担っているので、ぐーすか眠っている訳にはいかない。

ナバックとの会話は、眠気を覚ましてくれるので本当に助かっている。

旅程三日目、この日はエスカランテ侯爵家に宿泊する。

王都まで行く途中にある領主の家には、表敬訪問という形で一夜の宿を借りるそうだ。

一行を出迎えた初老のジャガー人が、先代領主のアルバロス・エスカランテだった。

年齢はもう六十代ぐらいだろうが、身のこなしには年齢を感じさせない柔らかさがある。

王国騎士団長を務めた人物だし、今でも武術なら俺よりも強そうだ。

「フレデリックもブリジットも元気そうでなによりだ。アイーダは美しく成長したな」

「本日はお世話になります」

「堅苦しい挨拶などは無しにして、我が家と思って寛いでくれ。さぁ、冷えるから中に入ろう」

元騎士団長と聞いて強面な人物を想像していたが、アルバロスは気さくで優しそうに見える。

そのアルバロスと共に、同じくジャガー人の少年が子爵一家を出迎えていた。

ここまでの道中に聞いたナバックの話によれば、現当主の四男デリックだそうだ。

アイーダと同い年で、デリックもまた王都で『巣立ちの儀』を受けるらしい。

さすがに武門の家の子らしく鍛えているようで、引き締まった体つきをしている。

ラガート子爵達が屋敷に入る間、俺達は魔導車の横に整列して見送り、その後で同行者が使う宿舎へと移動する予定だったが、不意に振り向いたアルバロスが俺に視線を向けてきた。

「君がニャンゴだな。ワイバーン討伐の件は聞いているぞ」

ニヤリと口許を緩めたアルバロスの視線は、獲物を狙う猛獣の瞳だ。

背中の毛が一斉に逆立って冷や汗が噴き出してきたが、悟られないように冷静さを装って答えた。

「はい、初めまして、ニャンゴと申します」

「ふむ、なんでも面白い魔法を使うそうだな。ワイバーンも一撃で仕留めたそうじゃないか」

「はい、ですがあれは周囲の協力があってこそで、俺だけの手柄ではありません」

「そうか……まぁ良い、付いて来い。儂の無聊を慰める話をしてくれ」

屋敷に入る途中で振り向いていたラガート子爵は、小さく頷いてみせた。

「はい、お供させていただきます」

執事さんやメイドさんと共に、ラガート子爵に続いて屋敷へと入る。

エスカランテ侯爵家の屋敷は宮殿と呼んだ方が良いほど、壮麗で広大な規模を誇っている。

エントランスには武術が盛んな土地柄か、武闘家をモチーフとした彫刻が並べられ、どれも今にも動き出しそうな精巧さだ。

古い時代の鎧や武器も並べられているが、入念な手入れが施されているようで、今すぐ実戦使用が可能な状態に保たれている。

ホストとしてラガート子爵を案内しつつも、時折アルバロスの視線が俺に向けられている。

視線の先は、どうやら俺の足下のようだ。

応接間に入り、子爵一家をソファーへと誘った後、執事さんと一緒に壁際に立った俺の所へアルバロスが歩み寄って来た。

「ふむ、それが空属性魔法か」

応接間の床には毛足の長い絨毯が敷かれていて、普通の人ならば足が沈み込んでいるが、エアウオークを使っている俺の足は浮いたままだ。

「はい、空属性魔法で空気を固めた靴を履いてる感じです」

「それは足を汚(よご)さないためか？」

「いいえ、もう習慣になっていますし……」

その場で足踏(あしぶ)みするように高さを上げると、アルバロスは目を見開いて驚いた。

「ほう、高さも自由ということは、宙を踏んで動き回れるのだな」

「はい、この通り……」

前後、左右、上下に動いてみせると、アルバロスはまた猛獣のような笑(え)みを浮かべてみせた。

「面白いな、実に面白い……ニャンゴ、儂の隣(となり)に座れ」

「えっ、アルバロス様の隣にですか？」

「なぁに、礼儀だ作法だなどと気にする必要は無い、別に取って食いやしないから安心しろ」

「はぁ……」

そうまで言われたら付いて行くしかないと思ったら、アルバロスにひょいっと抱(かか)えられた。

レイラさんのようなお姫様(ひめさま)だっこではなく、小脇(こわき)に抱えられて連行される形だ。

アルバロスの腕(うで)は太く、服の布地越(ご)しにも筋肉の塊(かたまり)であるのが良く分かった。

どれだけ鍛錬(たんれん)を積めば、こんな腕になるのだろうか。

俺の腕なんて、指に挟(はさ)んでペキっと折られてしまいそうだ。

アルバロスが腰(こし)を落ち着けたソファーのひじ掛けに置き物のように座らされてしまった。

「さて、この度(たび)はアイーダ嬢、そしてデリックが『巣立ちの儀』を受ける訳だが……デリック、そなたは何の属性を望む」

「勿論(もちろん)、父上やお爺様(じいさま)のような火属性が良いです」

「そうか……だが、与えられる属性は女神様が知るのみで、我々にはどうすることもできぬ。両親ともに火属性であっても、子供は風属性であったり水属性であったりもする。そして……空属性という珍しい魔法を授かる者もいる」

テーブルを囲む全員の視線が俺に集まり、とっても居心地が悪い。

「正直に言おう、儂は空属性など何の役にも立たない属性だと思ってきたし、実際に空属性を使って活躍をしている者を見たことが無かった。だがどうだ、このニャンゴは己の才覚で空属性を優れた魔法に変えてみせたではないか。面白い、実に面白い」

アルバロスに、グローブのような手で手荒く頭を撫でられる。

前世の日本で、オッサンに撫でられて迷惑そうな顔をしていた猫の気持ちが良く分かった。

「デリック、巣立ちの儀で思うような属性を得られなくとも、決して下を向くな。そして、望み通りに火属性を手にしても、決して増長するな。そなたには、儂やアンブリスと同じエスカランテの血が流れておる。失敗を恐れるな、立ち向かえ、工夫せよ、四男のそなたが兄達を追い越すことも不可能ではないぞ」

「はいっ！」

アルバロスの薫陶を受けて、デリックは瞳を輝かせている。

てか、間に挟まっている俺はどうすれば良いんだ？

大人しく、猫の置き物になってるしかないのかにゃ。

デリックは、男四人女二人の兄弟の一番末っ子だそうだ。

兄や姉は、すでに王国騎士団に入団したり、王都の学校に通っていたりするらしい。

現当主のアンブリス夫妻も王都の屋敷で暮らしているそうで、エスカランテ領にあるこの屋敷には、前当主であるアルバロスとデリックしか住んでいないそうだ。

エスカランテ家の子供は幼少期をこちらで過ごし、『巣立ちの儀』を境に王都で暮らす。

幼少期をこちらで過ごすのは、学校に通って領地の者と接して、繋がりを作るためだそうだ。

貴族の中には、幼少期の教育を家庭教師に任せたり、王都で過ごさせたり、平民との交わりを断つ家もあるそうだが、エスカランテ家は真逆の方針のようだ。

これは、有事の際に領民を統制し、的確に動かすための布石だそうだ。

領民にしてみれば、顔も知らない領主から命じられるのと、幼少期を共に過ごした領主から頼まれるのとでは雲泥の差がある。

平時においても有事を忘れず……まさに武門の家らしい習慣なのだ。

デリックを薫陶した後、アルバロスから空属性魔法を披露してくれと頼まれた。

披露しろと言われても、空属性魔法は目に見えないので、明かりの魔法陣を発動させてみせた。

「このように、空属性魔法で空気を圧縮して魔法陣の形に固めると刻印魔法が発動します」

「おぉ、これは空気中の魔素を使って発動しているのか？」

「はい、恐らくそうだと思われます。　それと空属性で作った魔法陣は通常の魔道具とは違い、魔法陣全体で刻印魔法を発動しています」

俺の空属性による魔法陣の理論を使い、これまでよりも効率の良い立体の魔法陣を用いた魔道具を開発中だと伝えると、アルバロスだけでなくデリックも話に聞き入っていた。

中空構造の魔法陣を使ったドライヤーも実演し、こちらはすでに商品化されていると話すと、子爵夫人とアイーダが頷いていた。

カリタラン商会から献上されたのか、購入したのか分からないが、愛用しているのだろう。

空属性魔法や魔道具について話していたら、あっと言う間に夕食の時間になってしまった。

空属性の有用性を貴族の人々に知ってもらいたくて、自分でも驚くほど饒舌だった。

「ニャンゴよ、まだワイバーン討伐の話も聞いておらぬ。夕食も儂の隣に座れ」

「えっ、ですが……」

「なぁに、我が家の食卓は礼儀作法などの気遣いは無用だから心配いらんぞ」

「ありがとうございます」

アルバロスはデリックと共に、新しい明かりの魔道具を使った夜間行軍などという、『巣立ちの儀』前の子供には相応しいとは思えない話をしながら食堂へと歩いていく。

ラガート子爵の一家を見送ってから、後に続こうと思ったら、アイーダにボソっと呟かれた。

「みっともないから、にゃーにゃーにゃー鳴くんじゃないわよ」

「ぐぅ……気を付けます」

別にホスト自ら礼儀作法や気遣いは要らないって言ってるんだから、うみゃうみゃしたって良いと思うが、一応ラガート子爵家に雇われているのだから善処しよう。

食事は、食前酒とスモークチーズを使ったサラダから始まった。

「では、アイーダ嬢とデリックに良き魔法がもたらされるように……乾杯」

「乾杯！」

食前酒は、果実酒を長く寝かせたもののようで、とても良い香りがするが、同時に強いアルコールの匂いもする。

「どうしたニャンゴ。この酒は、エスカランテ領の名物なんだが口に合わなかったか？」

「いえ、いただきます！」

アルバロスから言われてしまっては断りづらい、お猪口ぐらいの小さなグラス一杯だから大丈夫だろうと食前酒を一気に飲み干した。

口の中が果実園になったかと思うほど芳醇な香りが広がり、鼻腔へと抜けていく。

同時に胃袋がカーっと熱くなり、さぁ食い物をよこせと催促されているように感じた。

食欲に突き動かされるようにナイフとフォークを握り、サラダを口に運んだ。

「うみゃ！　このチーズ、うみゃ！　味わいが濃厚なのに、スモークされているから後味にクセがなくて、シャキシャキ野菜のほろ苦さと一緒になって……うみゃ！」

「はっはっはっ、気に入ったようで何よりだ」

アイーダが睨んできたけど知らん、このチーズとシャキシャキ野菜のコラボは絶妙なのだ。

それに、にゃんだかとっても良い気分にゃのだ。

二品目は、手長エビを素揚げにしたものだ。

「うみゃ！　殻パリパリで、身が甘くて、塩加減も絶妙で、うみゃ！」

殻まで丸ごと食べられるから、まさにエビを味わい尽くす感じで、尻尾が勝手に揺れてしまう。

三品目は、クリームシチューだった。

「熱っ、うみゃ！　熱っ、うみゃ！　熱っ、うみゃ、うみゃ！」

クリームシチューも濃厚で、具の芋はサツマイモに近い感じで甘みが強く、ブロッコリーに似た野菜の緑も鮮やかで、うみゃいけど熱い。

メインディッシュは、ルンデン鳥の丸焼きだった。

ルンデン鳥は、七面鳥ぐらいの大きさがある大きな鳥で、育てるのに手間が掛かるので高価だ。

ドーンと大きな皿に載せられたルンデン鳥の丸焼きを調理人が切り分けてくれた。

「うんみゃ！　なにこの濃厚さ、うみゃ！　噛みごたえがあるけど硬いだけじゃなくて、肉を噛みしめる度にジュワーって肉汁が溢れてきて、うんみゃ！　パリパリの皮と皮ぎしの脂が、うんみゃ！」

アルバロスは、ワイバーン討伐の話を聞きたがっていたが、そんな暇は俺にはにゃい。

今はルンデン鳥の討伐に全力を注ぐ時だ。

もも肉の他に、胸肉と背肉をお代わりして、ようやく満足した。

デザートのアップルパイをハーブティーと共に、うみゃうみゃしながらワイバーン討伐の話をしたようだが、その辺りで記憶が曖昧になってしまった。


目覚めたのは、どこか知らないベッドの上で、布団の中でヌクヌク丸くなっていた。

意識がハッキリしてきて、王都に向かう途中だと思い出して跳ね起きたが、自分がどこにいるのか全く分からない。

窓の外を見ると、ようやく夜が明け始めた頃で、普段拠点で起きている時間のようだ。

たぶん、原因は食前酒だろう。

うちの親父もちょっとの酒でグデングデンになっていたから、猫人の体質なのかもしれない。

護衛として子爵一家に同行しているのに、前後不覚に陥るなど大失態だ。

とりあえず、いつでも出発できるように荷物をまとめて部屋を出た。

ドアの外は廊下になっていて、同じようなドアがいくつも並んでいる。

階段を探して一階に下りると、ラガート家の騎士の姿があった。

「お、おはようございます……」

「おっ、起きて来たな、魔砲使い」

「あのぉ……俺は魔法を使ってみせたんでしょうか？」

「なんだ、覚えていないのか？　侯爵様に頼まれて、空に向かって凄まじい砲撃を連発してたぞ」

「えぇぇ……」

どうやら俺は、アルバロスの要望に応えて、ワイバーンを討伐した砲撃や、魔法陣の設定を変えて、大きさ重視にしたものや、連射などを次々に披露したらしい。

「王国騎士団の魔術士部隊が現れたのかと思うほど、火球が空を覆い尽くすような勢いで打ち上げられてたぞ。アルバロス様も流石は魔砲使いだと仰られていたな」

「えぇぇ……」

記憶をほじくり返してみると、確かにそんなことをやったような気もしないではない。

「俺、何か失礼なこととか、やらかしてませんかね？」

「いや、大丈夫だろう。アルバロス様も、デリック様も、うちの旦那も上機嫌だったぞ」

「はぁ……良かった。もう酒は飲まないです」

「ははは……あぁ、お嬢様だけはご機嫌斜めだったな」

「げぇ……」

夕食前の忠告をガン無視して、はしゃぎまくっていれば、そりゃ不機嫌にもなるよな。

「なぁに、何かありましたかって、すっとぼけておけば大丈夫だ。それより朝食に行こう」

「はぁ……」

魔導車に同乗するけど、俺は御者台だから直接顔は合わせないし大丈夫だと思いたい。

結局アイーダには睨まれたけど、すっとぼけておいた。

朝食を済ませたら王都に向けて出発するのだが、驚いたことにデリックはラガート子爵家の魔導車に同乗していくらしい。

侯爵家の子息ともなれば、専用の馬車に多くの護衛騎士を引き連れて行くものと思っていたが、エスカランテ家の場合は違うそうだ。

デリックは王都で『巣立ちの儀』を受けた後、王国騎士団へ騎士見習いとして入団する。

通常、王国騎士団へは膨大な魔力資質を持つ者でなければ見習いとしても入団できないが、エスカランテ侯爵家ほどの大貴族の場合は入り込めるようだ。

ただし見習いとして入り込めても、王国騎士として相応しい実力がないと判定されれば、たとえ大貴族の息子であろうとも正式な騎士としては認められないそうだ。

当然、エスカランテ家の子息ともなれば注目されるだろうし、その中で結果を求められるのは相当なプレッシャーだろう。

それゆえ、デリックは家を出る時から相応の心構えをしているらしい。

「では、お爺様、行ってまいります」

「うむ、体に気を付けるのだぞ」

アルバロスとの別れの挨拶も、実にあっさりとしたものだ。

俺なんか、アツーカ村からイブーロに出立するとき、カリサ婆ちゃんとの別れが辛くてボロ泣きしたのに、デリックは瞳を潤ませることもない。

荷物はトランク一つで、後は騎士訓練所に入って支給されるものでまかなっていくそうだ。

貴族の中にも、こんな気構えを持って生きている人達がいるのだと初めて知った。

エスカランテ侯爵家の屋敷を出た一行は、街道を南へと進んで行く。

「ナバックさん、あといくつの領地を抜けて行くんですか？」

「エスカランテ侯爵領の隣がグロブラス伯爵領、その隣がレトバーネス公爵領、その向こうが王都へ続く王家の直轄領だ」

話好きのナバックによれば、グロブラス伯爵領は穀倉地帯で、レトバーネス公爵領は街道の要衝として商業が盛んだそうだ。

「グロブラス領は畑ばっかりで、あんまり景色が変わらないから退屈だぞ」

刈り取った麦や掘った芋などを運びやすいように、畑は街道の両側に広がっているそうだ。

見渡す限りの畑で、起伏もなだらかなので見通しが利き、盗賊などに襲われる心配も無いらしい。

ナバックにしてみれば退屈な景色なんだろうが、俺にとっては初めて行く場所だし、北海道のような景色を思い描いて、今から楽しみで仕方ない。

グロブラス領に入るのは明日以降なので、それまで楽しみはお預けだ。

見通しの良いグロブラス領は安全だと聞いたが、別にエスカランテ領が危険な訳ではない。武術が盛んな土地柄ゆえに官憲や冒険者の質も高く、ゾゾンのような腕利きの悪党も現れたりするが、全体の治安は良いそうだ。

加えて貴族様の車列となれば襲ってくる者はおらず、つまりは退屈だ。

話し好きとは言え、ナバックも喋り通しという訳ではない、護衛の騎士と言葉を交わして休息のタイミングや場所を計ったり、御者の仕事に専念している時間もある。

そうした時間は、俺にとっては退屈極まりない時間となってしまう。

そこで、空属性魔法で集音マイクを作り、魔導車の中の話を聞かせてもらった。

車内の話題は、やはり『巣立ちの儀』に関するものが多い。

儀式が行われる大聖堂に行ったことがあるかとか、儀式の式順とか、属性は何が良いかとか、昨晩はあまり話せなかったからか、アイーダが会話を主導している。

「デリック様は、やはり火属性がよろしいのですか?」

「うむ、祖父も父も火属性の使い手として騎士団長を務めて来たからな、私も火属性が良いと思ってきたのだが……」

「他の属性がよろしいのでしょうか?」

「うむ、空属性があれほど有用な属性であるとは知らなかった。水や風などの刻印魔法も使えるようだし、あの魔銃の威力は素晴らしい。猫人の魔力であれほどのことができるのだ、私が空属性魔法を手に入れれば、きっと歴史に名を残すような騎士団長となるだろう」

昨晩、空属性の魔法陣に興味を示していた姿や、今朝の出立の様子を見てデリックの評価を上方修正していたのだが、ちょっと怪しい感じがしてきた。

アイーダとの会話の端々に、自分は間違いなく成功する、将来を約束された選ばれた者だ……みたいな自信過剰な感じが漂っている。

だとすれば、今朝の堂々とした出立の様子も、ある意味納得できる。

その後の会話を聞いていても、騎士の訓練所に入れば、ずば抜けた成績を残すのは間違いない、見習い期間が終わる前に騎士として叙任を受ける、すぐに兄達と肩を並べるなど……根拠のない自信に溢れた言葉が続いていた。

マイクを通して声を聞くだけで、中の様子は見えないが、時間を追うごとにデリックがそっくり返っていく姿が目に浮かぶようだった。

昼食は、途中の街にある貴族御用達の店だ。

先触れの騎士が店に連絡を入れ、到着と同時に待たずに食べられるように手配を済ませてある。

俺やナバックは、魔導車の見張りを兼ねて御者台で軽食を取る予定だ。

ところがその日は、店に入るまでの見送りに降りた俺に、デリックが声を掛けて来た。

「ニャンゴ、お前も一緒に来い」

「えっ……」

予想もしていなかった一言に、思わずラガート子爵に視線を向けてしまった。

「どうした、遠慮することは無いぞ。うみゃうみゃ鳴いたところで咎める気は無いぞ」

デリックは上機嫌で話し掛けて来るが、ラガート子爵は何の反応も見せない。

「申し訳ございません、デリック様。俺は魔導車の見張りを仰せつかっておりますので、御同席はまた機会とさせていただきます」

俺が断りの言葉を口にすると、途端にデリックは不機嫌そうに眉間に皺を寄せた。

「ふん、我の誘いを断るのか……良い、好きにしろ……」

「はい」

俺が神妙な顔で頭を下げると、デリックはズカズカと店へと入っていった。

その後ろ姿を見送って、チラリとラガート子爵を見やると小さく頷かれた。

すでに先触れで人数を知らせてあるので、今更変更すると混乱するだけだ。

この場を仕切っているのはラガート子爵だし、貴族のお坊ちゃまの太鼓持ちなんて御免だ。

俺達の分は軽食だが、貴族御用達の店だから間違いなく美味いだろうし、ナバックと馬鹿話をしながら食べた方が楽しいに決まっている。

「なんだよ、ニャンゴ。向こうで美味い物を食わせてもらえば良かったのに」

「嫌ですよ。護衛のリクエストは受けたけど、子守りのリクエストを受けた覚えは無いです」

「はっはっはっ、さすがイブーロギルドの若手のホープは言うことが違うな」

「いやぁ……でも、後々に悪影響が出ないか心配っちゃ心配ですよ」

今回はラガート子爵とデリックを天秤に掛けた形だけれど、これがデリックのみの場合だったら、どう対処していれば正解だったか考えてしまう。

躾の厳しい祖父の下を離れて、気分が大きくなっているのかもしれないが、デリックの評価は大幅に下方修正しておこう。

その日の宿に着いた後、また絡まれるかと危惧していたが、昼間の一件でデリックの俺への評価は急降下したようで、お呼びは掛からなかった。

食事の後に、俺を呼び出したのはラガート子爵だった。

用件は、昨晩話題にしていた新しい魔道具に関してで、どの程度普及が進んでいるのか問われたのだが、カリタラン商会の関係者ではないので答えようがない。

「そうか、それもそうだな。いやいや、デリックの前のめりが移ってしまったかな？」

「ご存じかと思いますが、明かりの魔道具やドライヤーは商品として販売が始まっていますし、超振動ブレードの開発にも取り掛かるって言ってました」

「超振動ブレード？　それは何だ？」

超振動ブレードの理論とロックタートルの甲羅を切断した時の様子を伝えると、ラガート子爵は身を乗り出すようにして聞き入っていた。

「カリタラン商会では、その超振動ブレードの開発を始めているのだな？」

「はい、始めるとは言っていましたが……」

「何か問題があるのか？」

「魔法陣の形状が特殊なので、実用化には時間が掛かると思います」

超振動を実現するには、最低でも厚さ一メートルを超える魔法陣を作る必要がある。

空属性魔法ならば作れるが、物理的に製作するのは大変そうだ。

「なるほどな……だが構わん、新しい技術に挑戦することで職人の技量は必ず向上する。魔道具に関する技術は、この十年ほどの間に大きく進歩してきたが、ここ最近は頭打ちになってきていると聞いている。だが、ニャンゴのおかげで、我が領地から新しい技術を発信できるだろう」

「イブーロが魔道具の一大生産拠点となって、周辺の村の生活も良くなってほしいです」

良い機会なので、イブーロとアツーカの生活レベルの格差、それと猫人の置かれている状況などの改善を要望してみたが、ラガート子爵は腕を組んで黙り込んでしまった。

暫しの沈黙の後、ラガート子爵はほろ苦い笑みを浮かべながら話し始めた。

「ニャンゴの言いたいことは良く分かる。当事者だから何とかしたいと思うのは当然だろうが、この問題は長きに亘る懸案であり、正直に言って解決は簡単ではない」

ラガート子爵はティーカップに口をつけ、喉を湿らせてから話を続けた。

「まず、イブーロと周辺の村の格差だが、余程の特産品や新しい産業が生まれでもしない限りは縮まらないだろう。ニャンゴの故郷のアツーカに、多くの人を惹きつけるような魅力があるかい？」

「それは……無いです」

ぶっちゃけアツーカ村は田舎の小さな村で、風光明媚な場所でも無いし、他の街や村に誇れるような特産品も無い。

強いて言うなら、周囲を山に囲まれているから木は豊富だが、ラガート領には森が多いから特産品にはなりそうもない。

「アツーカも我が家の領地だから栄えてほしいとは思っているが、なかなか難しい……」

「では、せめて猫人の待遇改善だけでも……」

前のめりに言いかけて、ラガート子爵の浮かべた苦笑いに言葉が途切れる。

「猫人の待遇についても、簡単ではないな」

「そうだと思いますが、せめて教育や働く場を与えてもらえるようにはできませんか？」

「ニャンゴは知らないだろうが、過去にも猫人を保護する取り組みを行ったのだが……」

「上手くいかなかったのですか？」

「猫人特有の問題が足を引っ張ってしまった」

その取り組みは子爵本人ではなく先代の頃の話だそうで、イブーロの商店や工房に、猫人を雇わせる決まりを作ったそうだ。

「まず、食べ物を扱う商売では、抜け毛が問題になった。猫人が作ったものには毛が入っていたと噂が流れ、現場では働けなくなったらしい。実際の頻度は目くじらを立てるほどではなかったのだろうが、保護されない連中が仕事を奪われると思い込んで噂を流したらしい」

「そんな……」

「食べ物商売の他では服や布地などを扱う店も、同様の苦情や噂によって雇い入れに難色を示すようになった」

「その頃のイブーロの景気はどうだったんですか？　景気が良くて仕事がたくさんあるならば、他の人種から妬まれるようなことも無かったのでは？」

「ふむ、そうかもしれんが、景気が良く仕事が豊富にあるならば、仕組みを作らなくても猫人は雇われるのではないか？」

「そうですけど……猫人は頭も悪いと思われていますし……」

「そうだな、それに関しては偏見だと思うが、猫人の性質に問題があるのも確かだろう」

「怠け癖……ですか？」

ラガート子爵は、無言で頷いてみせた。

猫人は、良くも悪くも猫の気質を色濃く残している。

お腹が一杯になれば……ポカポカの陽だまりを見つければ……涼しい風の吹く木陰に入れば……耐えがたいほどの眠気に襲われてしまうのだ。

勿論、意志の力で克服できない訳ではないのだが、多くの猫人は眠気に屈してしまう。

うちの親父や一番上の兄貴も、畑仕事に出掛けたのに作業を放り出して、畑の周りにある草地で寝ていたりする。

おふくろと姉貴が内職で作っている織物も、でき上がりが遅いという話を聞いた。

そのおかげで家は貧乏なのだが、まぁ貧乏でも暮らしていけるから良いか……という感じで向上心が薄いのも猫人の欠点だろう。

「それに、ニャンゴは風呂好きのようだが……」

「あぁ……他の人からすれば、問題ありますよね」

もう一つ猫の気質による欠点は、風呂嫌いだ。

俺はカリサ婆ちゃんの薬屋に出入りしていたから、毎日水浴びを欠かさなかったけど、親父や兄貴なんて農作業をするのに二日も三日も風呂に入らない時があった。

そういえば、ミリアムがシューレに拾われてきた時なんて、白い毛並みが灰色になっていたのに風呂に入るのを嫌がっていた。

でも、風呂を嫌う気持ちも分からなくはない。

ドライヤーが存在しないこの世界では、体の毛が濡れてしまうと乾かすのに手間が掛かる。

ブルブルっと体を震わせて水を切り、手拭いを絞りながら何度も何度も体を拭いても、完全に乾くまでは時間が掛かるのだ。

その上、雨が続いて湿度が高い時には、いつまでもジトっとした感じが抜けない。

ジトジトのままだと生乾きの洗濯物みたいな臭いがしてくるし、風呂に入らなければ獣臭いし、猫人が敬遠されるのも無理ないのかもしれない。

「さっき例に出した、食べ物関係、服や布地の関連業種では、猫人の不潔さも問題にされたそうだ」

「では、怠け癖と風呂嫌いが直れば、仕事を得るチャンスは増えるんですね？」

「今よりは……だな。体格や魔力の少なさなどのハンディキャップが消える訳ではないからな」

「そうですね……」

兄フォークスも拠点に来てからは毎日風呂に入るようになったし、勤勉に働くようになった。

俺がゴブリンの生の心臓を食わせたから人並みの魔力が扱えるようになったが、それでも体格の問題は解決されていない。

「猫人は暮らしが貧しい。貧しいから生活が物臭になり、更に仕事を得る機会を失う。どこかで悪循環を断ち切らなければ、猫人に対する差別や生活格差は無くならないだろうが、それには猫人自身の意識改革も欠かせないというのが現状だ」

「なるほど……」

俺は猫人に対する差別を何とかしたいと思っているが、全ての猫人が俺と同様に考えているかと言えば、現状に満足してしまっている者も少なくないように感じる。

イブーロの貧民街で暮らす者などは、今の生活から抜け出したいと考えているだろうが、俺の親父やおふくろからはそこまでの危機感は感じられない。

生活は貧しいけれど、飢え死にするほどでもないし、まぁいいか……みたいな空気があった。

他の村の猫人の家族も、俺の実家と似たり寄ったりなのかもしれない。

それでも、貧民街にいる者達の生活は、外から眺めただけでも悲惨そうだ。

兄貴も詳しくは話したがらないから、俺も実態を完全に把握できている訳ではない。

「あの……せめて貧民街に暮らす人だけでも、何とかなりませんか？」

「貧民街か……そうだな……」

口にしてから、それこそ根深い問題だと思い返した。

昨年の学校占拠事件を起こしたのは、間違いなく貧民街を牛耳っている連中だ。

あの騒動の時に取り締まりが行われたはずだが、どの程度の影響を及ぼしたか分からない。

貧民街を牛耳る連中は、歓楽街を仕切っている者達と裏で繋がっているとも聞くし、ラガート子爵にとっても頭の痛い問題なのだろう。

「貧民街が必要悪であるなどとは言わないが、貧民街で暮らす全ての者を救済するだけの余裕は無い。だが、近年の状況は目に余るものがあるのも確かだ」

「では、せめて貧民街に落ちなくても良い仕組みは作れませんか？」

「落ちなくても良い仕組みか……」

「はい、実はうちの兄貴も一時期貧民街で暮らしてました。先日、拠点に加わったミリアムという猫人も、仕事が見つからず貧民街に落ちる寸前でした」

兄貴もミリアムも、今はチャリオットの拠点で暮らし、見習いのような活動をしていると伝えると、ラガート子爵は興味深げに耳を傾けていた。

「なるほど……住む場所、仕事に活かせる訓練、それを教える人間か……」

「そうした仕組みは、商工ギルドには無いんですか？」

「周辺の村から出て来たばかりの者には、安い宿を斡旋している。仕事に関しては見習いの募集もあるから、そこで学ぶのが一般的だな」

どうやら助成の仕組みが全く無いわけではないが、猫人にまで行き渡らなかったり、チャンスを活かしきれていないようだ。

思い返してみれば、兄貴もミリアムもイブーロに行けば何とかなると考えていたようだ。

たぶん、これまでにも周囲の村から出て来た猫人の多くは、貧民街に沈んだまま音信不通になっていたのだろう。

だから貧民街に落ちるような実態が周辺の村まで伝わらず、危機感を待たないままイブーロに出て来てしまうのだろう。

「すまんな、ニャンゴ。こうした問題は領主の私が解決し、領民に心配をさせるべきではない。王都から戻ったら、村には通達を出そう。商工ギルドにも、イブーロに出て来る者を保護する仕組みを手厚くするように申し付ける」

「ありがとうございます。俺もできることをやっていきます」

一介の冒険者である俺ではできることにも限りがあるが、領主であるラガート子爵が協力してくれるなら、少しは状況も良くなるかもしれない。


エスカランテ侯爵領との領地境である林を抜けると、風景は一変した。

街道の両脇は見渡す限りの畑で、青々とした作物が地平線にまで茂っている。

「うわぁぁぁ……凄いですねぇ、これみんな畑なんですよね？」

「そうだぜ、これは冬まきの麦畑だな。あと二ヶ月もすれば穂を出して刈り入れ時を迎えて、一面が金色の海みたいになるんだぞ」

ラガート子爵家の御者を務めるナバックは、まるで自分の手柄であるかのように自慢げだ。

「凄い……見てみたいにゃぁ」

「ハハハハ……初めて見た連中は、みんなニャンゴと同じ反応をするんだが、すぐに飽きるぞ」

「飽きる……？」

「そらそうだろう、これと同じような風景が延々と続くんだからな」

そんなことは無いだろう、これほど雄大な景色なんだから……と思っていたが、さすがに一時間以上も同じ景色しか見えないと飽きてしまった。

グロブラス伯爵領は、シュレンドル王国の胃袋を支える穀倉地帯として知られている。

なだらかな平地を長い年月をかけて切り開き、街道の両側は農地、その奥は酪農や畜産のための土地、その奥が果樹の林という感じで徹底的に整えられている。

麦藁は家畜の飼料となり、家畜の糞は堆肥に使われる、循環型の農業が行われているそうだ。

「うわっ、今度は一面の花畑だ」

「あぁ、この辺は油を搾るための菜の花が栽培されている所だな」

「うーん、いい香りにゃ……」

麦畑の強い草の香りから一変し、甘い花の香りに包まれる。

街道の脇のあちらこちらには、大きな箱をいくつも積んだ馬車が停まっていた。

何の箱か分からず警戒を強めたが、魔導車の周囲を固める騎士達に緊張した様子は見えない。

「ナバックさん、あの馬車は？」

「あぁ、あれは養蜂業者だな。蜂を放して蜜を集めさせているんだろう。グロブラス領は蜂蜜でも有名なんだぞ」

「蜂蜜！　食べたいにゃぁ」

「昼食に期待するんだな。まぁ、夜は無理だからな」

ナバックの話しぶりが気になったが、別の話題に切り替わったので、それきり忘れてしまった。

その昼食は、照り焼きチキンのサンドイッチだった。

「うみゃ！　照り焼き、うみゃ！　お肉がシットリで、それにこの甘み……」

「そいつは蜂蜜の甘みだな。たぶん、こっちのスコーンにも入ってるぜ」

俺達や騎士に配られた昼食にも、デザートとしてスコーンが添えられていた。

スコーンには切れ目が入れてあり、中には蜂蜜が染みこませてあった。

「うみゃ！　あみゃ！　外サクサクで、中はホロホロに蜂蜜が染みこんで、あみゃ、うみゃ！」

「ハハハハ……ほらニャンゴ、気を付けないと口の周りがベタベタになってるぞ」

「あ、後で拭くからいいんです。今はスコーンが……うんみゃ！」

昼食に立ち寄ったカーヤ村はグロブラス領の中でも比較的大きな村だそうで、アツーカ村とイブーロを足して二で割ったような感じだ。

ただ、村の規模としては大きいけれど、イブーロのような栄えた感じではなく、穀物の集積輸送の拠点としての役割が大きいようだ。

村を歩いている人は作業を行うための服装で、イブーロのような着飾った人は見掛けない。

「午前中に通ってきた辺りで作られた穀物は全部このカーヤに集められ、ここから各地に出荷されていくそうだ」

「へぇ……でも、エスカランテ領に出荷するなら、来た道を戻ることになりません？」

「まぁ、そうなんだが、グロブラスにはグロブラスのやり方ってものがあるんだろうよ」

蜂蜜をふんだんに使った昼食を堪能し、午後も代わり映えのしない景色が延々と続くと、必然的に眠気に襲われる。

所々で背の高い作物が作られていて、そうした場所を通る時には騎士達も気を引き締めているようだが、植え付けを行ったばかりで土が見えている場所では気が緩むらしい。

馬首を並べた騎士同士で会話を楽しむ余裕もあるようで、こちらは益々眠たくなってくる。

それでも、ラガート子爵に猫人の待遇改善を直訴して、猫人の性質の欠点を指摘されたばかりだから居眠りをする訳にはいかない。

閉じそうになる右目の瞼を必死に持ち上げているのだが、時折カクンと首が落ちそうになる。

こんな時には、魔導車内の話を盗み聞き……と思ったら、聞こえて来たのは健やかな寝息だった。

「何かあったら起こしてやるから、眠っていてもいいぞ」

「うにゃ……これでも護衛のリクエスト中ですから、眠ったりしにゃいのだ……」

「そうかい、じゃあ頑張れ」

ナバックの激励には笑いが含まれているのが少々気に入らないが、それよりもこの猫人の体質をなんとかしてほしい。

眠気との悪戦苦闘を続けていると、日が少し傾き始めた頃に街道を東へと逸れる道に入った。

これまでの馬車が悠々と擦れ違える広い街道から、路肩を含めてやっと馬車が擦れ違える程度の細い道に変わる。

道幅は狭いが路面は綺麗に整えられていて、魔導車の揺れはこれまでよりも小さくなった。

綺麗に舗装された道を進んで行くと石積みの塀が見えて来た。

道の所には鉄格子の門が設けられ、固く閉ざされている。

門の前には先触れの騎士が待っていて、中にいる衛兵に声を掛けるとようやく門が開かれた。

門の先は緩やかな上り坂で、先に進むと同じような石垣と更に頑丈そうな門が設えてあった。

更に緩やかな坂を上ると、今度は高さ五メートルはありそうな城壁がそびえていた。

城壁の周囲には空堀が掘られていて、ラガート子爵家の一行が近付くと門へと続く跳ね橋が下ろされていくのが見えた。

「なんか、すごい厳重な警備ですね」

「驚くのは、まだ早いぜ」

「そうなんですか？」

ナバックの言葉の意味が分からず、首を傾げていたのだが、城門を潜った所で意味を理解できた。

「うわぁ！　これは……」

「どうだ、凄いだろう」

「凄いのは凄いですけど……何というか……」

「悪趣味だろう？」

「はい……」

城門の内側には、金ピカの屋敷が建っていた。

文字通り、金の壁、金の柱、金の屋根……日本の金閣寺のような風情は欠片も感じられず、押し寄せて来るのは圧倒的な成金オーラだ。

魔導車が屋敷の前へと寄せられ、執事さんやメイドさんが荷物を降ろし始めたが、子爵家の皆さんは降りてこない。

俺も荷物を降ろすのを手伝って、魔導車の横に執事さん達と整列を終えたのだが、まだ子爵家の皆さんは降りて来ない。

何かトラブルでもあったのかと少し心配になりかけたころ、ようやく動きがあった。

屋敷を回り込むようにして、大きなロールを抱えた使用人が姿を現した。

使用人は屋敷の玄関前にロールを置くと、魔導車に向かって転がし始めた。

ロールは真っ青な絨毯で、レッドカーペットならぬブルーカーペットの道ができ上がる。

ここで執事さんが魔導車のドアを開けると、ようやく子爵家の皆さんとデリックが降りてきた。

それをどこからか確かめていたのか、玄関の扉が開かれ、太った中年男が姿を現した。

グロブラス伯爵家の現当主アンドレアスは、年齢がまだ三十代らしいが、五十近いと言われても信じてしまいそうに老けて見える。

豚人特有の少し上を向いた低い鼻、鍛錬とは全く縁が無さそうな緩い体形、これでは服を着たオークに間違われそうだ。

如才(じょさい)無い笑みを浮かべてはいるものの、魔導車を屋敷の外に立って出迎えたアルバロス・エスカランテとは大違いだ。

「ラガート子爵、遠路遥々(はるばる)ようこそいらした」

「お出迎え、痛み入ります伯爵。今宵(こよい)一晩御厄介(ごやっかい)になります」

「一晩などと言わず、何日でも心ゆくまで逗留(とうりゅう)なされ」

「ありがとうございます」

言葉のやり取りだけならば、再会を喜び合う貴族同士に聞こえるだろうが、伯爵の視線や表情の端々には、子爵家一行を侮(あなど)るような色が見られる。

確かに単純な爵位で見れば、グロブラス伯爵の方が上になるのだろうが、ラガート家は王族に意見をする代わりに子爵の地位に留まっている。

貴族同士であるならば、そうした経緯(けいい)は知っていると思うが、何か他の事情があるのだろうか。

とにかく、ラガート子爵が歓迎(かんげい)されていないのは確かなようだ。

「子爵殿(どの)……あの猫人は？」

伯爵は俺の姿を見つけると、ギロリと不快げな視線を向けて来た。

「彼(かれ)は、イブーロの冒険者で、若手のホープですよ」

「若手のホープ？　猫人がですか？」

「はい、先日もワイバーン討伐において大きな功績を残しました」

「ほぉ、ワイバーンねぇ……」

伯爵はワイバーン討伐には全く興味が無いようで、蔑(さげす)むような視線を俺に向けると、鼻で笑いながら屋敷へと入っていった。

考えが読めない人物だが、ここが俺にとってアウェーであることだけは間違いないようだ。

子爵一家を降ろした後、魔導車は屋敷の来客用の車庫へと入れられたが、俺やナバックが宿泊する建物は別の場所にあった。

車庫から狭い地下通路を通り、抜け出た先は城壁の外だった。

俺達だけでなく、騎士達も同じ城壁の外にある建物での宿泊となる。

そのため子爵の身辺警護のために四人の騎士が同行し、時間を区切って交替するらしい。

「猫人の俺はともかく、騎士の皆さんまで城壁の外って……」

「まぁ、色々あるんだよ。今夜は退屈だろうし、ゆっくりと話してやるよ」

城壁の外にある宿舎は、掃除も行き届いていないし、布団は湿っぽいダニの巣のようだった。

ナバックがダニ除けの粉を使おうとしたので、待ったを掛けて部屋の掃除から始めた。

窓を開け放ち、風の魔道具を使った掃除機で埃を外へ追い出す。

布団も入念に埃を叩いた後で、空属性魔法の布団乾燥機ダニ退治モードで万全に仕上げる。

テーブルなどを雑巾掛けすれば、なんとか人間が住めるレベルになった。

「おぉ、凄い手際の良さだな、ニャンゴ。布団がフッカフカだぜ、フッカフカ！」

「一定の温度以上まで上げると、ダニはみんな死にますから、これで安眠できますよ」

ちなみに、風呂場もドロドロの酷い状態だったので、温熱の魔法陣と水の魔法陣を組み合わせた熱湯高圧洗浄で洗い流した。

コケなのかカビなのかも分からない物で、床がズルズルの風呂場なんて入りたくないからね。

そして夕食は、硬いパンと目玉焼きのみで、お茶すら出されなかった。

宿舎の食堂に来た料理人は人数分の目玉焼きを作って皿に盛ると、申し訳ない……と何度も頭を下げて帰っていった。

「硬っ……噛み切れにゃい……」

「なぁ、ニャンゴ、蜂蜜なんか影も形も無いだろう……」

「何の嫌がらせにゃんですか……この、硬い、パン……」

「嫌がらせだと思うだろう？　ここの騎士連中も同じものを食わされているらしいぞ」

「えぇぇぇ……伯爵家の騎士なんですよね？　それが、こんな食事なんですか？」

「まぁ、給料は並みの者よりは良いそうだが、食い物は自分で整えろ……ぐらいの待遇らしいぞ」

ナバックの話は殆どが聞き齧りだから本当なのか疑わしいが、目の前のメニューは何度見ても、何度噛みしめても変わりそうもない。

「まさか、子爵達もこんな料理を食わされているんじゃないでしょうね？」

「あぁ、塀の向こうとこっちでは、それこそ天国と地獄ほども待遇が違うそうだ」

グロブラス伯爵家の人々や客人には、毎食贅を尽くしたメニューが提供されるらしい。

ただし、やはりラガート子爵は歓迎されてはいないようだ。

「グロブラス伯爵家には後ろ暗い噂がある……」

あまりの硬さに半分ほどでパンを放り出したナバックは、周囲をキョロキョロと見回してから声を潜めて囁いた。

勿論、監視されている訳ではないので、話を盛り上げるためのポーズだろう。

「どんな噂ですか？」

「あくまでも噂だが、国の定め以上の年貢を取り立てているらしい」

「えっ、それってやったら駄目なんじゃ？」

「噂だ噂、あくまでも噂だ」

シュレンドル王国では、国が決定した税率を超える税の取り立てを禁じている。

いくら領地の経営は貴族に任されているとしても、法外な税金が課せられれば民の生活が困窮して国が傾いてしまうからだ。

貴族は王国が決めた限度内で税金を決定し、領地を経営するように言い渡されている。

その税率を超える年貢を取り立てているなら、王国への反逆と取られても仕方がない。

「途中、昼食に立ち寄ったカーヤ村があっただろう」

「はい、穀物の集積地ですよね」

「ラガート領のイブーロや、エスカランテ領のキルマヤと比べてどう思った？」

「どうって……何となく地味というか、村の規模から見ると寂れているというか……」

「その通りだ。ここ数年は豊作が続いているし、取り引きも活発に行われている。物も金も動いているが……庶民の懐には残らないんだよ」

「そんな……本当なんですか？」

「あくまでも噂だが、事実じゃないとしたら、なんでカーヤ村はあんなに地味なんだろうな」

周りの席でナバックの話を聞いていたラガート家の騎士も無言で頷いている。

本当なのかと目で問うてみたけれど、曖昧な笑みを浮かべられただけだった。

御者のナバックはまだしも、ラガート家の騎士が他家の胡乱な噂を口にはできないらしい。

「すでに国の密偵が探りを入れている……なんて噂もあるらしいぞ。そして、このラガート家の一行の中にも密偵が潜んでいるのではないかと疑われているらしい」

全ては噂レベルの話だが、そう言われてみるとグロブラス家の対応にも納得がいく。

「グロブラス伯爵領も、先代当主の時代には暮らしやすい土地として有名だったそうだ」

ナバック曰く、先代の頃までは領内各地で盛んに開墾事業が行われ、他の領地で食えなくなった農民などを積極的に受け入れて、土地の改良を続けていたらしい。

年貢が安い、土地を切り開けば自分の土地として所有できる、裸一貫から稼げるようになるといった噂が噂を呼んで、人が増え、農地が増え、グロブラス領は栄えてきたそうだ。

「転換点になったのは、領内の殆どの平地を切り開いてしまってからだ」

新しく切り開く場所が無くなれば、人が流れて来ても土地は手に入らない。

他領から流れてくるのは貧しい者ばかりなので、土地を買う金など無い。

そうした者達は、小作人として土地を借り、土地代を支払って細々と暮らしていくことになる。

なんか、アツーカの実家の話をされているようで、身につまされてしまった。

「更に追い打ちをかけたのが、十五年ほどの前の飢饉だ」

夏に長雨の続いた年があり、農業に頼っていたグロブラス領は多くの餓死者を出したそうだ。

アツーカ村でも芋が全滅して、冬場に餓死者が出たと聞いている。

「その時に、死んだ者の土地を手に入れて、大地主に成り上がった者達がいたそうだ。こいつも噂だが、その当時、大きな農地を持つ者が何人も死んだそうだが、中には餓死したのではなく土地を手に入れるために殺された者もいたらしい……」

　一部の豪農が土地を独占するような歪みが生じ、社会不安が増大したそうだが、その歪みを正したのは意外にも現当主のアンドレアスだったそうだ。

「じゃあ、良い領主じゃないですか」

「とんでもねぇ！　こいつも噂、あくまで噂だがな……アンドレアスは豪農共を罠に嵌めて、次々に取り潰しにしていった……らしい」

「えっ、じゃあ、その土地はどうなったんですか？」

「全部……領主の直轄地だ」

　つまり、現当主のアンドレアス・グロブラスは、開拓民が切り開き、豪農が金を使って手に入れた農地を難癖付けるだけで手に入れたようだ。

「そんな強引なことをしたら、民衆が暴動を起こすのでは？」

「いいや、これまで法外な土地代を請求してきた豪農共が失脚し、跡を引き継いだ領主が土地代を引き下げてくれたら……どうなる？」

「そうか……むしろ民衆は味方だったんだ」

「強欲な豪農共を叩き潰してくれるんだから、民衆は喜んでアンドレアスに協力したそうだぜ」

「なるほど……あれっ？　グロブラス家は規定以上の税金を取り立てているって話でしたよね？」

　ここまでの話を聞いた限りでは、豪農から疚しい手段で土地を取り上げたけれど、それは民衆にとっては良い話にしか思えない。

「そうだぜ、その当時までは良い領主様だった。アンドレアスが狡猾なのは、開墾地の殆どを自分の手に入れた後、真綿で首を絞めるようにジワジワと土地代や年貢の額を上げていったことさ」

それも、単純に値上げをするのではなく、水路を整備するから……境界線を分かりやすく引き直すから……道幅を広げるから……など、直接の土地の広さに言及するのではなく、いかにも土地に関わる普請や整備を理由に税額を徐々に上げていったらしい」

本来の年貢の額に加えて、道や橋や堤防などの整備を理由にすれば、単年の税収総額が規定をオーバーしても国から咎められずに済む。

なんとも狡猾で、なんともセコいやり方に思えてしまう。

「今の話って、どこまでが本当なんですか？」

「さぁな、噂だよ、噂……」

話がどこまで真実なのか判断を下そうと思っても、判断材料や基準が俺には不足している。

比較するための領地もラガート領とエスカランテ領しか知らない。

大きな街も良く知っているのはイブーロぐらいで、他は通り抜けた程度だ。

やはりラガート子爵のリクエストを受けて、王都に向かうのは正解だった。

王都までの道中、自分で見て聞いて考えなければ、何が正しいか判断できないのだから、居眠りなんてしている暇はないはずだ。

第三十一話　反貴族派

グロブラス伯爵家の朝食は、硬いパンと薄いハムとチーズ、それに水だけだった。

こんなしみったれた家なんかに長居は無用だと思うのだが、出発したのは昼になるのではと思うぐらいの時間だった。

屋敷に泊まった人達には、朝からフルコースの食事が振る舞われたらしい。

一品また一品と出されるまでに時間が掛かるから、出立の時間が遅くなったようだ。

屋敷でいくら歓待しようが、城壁の外での待遇について騎士の皆さんから報告されるだろうし、そこまで待遇に差を付けるのに何の意味があるのかと思ってしまう。

魔導車で待機している俺達の所へ出立の知らせが来たころには、もう小腹が空き始めていた。

グロブラス伯爵家の使用人や、ラガート子爵家の執事さんやメイドさんが運んで来た荷物を積み込むのを手伝い、魔導車の横に並んで待っていると子爵達が屋敷から出てきた。

「大変お世話になりました、伯爵」

「いやいや、大した持て成しもできず、申し訳なかった」

「とんでもない、至れり尽くせりの一夜を堪能させていただきましたよ」

「そう言ってもらえるとホッとするよ。王都からの帰りにも、ぜひ立ち寄っていかれよ」

「ありがとうございます」

伯爵と子爵は笑顔で挨拶を交わしていたが、どう見たって二人とも作り笑いだ。

伯爵は子爵の腹の中を見通せず、子爵はそんな伯爵にウンザリしている……といった感じだ。

子爵一家とデリックが乗り込んだ後、執事さんとメイドさんが乗り込み、魔導車のドアが閉まったのを確認して俺も御者台へと向かう。

伯爵に一礼してから御者台へ向かったのだが、背後から吐き捨てるような声が聞こえた。

「ふん、劣等種の分際で……」

伯爵は、俺の耳に届くように呟いたのか、それとも聞こえるとは思っていなかったのか、どちらだったのか分からないが聞こえないフリをして御者台に上がる。

王都に近付いたから偏見が強くなったのか、それとも伯爵個人の偏見なのか分からないが、気分が悪いことだけは確かだ。

成金オーラ全開の金ピカ屋敷を後にして、魔導車は綺麗に舗装された細い道を下っていく。

伯爵の屋敷へと続く細い道から広い街道へ戻ると、ナバックは魔導車の速度を上げた。

出発の時間が遅くなったので、今日の予定が狂ってしまったのだろう。

遅れを完全に取り戻すのは難しいが、今日中に行けるところまで進んでおくようだ。

速度が上がった分、魔導車の揺れは昨日よりも大きくなっている。

いつもは喋り通しのナバックも、今日は緊張した面持ちで魔導車を走らせていた。

相当ペースを上げて走って来たが、本来昼食の休憩をするはずだったフロス村に着いたのは三時近くになってからだった。

途中で何度も腹の虫が鳴いて、ナバックに大笑いされてしまった。

少し遅めの昼食だが、昨夜の夕食と今朝の食事が酷かった分、どうしても期待してしまう。

店の前に停まった魔導車の横に立ち、降りてきた子爵一家とデリックを見送ろうとしていたら、見物に集まった群衆の中から薄汚れた茶トラの猫人が抜け出してきた。

今にも泣き出しそうな情けない表情は、貧民街にいたころの兄貴を彷彿とさせた。

子爵に直訴でもするつもりなのだろうか、首からボードのような物を下げている。

護衛の騎士がこれ以上の接近を阻むために、子爵一家と茶トラの猫人の間に割って入った。

その時、茶トラの猫人が首から下げたボードをクルっと回してみせた。

ボードの裏側に描かれていた模様を見た瞬間、背中の毛が一気に逆立った。

「子爵様、伏せてぇ！　複合シールド！」

俺が叫んだ直後、茶トラの猫人は粉砕の魔法陣が描かれたボードに魔石を打ち付けた。

全力のシールドを展開したのと地面が揺れるほどの爆発が起こったのは、ほぼ同時だった。

茶トラの猫人がいた場所を中心として爆風が吹き荒れ、見物人が薙ぎ倒される。

土埃に視界を塞がれる直前に、子爵が夫人とアイーダ、それにデリックを引き倒すように地面に伏せるのが見えた。

咄嗟だったが、斜めに展開した三層の複合シールドのおかげで爆風の直撃は受けずに済んだが、周囲は土埃が舞って視界が殆ど利かない。

地面を這うように子爵一家に駆け寄り、改めて周囲にシールドを張り巡らせた。

「子爵様、大丈夫ですか？」

「ニャンゴ、何が起こったんだ？」

「粉砕の魔道具を使った自爆攻撃です」

土埃に塗れているが、子爵一家とデリックは無事のようだ。

徐々に晴れて行く土埃の中から、泣き声や呻き声が聞こえてくる。

見物人だけでなく、ラガート家の騎士も馬ごと爆風で薙ぎ倒されてしまったようだ。

起き上がってきたラガート家の騎士が風の魔法を使ったのか、土埃が吹き飛ばされて徐々に視界が開けてくると、通りの奥から黒覆面の一団が走って来るのが見えた。

黒覆面の男達は、見覚えのある銀色の筒を持っている。

「子爵様、魔導車に戻って下さい。奴ら魔銃を持っています！」

大きく揺れていたが魔導車は無事のようなので、キャビンに避難するようにラガート子爵に声を掛け、迎え撃つように前に出たところで黒尽くめの一団が撃って来た。

「ウォール！」

子爵一家も魔導車も守るように、空属性魔法の壁を展開する。

単層の壁だが耐魔法強化の刻印入りだから、粗悪な魔銃程度ではビクともしない。

「ロケットサンダーブロー！」

先頭を走って来た黒覆面の男に、雷の魔法陣を貼り付けた空属性魔法の拳を叩き込む。

「あがぁぁぁ……」

突然体を硬直させた後、バッタリと倒れた男を見て、後続の連中の足が鈍った。

「ロケットサンダーラッシュ！」

動きの鈍った黒覆面の男達に、雷の拳の乱れ打ちを食らわせてやった。

「ニャンゴ、後ろだ！」

ナバックの叫び声に振り向くと、通りの反対側から別の黒覆面の一団が走り寄って来ていた。

爆風で吹き飛ばされた騎士達は、ようやく起き上がり始めたばかりで応戦できそうもない。

黒覆面の男達が銀色の筒を構えた所で、こちらも魔銃の魔法陣を展開して発射した。

「ニャンゴ・ナパーム！」

粗悪な魔銃の炎弾は、せいぜい直径二十センチ程度で弾速も遅い。

俺が撃ったのは、直径三メートルを超える炎弾だ。

巨大な炎弾は粗悪な魔銃の炎弾を呑み込んで、更には黒覆面の男達までも呑み込んだ。

「ぎゃぁぁぁぁ！」

悲鳴を上げて転がり回る男達の横で、俺の炎弾を食らった粗悪な魔銃が次々に暴発し始めた。

「そっちは、お願いします！」

後から出て来た連中は、全員が道に転がって体についた火を消そうとしているので、起き上がった騎士達に任せて、最初に出てきた連中の残党を片付ける。

先に倒れた仲間に肩を貸し、背中を向けて走り出していたが、勿論逃がすつもりはない。

一人残らずロケットサンダーブローを食らわせて、道に転がしてやった。

突然始まった戦闘に怯え、爆風で怪我をした人達も息を詰めて黙り込んでいたが、黒覆面の男達が全員倒れて静かになると、また痛みに呻き声を洩らし始めた。

「終わったのか？」

ギーン！

これで終わりなのかと通りを見回していると、左目の死角でシールドが甲高い音を立てた。

黒覆面の男達をロケットサンダーブローで全滅させた時点でウォールは解除、自分の周囲にシールドを展開しておいたのは大正解だった。

視線を向けると通りに面した屋根で、弓を構えた覆面の男が目を見開いて固まっていた。

必殺の一撃を見えない盾で弾かれたのがショックだったのだろう。

「ニャンゴ・バースト」

ババババッ！

これも練習を重ねてきた魔銃の三点バーストで弓使いの男を撃ち落とすと、今度は後頭部のシールドが音を立てた。

振り向きざまに、弓を握って逃走しようとする男の背中に三点バーストを食らわせる。

同時にエアウォークで宙に駆け上がると、狙いを外された矢が足下を通り抜けていった。

通りを挟んだ両側の建物の上には、五人の男が弓を構えて自分達と同じ高さまで駆け上がって来た俺に狙いを定めていた。

「ニャンゴ・ファランクス！」

パパパパパパパパパ――――ン！

両腕を水平に開いた姿勢でターンしながら、二丁の魔銃をフルオートで連射する。

俺の周りにはシールドが展開されているが、魔銃は両手の延長上だがシールドの外だ。

黒覆面の男達の矢はシールドに弾かれ、俺の炎弾は男達を薙ぎ払う。

両足を開いてターンを止めると、黒尽くめの男達は弓を投げ出して崩れ落ち、動きを止めていた。

エアウォークで立って、通りを上から見回す。

これで四段構えの襲撃を阻止したことになるが、まだ髭がピリピリする。

周囲を警戒しながらゆっくりと地上に下りるが、特に怪しい奴は見当たらない。

感情が高ぶっているだけで、俺の思い過ごしだろうか。

騎士達は黒覆面の男達を拘束し終えて、爆風で吹き飛ばされた同僚の救護にあたっていた。

どうやら襲撃はこれまでのようだ。

魔導車の横まで下りると、御者台からナバックが声を掛けてきた。

「ニャンゴ、終わったのか？」

「分かりません。まだ気を抜くのは早いような……」

御者台に歩み寄って周囲を見渡していると、店から何かが飛び出して来た。

猛然と走り寄って来たのは黒い毛並みの猫人で、首から粉砕の魔法陣のボードを下げている。

「シールド！」

魔石を魔法陣に叩きつけようとする黒猫人の腕をシールドで阻む。

「ラバーリング！」

念のために黒猫人の両腕と体をラバーリングで拘束した。

たぶん、誰かに自爆を強制されているのだろう。

茶トラの猫人の自爆は防げなかったけど、黒猫人は助けられた。

拘束した黒猫人に駆け寄って魔石を奪い取り、首から下げた紐を切ってボードも投げ捨てた。

「もう大丈夫だぞ」

「くっそぉ……よくも邪魔してくれたな、貴族の飼い猫めぇ！」

「えっ？」

助けたと思った黒猫人から叩(たた)きつけられた予想外の言葉を、俺は一瞬理解できなかった。

襲撃が止(や)んだ後、ラガート子爵はフロス村の村長から馬車を二台徴収(ちょうしゅう)し、一台には負傷した騎士と死亡した騎士の遺体を乗せ、もう一台には捕(と)らえた黒覆面の男達を詰め込んだ。

最初の自爆攻撃で多くの騎士が爆風で吹き飛ばされたが、特に後方を警護していた者達のダメージが大きく、三人が死亡し五人が負傷した。

負傷した騎士の内の二人は重篤(じゅうとく)な状態だが、フロス村には腕の良い治癒士(ちゆし)がおらず、今夜宿泊(しゅくはく)予定の次の街まで急いで運ぶことにした。

フロス村での昼食は中止にして、移動の準備が調(ととの)い次第(しだい)出立となった。

ラガート子爵家の騎士で動ける者は十二人だが、全員どこかしら軽傷を負っているようだ。

二台の馬車の御者と護送するテロリストの見張りで四人、先触(さきぶ)れとして二人が先行するので、魔導車の護衛ができるのは六人だけだ。

この後の襲撃の可能性を考えると少々護衛が手薄に感じるので、子爵に許可をもらって俺は魔導車の屋根に陣取ることにした。

御者台からでは馬車の後方が全く見えないので、後ろから襲(おそ)われた場合には対処できない。

屋根の上からならば遮(さえぎ)る物は何も無いので、思う存分砲撃(ほうげき)を食らわせられる。

今朝は出立の時間からして予定よりも大幅(おおはば)に遅れ、更には襲撃によって時間を奪われてしまい途中からは夜道を進む羽目になった。

貴族様が使う魔導車とあって前方を照らす魔道具は十分な明るさがあるが、日本のような街灯は無いので周囲は真っ暗だ。

襲撃を仕掛ける側からすれば、目標は分かりやすく、自分たちは目立たない環境なので、護衛の騎士達はこちらにまで伝わってくるほど緊張していた。

そこで明かりの魔法陣を十個作って、魔導車の両側に五個ずつ配置した。

「おお、こいつは助かる、これなら隠れている奴がいても、早く発見できそうだ」

騎士達は少し緊張の度合いを下げたが、まだまだ油断ができる状況ではない。

俺も身体強化魔法で視力を強化して見張りを続けた。

領地境を超え、レトバーネス公爵領の街ワグカーチに到着した時には、大きな安堵の吐息が漏れたほど騎士たちは緊張を強いられていたようだ。

レトバーネス公爵家は二代前の国王の弟君から連なる家で、現当主のアーレンスも国王からの信頼が厚い領主として知られている。

王都の北西に位置し、北と西へ向かう街道の要衝でもある。

そのため、領地境に接する街には、公爵家の騎士が常駐していた。

先触れの騎士から知らせを受けて、街の入り口近くで公爵家の騎士が出迎え、ラガート子爵の魔導車を予定の宿まで先導してくれた。

宿に到着した後、護衛の騎士を指揮するヘイルウッドと共にラガート子爵に呼び出された。

夕食を共にしながら、明日以降の予定を話し合うそうだ。

ヘイルウッドと並んで席に着くと、テーブルを挟んで座った子爵が頭を下げた。

「まずは礼を言わせてもらう。ニャンゴ、本当にありがとう」

「いいえ、俺は依頼を受けた仕事をこなしただけですから」

「そうかもしれないが、あのような襲撃は全く予想していなかった。率直に言ってヘイルウッド達だけでは守りきれていなかっただろう」

子爵が視線を向けると、ヘイルウッドも頷いている。

「私もそう思います。守りきれないどころか全滅させられていたでしょう」

「あの……あいつらは何者なんですか？」

「王都に連れて行き、王国騎士団と共に尋問してみないとハッキリとしたことは言えないが、恐らく反貴族派と呼ばれている者だろう」

ラガート子爵の話では、貴族による統治体制に反対し、民衆による自治を要求する一団が活動範囲を広げているらしい。

「活動を始めた頃は、年貢や税額の減額を訴える穏便な活動だったそうだが、近年急速に行動が過激化しつつあるらしい。だがそれも、王都であくどい商売をしている商家の倉庫を襲ったり、貴族の屋敷の蔵を破ったりと、金品目当ての犯行を繰り返している程度だと聞いていたのだが……」

隣国エストーレとの国境を守るラガート子爵は、国内の情勢についても情報を集めているそうだが、ここまでの過激化は予想できなかったらしい。

「ニャンゴ、あの爆発は魔道具によるものなんだな？」

「そうです。本来は鉱山で硬い岩盤を砕くための物ですが、あんな使い方をするとは……」

最初に自爆した茶トラの猫人は、粉々に吹っ飛んで痕跡すら見当たらない状態だった。

魔石を使って発動させたのは、たぶん猫人の魔力では十分な威力が得られないからだろう。

「俺は、貧しい猫人が無理やり自爆を強要させられたと思ったんですが、爆破を阻止した黒猫人に『よくも邪魔してくれたな』って言われて……」

「では、少なくとも捕らえた黒猫人については、自分の意志で自爆しようとしていたのだな？」

「そうだと思います。子爵様、あの黒猫人と話をさせてもらえませんか？」

「何を話すつもりだい？」

「なんで子爵を狙ったのか、どうして自分の命を投げ出してまで子爵を殺そうとしたのか」

「ふむ……」

ラガート子爵は、食事の手を止めて考え込んだ後で答えた。

「ニャンゴ、私は君を奴らと接触させたくない」

「どうしてですか？」

「奴らの相手をさせるには、君は……純粋すぎる」

「それは、世間をよく知らないという意味でしょうか？」

「まぁ、そういうことだ。恐らくだが、今回捕らえた者達の多くは、自分達は良い行いをしたと思い込まされているはずだ」

子爵が言うには、反貴族派の実行犯の多くは貧しさに付け込まれて、虚偽の情報を信じ込まされて黒幕に利用されているらしい。

「奴らの嘘の情報には、純粋で正義感の強い者ほど影響を受けやすい」

「奴らの主張には嘘が隠されていると理解した上でも駄目でしょうか」

たぶん反貴族派というのは、一種のカルト集団なのだろう。

ラガート子爵は、俺が反貴族派主張を信じ込んでしまわないか心配なのだろう。

ただでさえ護衛の人員が足りない状況で、身内に敵を作る訳にいかない。

「では、条件を出そう。面談をするのは一日おきとし、奴らに会わない日は私と話をしてもらう」

「つまり、両方の話を聞いて判断しろ……ってことですか？」

「いいや、そもそも奴らの話には耳を貸さないでほしい」

「でも、全部が嘘だと話の信憑性が無くなりそうですけど」

「どうしても奴らの主張を信じたいのならば、正確な裏付けが取れるものに限定してくれ」

「分かりました、全ての主張は裏付けが取れるまで信じない。面談して聞いた内容は全て子爵に伝える……これでどうでしょう？」

「良いだろう。騎士達が尋問するよりも、ニャンゴの方が情報を引き出せるかもしれない。明日の晩はレトバーネス公爵家の屋敷に滞在する。その時に面談できるように取り計らおう」

「はい、よろしくお願いします」

その日の夕食は、オークのスペアリブを蜂蜜入りのタレに漬け込んで焼き上げた逸品だったが、さすがにうみゃうみゃ言いながら食べる雰囲気ではなかった。

子爵との面談を終えて部屋に戻ると、ナバックはすでにベッドの上で鼾をかいていた。

安全が保てるギリギリの速度での巡行、突然の襲撃、更には夜道を走らせるなど緊張の連続だったのだから無理もない。

ナバックの体を転がして掛け布団を引き抜き、風邪を引かないように掛け直してやった。

俺も疲れていたのでベッドに入って目を閉じたのだが、自爆した茶トラの猫人の顔を思い出してしまい、なかなか寝付けなかった。

何かを訴えようとしていたように思えてならないが、何を伝えたかったのか……。

自爆した茶トラの猫人とは言葉は交わせないが、生きている黒猫人となら話せる。

俺よりも少し年上に見えた黒猫人が何を語るのか……全ては明日の晩からだ。


重篤な状態だったラガート子爵家の騎士の内、一人が夜明け前に息を引き取った。

先に死亡した三人と一緒に運ばれ、レトバーネス公爵の屋敷で荼毘に付されるそうだ。

遺骨はアンデッドとして蘇らないように砕かれ、遺品と共にラガート領へと戻るそうだ。

その騎士が魔道に堕ちぬように、処置を行うのが最期の手向けなのだ。

今日は予定通りの時間にワグカーチを出発し、道中も何の障害も無く、日が落ちる前にレトバーネス公爵の屋敷に到着できた。

レトバーネス公爵の屋敷は、広い庭園の中央に建てられている。

植え込みは幾何学模様に配置され、水堀と共に調和の取れた風景を作り出していた。

領主の屋敷なので衛士の姿は見えるが、グロブラス伯爵の屋敷のような物々しい印象は無い。

「綺麗なお屋敷ですね」

「ここは綺麗なだけの屋敷じゃないぞ」

「そうなんですか？」

レトバーネス公爵家の騎士が応援に来てくれたので、俺は馬車の上から御者台に戻っている。

「ここの植え込みの中には頑丈な鉄柵が隠されているそうだ。植え込みの配置、堀の配置、通路の配置、東屋の配置……全てが計算されていて、守りやすく攻めにくい作りになっているそうだぞ」

確かに目を凝らしてみると、植え込みの中に黒い柵のようなものが見える。

柵には鋭い棘が付いているらしく、乗り越えようとすれば相当痛い目をみることになるだろう。

植え込みや堀を避けて通路を進めば、点在する東屋からは格好の標的にされるのだろう。

能ある鷹は爪を隠すではないが、壮麗な庭園にして堅固な守りを隠している訳だ。

「フレデリック、無事か？」

「あぁ、幸い家族もエスカランテ家のデリックも無事だよ、アーレンス」

出迎えに姿を見せたレトバーネス家の当主アーレンスは、ラガート子爵とは懇意の仲らしい。

ラガート子爵とは同年代らしい獅子人で、いかにも王家の血を引いていそうな風格を感じる。

「酷い襲撃だったみたいだな」

「騎士を四人も失った。これほどの襲撃は予想もしていなかった」

「詳しい話を聞かせてくれ。これほど反貴族派が急速に暴徒化しているとなると、他の貴族たちにも注意を促さないと、国が揺らぐような事態になりかねん」

「幸い、襲撃してきた連中の多くを生かしたまま捕らえられた。王都の騎士団に連行して取り調べをさせるつもりだ」

「騎士を荼毘に付すなら出立は明後日になるな。その間に、うちの者にも奴らの取り調べをさせてくれないか？」

「それは構わないが、まだ王都まで運ばねばならん。あまり手荒くするなよ」

「分かっている。だが、そいつは奴ら次第だな……」

猛獣のごとく歯を剥いて笑うアーレンスに、子爵は苦笑いを浮かべていた。

手枷を嵌められ、ロープで数珠繋ぎにされた襲撃犯どもは、屋敷の地下牢へと移された。

馬車から降ろされて歩かされる間、騎士たちは乗馬用の鞭で容赦なく打ち据えていた。

黒猫人も馬車から降ろされて、他の襲撃犯と同様に鞭で打たれて歩かされている。

魔導車の横で眺めている俺に気付くと、顔を歪めて唾を吐き捨てた。

夕食前にラガート子爵に呼び出されて、レトバーネス公爵に引き合わされた。

「イブーロの銀級冒険者ニャンゴです」

「ほう、猫人で銀級の冒険者とは珍しいな」

俺が自己紹介すると、公爵は新しいオモチャを与えられた子供みたいな笑みを浮かべていたが、襲撃の様子を詳しく話すと表情を引き締めた。

「そこまで手の込んだ襲撃だったのか、反貴族派とはいえ過剰な殺意を感じるな」

「アーレンス、今回の襲撃は単純に私達を殺傷する以外の目的があると思うんだ」

「そうだな……だが、フレデリック達を狙う目的とは何だ？」

「それは分からないが、単に貴族を殺すという目的にしては手が込み過ぎている」

最初の自爆攻撃から数えて、最後の自爆未遂も加えると五段構えの襲撃だった。

確かに何が何でも息の根を止めてやる……みたいな執念すら感じるが、そこまでする理由となると見当もつかない。

夕食後、襲撃を行った黒猫人への面談が許可されたが、公爵家と子爵家の騎士が同席するという条件が加えられた。

万が一の逃走を防ぐために、取り調べは複数の担当者で行うのが公爵家の決まりらしいが、今回は俺が洗脳されないための措置なのだろう。

面談は、公爵家の尋問室で行われた。

頑丈な石組みの部屋で、入り口は鉄の扉、明かり採りの小さな窓にも鉄格子が嵌められている。

広さは十畳ぐらいだろうか、中央に頑丈そうな木製の椅子が置かれ、そこに後ろ手に拘束された黒猫人が座らされていた。

椅子の大きさは普通サイズなので、ぱっと見では猫のぬいぐるみが置かれているようだ。

衣服は脱がされ、トランクス一枚の格好は、なんだか愛嬌がある。

だが俺たちが部屋に入ると、黒猫人は途端に牙を剥いて悪鬼のごとく顔を歪めた。

「何しに来やがった、貴族の飼い猫！」

「俺の名前はニャンゴ、イブーロの銀級冒険者だ。あなたの名前は？」

「けっ、手前なんかに名乗る名前はねぇよ」

「自分たちの行動が恥ずかしくて名乗れないのか」

「なんだと、俺達の行動が間違ってるとでも言うつもりか」

「だから名乗れないんだろう？」

「けっ……カバジェロだ」

カバジェロは、アツーカ村にいる上の兄貴と同じ歳だった。

「カバジェロ、なんでラガート子爵を殺そうとしたんだ？」

「決まってる、無能な貴族どものせいで貧しい連中が苦しんでるからだ！」

「貴族がいなくなれば、貧しい人もいなくなると思ってるのか？」

「当然だろう、年貢を納めなくて済めば、今よりもずっと暮らしは良くなる。飢えなくて済む、街に出て騙されなくて済む、虐げられずに済むんだ！　それを邪魔しやがって、貴族の飼い猫が！」

　唾を飛ばして喚きたてるカバジェロに、憎しみよりも哀れさを感じてしまった。

　たぶん、兄フォークスと同じような……いや、それよりも悲惨な道を辿って来たのだろう。

「貴族の皆さんを殺しても、世の中は良くならないよ」

「ふん、貴族どもに操られやがって、どうせ金や飯で雇われてやがるんだろう」

「そうだよ、ギルドを通じたリクエストで護衛の依頼を受注している」

「ほらみろ、金に目が眩んだ飼い猫め」

「仕事をして報酬をもらうのは当たり前じゃないか。俺は冒険者として牧場からの魔物の討伐の依頼も、穀物倉庫のネズミ捕りも金で雇われてやってきたよ」

「けっ、それでも貴族の味方をしてやがるじゃないか」

「引き受けた仕事だからね」

「あーはいはい、才能に恵まれた奴は、みんなそうやって俺らを見下すんだよな。俺たちは仕事をしてる、金をもらって当然だ……けっ、世の中にはなぁ、才能にも、力にも、働く場所にも恵まれない連中が一杯いるんだよ。お前らは、そういう連中を踏み台にして、楽に稼げる仕事して、自分たちは偉い、自分たちは凄い、選ばれた人間だと思っていやがるんだろう！」

　カバジェロからぶつけられる剥き出しの敵意に、一瞬怯みそうになった。

「そうだね。俺は結構凄いと思うよ」

「けっ、これだから恵まれた奴は……」

「ど田舎(いなか)の村で小作人の三男坊(ぼう)に生まれた空属性の猫人が、恵まれていると思うのか？」

「はぁ……？」

「確かに猫人にとって世の中は優(やさ)しくないけど、やり方次第では人並みの生活は送れるし、貴族を殺せば貧しい人が救われる……なんて理屈(りくつ)が通用するほど世の中は単純じゃないよ」

「そんなのは恵まれた……」

「何に？　俺のどこが恵まれてるの？　俺も頭は良い方じゃないけど、自分の不幸を嘆(なげ)いて他人の足を引っ張っているだけじゃ何も変わらないよ。貴族を殺しても、その下の金持ちが取って変わるだけだろ。貧乏人(びんぼうにん)は、貧乏のままじゃないの？」

「だったら、そいつらも殺すだけだ。ちゃんと貧乏人にも仕事や金を分け与えてくれる奴が、今の腐(くさ)った世の中を変えてくれるまで、悪い奴らは殺せばいいだけだ！」

「そんなの無理だろう。現にお前らは子爵様を殺せず、何の罪もない人々を傷付けただけじゃないか。お前らが言う悪い貴族を殺し尽くす前に、お前らがいなくなるだけだ」

「それは手前らみたいな貴族に尻尾(しっぽ)を振ってる奴らがいるからだろう、この裏切者がぁ！」

この後もカバジェロとは話が噛(か)み合わず、互(たが)いの主張をしただけで面談は終わった。

その晩は神経が高ぶって一睡(いっすい)もできず、翌朝まだ暗いうちにベッドを抜け出した。

見張りの兵士に断りを入れて庭に出て、空属性魔法で振り棒を作って構える。

「にゃっ、うにゃっ、にゃっ、うにゃっ……」

ゼオルさんに習った棒術の基本動作と足捌きを組み合わせて、ひたすら棒を振ったのだが、いつものように無心になれなかった。

茶トラの猫人の顔が脳裏に浮かび、カバジェロの罵倒が耳から離れてくれない。

「はぁ……はぁ……」

素振りをやめて、振り棒を消し、庭に座り込んで朝日を眺める。

雲一つない快晴なのに、俺の心には厚い雲が垂れ込めたままだ。

水浴びして汗を流して部屋に戻ると、ナバックがモゾモゾと起き始めたところだった。

「ぬぉぉ……早いな、ニャンゴ」

「おはようございます、何だか目が覚めちゃって」

「そうか……んー、飯行くか？」

「それはいいですけど、顔洗ってからの方がいいですよ」

「おぉ、そうだな……」

ナバックは、まだ半分眠っているような状態で、髪も寝ぐせでボッサボサだ。

ナバックが顔を洗って、髪を整えるのを待って、一緒に食堂に向かった。

子爵一家やデリックは来客用の食堂で食事をするが、俺達は公爵家の騎士や兵士が使う厨房に隣接した食堂を利用している。

兵士たちのための食堂とは言っても、グロブラス伯爵家の食事とは雲泥の差だ。

フカフカのパンに、濃厚なミルク、シャキシャキのサラダ、目玉焼きに分厚いベーコン、深い味わいのコンソメスープに、香り高いカルフェまで付く。

どれもこれも素晴らしい味わいのはずなんだが……。

「なんだなんだ、どうしたニャンゴ、湿気た面しやがって。折角の食事が不味くなっちまうぞ」

「すみません……」

美味しい物どころか、命を繋ぐ食事を得ることにも苦労している者がいる。

イブーロのマーケットからパンを盗んで、必死に逃げていた兄貴の姿が頭に浮かぶ。

命懸けで理不尽な現状を変えようとしている猫人がいるのに、自分ばかりが美味しい物を腹一杯食べていて良いのだろうかと考えてしまう。

「はぁ……どうやら重症みたいだな。そんなに、あの猫人にやり込められたのか？」

「いえ、やり込められたというか、話が噛み合わなかったというか……」

俺の話を全く聞かず、一方的に罵倒してきたカバジェロに気圧されまいとムキになって、結局何も聞き出せなかった状況を話すとナバックは首を傾げてみせた。

「ニャンゴ、それのどこが悪いんだ？」

「えっ？」

「お前は嘘をついてないだろう？　話した通りに頑張ってきたんだろう？」

「でも、同じ猫人なのに分かり合えなくて、何で襲撃したのとか、誰に協力して……」

「それを聞き出すのは、ニャンゴの仕事じゃないだろう」

「でも、騎士の皆さんや見物してた人の命を奪ったのは猫人で……」

「お前は猫人の王様なのか？　それとも猫人の貴族様か？」

「いえ、そんな偉くはないけど……」

ナバックは左の手の平を見せるようにして俺の言葉を遮ると、頬張ったパンとベーコンを忙しなく噛み砕いてミルクで流し込んだ。

「確かに一番被害を出したのは猫人の自爆だったが、一番多くの命を救ったのは猫人のお前だ」

「でも……」

「まぁ聞け。同じ猫人が自爆したり、助けたはずの猫人に罵倒されたりしてショックを受けているのは分かる。だが、襲撃に加わっていたのは猫人だけじゃないだろう。お前が倒した弓使いや魔銃を持っていた連中の中にも、俺と同じヤギ人が交ざっていたが、俺は責任を感じたりしねぇぞ。その連中とは会ったことも無ければ、話したことも無いし、俺は魔道具の職人として真面目に働いて魔導車の知識を蓄えて、子爵様に認められて雇ってもらっている。誰に対しても恥じることなんか一つも無いって胸を張って言えるぞ」

テーブルの向こうで姿勢を改めて胸を張ったナバックが、急に大きな存在に見えた。

「ニャンゴ。俺が胸を張っていられるのは、俺が道から外れて捻じ曲がりそうになった時に、ぶっ叩いて真っ直ぐ歩くように引き戻してくれた人達のおかげだ。親父、お袋、魔道具職人の親方、先輩、同僚、酒場の親父……たくさんの人に教えられ、支えられてきたから、真っ直ぐに、下を向かずに歩いてこられたんだ。ニャンゴにだって、そういう人がいるだろう」

ナバックの問いに、無言で何度も頷く。

カリサ婆ちゃん、ゼオルさん、ライオス、セルージョ、ガド、シューレ、ジェシカさん、レンボルト先生……俺が、今の俺になれたのは、たくさんの人に教えられ、支えられてきたからだ。

「下を向くな、前を向け、ニャンゴ。お前が下を向くことは、支えてくれた人を侮辱することだ」

普段は話好きの気のいいオッサンであるナバックの言葉だからこそ、一言、一言が胸に響く。

「ニャンゴ、その小さい体で、お前は本当に良くやってるよ。あの大混乱の状況下で、冷静に子爵様達を守り、次々に襲い掛かって来た連中を全部防いでみせた。お前は本当に凄いんだ。誇れ、胸を張れ、それがお前を育ててくれた人達への恩返しだ」

「はいっ！」

「ニャンゴ。どんなに凄い奴だって、できることには限界がある。たとえば、俺達が乗って来た魔導車は子爵様が使うだけあって立派なものだが、一人じゃ作れやしない。動力となる魔道具から力を伝える車軸、車輪。子爵様たちが寛ぐキャビン、それを支えるフレーム。多くの職人が力を合わせて、ようやく一台の魔導車が完成する」

ナバックは一旦話を切ると、冷めてしまったカルフェで喉を湿らせてから続きを話し始めた。

「その魔導車作りに関わる多くの職人が、スムーズに仕事ができるように指示を出すのが親方の仕事だ。小さな魔道具なら一人でも作れるが、大きな仕事をするには全体を見渡して指示を出す人が必要になる。親方の指示によっては現場がガタガタになっちまうし、親方が指示しても職人が動かなきゃ仕事は進まない。ニャンゴ、何かに似てると思わないか？」

「えっ？　あっ、領地……というか世の中全体？」

ニヤリと笑ったナバックがカップを手にするが、先程飲み干してしまったから中身は無い。

そこへ、すっと歩み寄ってきた給仕さんがカルフェを注いだ。

ナバックはカップから立ち上る香気を楽しんだ後で、ゆっくりと口に含んで味わった。

「ニャンゴ……」

「はい、何でしょう」

「お前は、この先もっと凄い冒険者になるだろうが、国とか領地という大きな仕事の中では、ほんの一部分を担当する職人にすぎないんだぜ。国や領地をどうするとか考えるのは王様や貴族様の仕事だ。だからといって適当に生きても構わないわけじゃない。俺達は、俺達に与えられた目の前の仕事をキッチリカッチリ全うする。その積み重ねでしか世の中は良くなっていかねぇよ」

「そうですね……」

「ほれ、とっとと食っちまえよ。いつまでも食ってたら、厨房の皆さんの仕事が終わらないぞ」

「はい……うん、うみゃ！　冷めちゃったけど、うみゃ！」

砂を噛んでいるようだった朝食のメニューに、急に味わいが戻ってきた。

食事にありつけない人がいるのは確かだが、食べる人を思って作ってくれた人達に感謝して、ちゃんと味わって食べるべきだ。

少し冷めてしまった朝食の残りは、いつもよりも、うみゃうみゃしながら食べ終えた。

今日は襲撃で亡くなった騎士を荼毘に付すので、一行はレトバーネス公爵家に留まる。

俺も黒いシャツと黒いカーゴパンツに着替えて、ナバックと共に騎士の葬儀に参列した。

火葬場は、屋敷の敷地の中にある礼拝堂に隣接して建てられていた。

亡くなった貴族の遺体はアンデッドにならないように火葬され、骨も粉々に砕かれた状態で埋葬されるそうだ。

子爵一家は火葬を行う前に、騎士の棺に花を手向けていた。

普段は生意気そうなアイーダも、ポロポロと涙を零していた。

これまでの道中でも感じていたのだが、子爵一家と騎士の間には、食堂や宿泊場所を分けるなどの厳然たる身分の違いが存在している。

道中、休息をとった時などには、アイーダが気さくに騎士に話し掛けていたし、アイーダを見守る騎士の眼差しには親戚の子供に向けられるような愛情が込められていた。

身分の違いはあれども、互いに親族のように思う間柄だけに別れは辛いのだろう。

葬儀の様子を見守っていると、また色々と考えてしまうが、揺らがないようにしっかりと立とう。

これまで俺を支えてくれた人達のためにも、胸を張って立つのだ。

ちょっと猫背なのと、エアウォークで地に足がついていないのは大目に見てほしいにゃ。


騎士達の葬儀が終わった後、ラガート子爵に呼び出された。

カバジェロと面談する条件として、面談は一日おき、間の一日は子爵と話をする約束だからだ。

騎士に案内された部屋へ出向くと、子爵は腰を下ろしたソファーとテーブルを挟んだ席に座るように手振りで示した。

テーブルの上には、俺が来るまでの間に目を通していたらしい書類が置かれている。

「さて、ニャンゴ。実行犯と話をしてみた率直な感想を聞かせてくれ」

「はい……自分の未熟さを思い知らされました」

俺の返事を聞いた子爵は、厳しい表情を少し緩めてみせた。

「ほう、どうしてだい？」

「カバジェロの挑発に冷静さを失い、自分の主張をぶつけただけで、何も聞き出せませんでした」

「奴らの主張を聞いて、どう思った？」

「詳しい内容までは話さなかったので、生活が苦しかったのだろう……とは感じましたが、だからと言って貴族がいなくなれば世の中が良くなるなんて主張には賛成できません」

「ふむ、その様子では感化されてはいないようだな」

子爵は軽く頷きながら、更に表情を緩めた。

「それで……カバジェロとの面談なんですが、もう止めさせて下さい」

「気が済んだか？」

「はい、たぶん俺ではムキになって言い返すだけで、肝心な話を上手く聞き出せない気がします」

「そうだな。同席した公爵家の騎士からも、同じ猫人とあって相手も反発が強かったようだと聞いている。取り調べについては、慣れている者に任せた方が良かろう」

子爵は、テーブルに広げていた書類を束ねると、俺に向かって差し出した。

「我々が葬儀を行っている間に、公爵家で調べを進めてくれた結果だ」

「俺が見ても構わないんですか？」

「核心に迫るような内容ではないから構わない。それでも、事件の背景が少しは分かるだろう」

「拝見します」

書類は調べを行った実行犯ごとに供述を記録したもので、筆跡が違って見えるのは担当者が異なるからだろう。

ザックリと内容に目を通してみると、実行犯全員がグロブラス領の住民だった。

「殆どが小作人の次男か三男で、食っていけなかったのが襲撃犯に加わった理由みたいですね」

「そう供述しているだけだし、貧困の理由が伯爵とは限らんぞ……」

「あっ……そうでした、裏付けがまだでしたね」

最初から人を疑って掛かるのは苦手だし、生活に苦しんだ末なんて供述していると尚更だ。

調書を読んでいると、一つ引っ掛かる言葉が出てきた。

「この入れ札というのは……？」

「確認は取れてないが、小作人が使う土地を入れ札で決めているらしい」

「えっ、毎年同じ畑は同じ人が使うんじゃないんですか？」

「私の知る限りでは、どこの領地でもそのようになっているはずだが、どうやらグロブラス領では入れ札が行われていて、それが地代の高騰に繋がっているらしい」

入れ札では、区画ごとに最低価格を決めて、使いたい者が希望する金額を紙に書いて応募し、高い金額を提示したものが畑を使う権利を得るらしい。

「これは、アンドレアスが大地主を取り潰して、所有していた土地を直轄地とした頃から始められたそうだ。最初は、それまでよりも大幅に安い最低価格が提示されたから、住民達は喜んで入れ札を行ったそうだ」

「それだけ聞くと、問題が無いように感じますが……」

「ニャンゴ、君が小さな畑を耕す小作人だったとして、地代がそれまでよりも大幅に下がったら、もっと大きな畑を使いたいと思わないかね？」

「それは思うでしょう……あっ、そこで競(せ)り合うようになったのか」

「その通りだ。地代が安いなら畑を広げたい、他の畑にも入れ札をしよう……その結果として畑を奪われる者が出る。翌年は畑を取り戻そうと地代を高く設定する……あとは、その繰り返しだ」

最初は、農民の救済策であったはずの入れ札が、いつの間にか農民の生活を圧迫(あっぱく)する仕組みに変わっていったようだ。

地代が上がると、翌年は最低価格が引き上げられ、地代は値上がりし続けたらしい。

「それじゃあ、年貢の額は国の定めの範囲内なんですか？」

「ほう、そんな話も聞いているのか。そちらも入っている情報では、かなり怪しいようだ」

「地代の高騰と、国の限度を超える年貢の徴収が住民を追い詰めていたんですね」

「という供述だが……実際に、どれほど住民が疲弊(ひへい)していたのか分からないし、全てが伯爵の責任かどうかも分からん」

「調査を行うんですか？」

「私にはグロブラス領を調べる権限は無い」

ラガート子爵の言葉は、ちょっと冷淡(れいたん)なようにも聞こえるが、他の貴族が領地の経営に意見して対立を招けば、最悪の場合には内戦状態に陥(おちい)る可能性がある。

他の領地への干渉(かんしょう)は、貴族の間ではタブーとされているそうだ。

「では、グロブラス伯爵に対して、何もされないのですね？」

「いいや、王家に報告はする。襲撃や取り調べの内容を報告はするが、それで調査を行うかどうかは王家次第だ。私とグロブラス伯爵が揉(も)めることこそが、奴らの思惑(おもわく)かもしれないからな」

「反貴族派の狙いは、グロブラス家の取り潰しなんでしょうか？」

「分からん。反貴族派が厄介なのは、組織が一つなのか分からないし、思惑が一つだとは思えない所にある。たとえば、今回の襲撃を実行した連中は、グロブラス伯爵に復讐したいと本気で思っているのだろうが、襲撃の準備を調えて指示した者には別の狙いがあったのかもしれん」

「別の狙いですか？」

「そうだな、たとえば私が死んでいたなら、ラガート領は少なからず混乱するだろう。グロブラス家の取り潰しを狙うのも、復讐ではなく土地の権利を奪って儲けるためかもしれない。あるいは、もっと別の狙いがある可能性だって否定はできん」

確かに、襲撃を実行したのは反貴族思想の人間かもしれないが、襲撃によって引き起こされる事象を考えると、様々な狙いがあるように感じる。

「結局、今の時点では何も分からないのですね？」

「いや、そうとは限らない。グロブラス領の貧しい農民を扇動した者がいるのは確かだし、そいつの狙いは分からないが、反貴族という思想を利用していることは確かだ」

「自爆した猫人やカバジェロは、そいつに利用されたんですね」

「生活のドン底にいて未来に希望を抱けない者達が、死後に家族に金を払うとか、仲間の生活を良くする……などの甘い言葉を掛けられたら、簡単には拒絶できないのだろう。だからこそ……だからこそ、自分は安全な場所にいて、彼らを危険に晒した連中は許してはいけないのだ」

テーブルの上で固く握り締められた子爵の拳は、怒りに打ち震えている。

以前、山奥の村に住む者達や猫人の生活改善を要望した時、子爵は問題を認識していても簡単に解決できない苦しい胸の内を明かしてくれた。

　それだけに、一朝一夕には解決できない問題や苦しんでいる者達を自分の利益のために利用する者達に怒りを覚えるのだろう。

「俺はどうすれば良いのでしょう。俺には何ができるのでしょうか？」

「簡単だ、冒険者として活躍してくれ」

「でも、それだけじゃ何の解決にも繋がらないのでは？」

「とんでもない。猫人であるニャンゴが、冒険者として確固たる地位を築けば、多くの猫人が君を見て、話を聞いて、自分でもできるのではと考えるようになる」

「でも、猫人が冒険者になるのは簡単じゃないですよ」

「それを君が言うのかい？　簡単ではないと分かっても、努力と工夫でそこまで辿り着き、更に上に向かおうとしているんじゃないのかい？」

「それは、そうですが……」

「いいかい、ニャンゴ。誰しもが希望する未来を手に入れられる訳ではないが、希望を見出し、そこを目指さなければ何も始まらないんだよ。冒険者になるには冒険者になりたいという思いを抱き、どうすれば良いのか考えて行動しなければならない。その最初の一歩を踏み出す力は憧れだ」

「憧れ……」

　その一言を聞いた時、ロックタートルを仕留めてギルドに凱旋した時の光景が頭に浮かんだ。

　若手の冒険者達が、ライオスやセルージョ、ガドに向ける視線は憧れそのものだった。

　いつかは俺も大物を仕留めたいという憧れが、将来への希望になっているのは間違いない。

「我々貴族が、見た目の良い生活を続けるのは、領民にもっと良い暮らしがしたいと思わせ、その為にはどうすれば良いかを考えてもらうためだ。良い生活とはどんなものなのか、目で見て分かるように貴族は象徴であらねばならない。ニャンゴが猫人の暮らしを良くしたいと思うならば、成功した猫人の象徴となってくれ。多くの猫人から憧れられる存在となってくれ」

「俺が憧れられる存在にですか」

「まぁ、難しく考えることはない、今まで通りに活躍を続けてくれれば、それだけでも猫人を取り巻く環境は良い方向へと向かうはずだ。気負う必要は無い、自分が何とかするなどと思うと、奴らの思う壺に嵌るだけだ」

「はい、分かりました」

この日、ラガート子爵は夕食を来客用の食堂ではなく、騎士達の使う食堂で食べた。

騎士達と同じメニューを口にして、亡くなった騎士達の思い出話に花を咲かせた。

話の内容は亡くなった騎士本人に留まらず、その家族のエピソードにまで及んだ。

どれだけ子爵が日頃から騎士達と密接に関わり、強い絆で結ばれているのか良く分かった。

子爵の視線は騎士だけに留まらず、多くの領民にも向けられている。

この人を殺せば世の中が良くなるなんて嘘をつく連中とは、絶対に手を組んではならない。


翌朝、王都を目指すラガート子爵の一行には、レトバーネス公爵家の騎士が加わっていた。

襲撃によってラガート家の騎士八名が死傷して任務の続行が困難になっているのと、捕らえた反貴族派の護送にも人員が必要となるからだ。

反貴族派が仲間の奪還を企てる可能性もあるので、レトバーネス公爵は十二名の騎士を王都までの応援につけてくれた。

その甲斐あってか、道中は何事も無く進み、夕刻にはクラージェに無事到着した。

クラージェの街は、交通の要衝として知られている。

ラガート子爵の一行が進んで来た王都から隣国エストーレへと続く街道と、東西へと流れるルドナ川が交わる場所がクラージェだ。

ルドナ川に架かるクラージェ大橋を中心として、川の南北両岸に街が広がっている。

川の片側に広がっている街だけでもイブーロよりも広く、人や物で賑わっていた。

レトバーネス公爵の屋敷を出発するとき、クラージェが大きな街だと聞いていたので、魔導車の上で警護をさせてほしいと申し出たが断られてしまった。

理由を聞くと、猫人が屋根に乗っていると泥棒と勘違いされる恐れがあるらしい。

大きな街に行くほど猫人に対する偏見が強まるのも一つの理由だが、実際に猫人が身軽さを利用して道行く馬車に飛び乗って盗みを働くことがあるそうだ。

馬車の上に乗るなら防具を身に着け、見た目で警備の者だとアピールする必要があるらしい。

生憎、俺の場合は防具も空属性魔法で作るので、見た目はただの猫人の子供でしかない。

しかも片目が潰れている容貌が誤解されれば、泥棒と思われても不思議ではない。

仕方が無いので御者台から警備を行っているが、たぶん外からはクラージェの街に初めて来た田舎者が、物珍しさにキョロキョロしているようにしか見えないだろう。

「ニャンゴ、異状は無いか？」

「はい、今のところはありません」

隣に座るナバックも、クラージェに入るころから緊張の度合いを高めているように見える。

ナバックは御者台にいたので、フロス村の襲撃でも爆風の直撃は受けなかったが、粉砕の魔法陣を使った自爆の威力は身に染みているはずだ。

一瞬にして多くの人の命を奪った自爆テロを恐れるのは当然の反応だろう。

ラガート子爵家の騎士達は、先触れとして二人、魔導車の前方に二人、両側に三人ずつ、後方に二人が警護する態勢をとっている。

子爵が乗る魔導車をラガート家の騎士が、捕らえた反貴族派を護送する馬車の警護をレトバーネス家の騎士が固める態勢だ。

厳重な警備態勢なのだが、魔導車を走らせるナバックは少し残念そうだ。

「いつもは、こんな物々しい警備じゃなく、街の人も気軽に手を振ってくれたんだがなぁ……」

前世の日本で、アメリカの大統領が来日した時などに、沿道の人が小さな星条旗と日の丸を振って歓迎した様子を思い出したが、たぶんクラージェでもそれに近い光景が見られたのだろう。

今は騎士が通りから離れるように指示し、街の人も恐る恐る見守っている感じだ。

ルドナ川に架かるクラージェ大橋が見えてきたころ、車列の後方が騒がしくなった。

後ろの馬車を警備していた騎士が馬の速度を上げ、魔導車の横にいる隊長のヘイルウッドに並んで何やら報告をしているようだ。

報告を聞き終えたヘイルウッドが、ナバックに指示を出した。

「そのままの速度で進め、異状が無ければ宿まで止まるな」

報告の内容までは分からないが、止まる必要が無く、後ろの馬車も付いて来ているらしいので、大したトラブルではないのだろう。

「何だったんですかね？」

「さぁな、分からないが今は無事に宿まで到着することに専念しよう」

今夜の宿は貴族御用達の大きな宿で、周囲は水堀と鉄柵で囲まれていた。

手入れの行き届いた広い庭園があり、壮麗な建物は貴族の屋敷のようにも見えた。

クラージェの街から王都中心部までは馬車で二日の道程で、一部の貴族はここまで船で移動してきて、ここから魔導車や馬車に乗り替えて移動するらしい。

船での移動は、陸上を移動するよりも警備の面でも経費の面でもメリットが大きいそうだ。

今夜宿泊する宿では、そうした貴族のために魔導車や馬車を預かるサービスも行っているらしい。

無事に宿に到着してホッと一息ついたところで、さっきのトラブルについて騎士の一人に訊ねてみると、予想外の答えが戻って来た。

「襲撃犯の黒猫人に逃げられた」

「ええええ……」

通常、貴族の車列や商隊を襲うのは、体の大きな人種である場合が殆どだ。

なので、捕縛した時の拘束具も大きな人種に合わせたサイズになっているらしい。

猫人のカバジェロには手枷のサイズが合わず、縄を巻き付けて調整していたらしい。

その縄を切って、解いて、手枷を外し、クラージェの街に入って騎士の注意が沿道に向けられた隙に逃げ出したらしい。

「カバジェロが、王都まで護送されていた場合、どんな処分が下されていたのですか？」

「貴族様の命を狙ったのだ、ほぼ間違いなく処刑されていただろうな」

「そうですか……」

「なんだ、同じ猫人が助かって良かったと思っているのか？」

子爵家の騎士は、少しムッとしたように問い掛けてきた。

「とんでもない。あいつは一度、俺に自爆を防がれて失敗しています。次こそはと対策を講じて襲われたら防ぐのが難しくなると思います」

「むぅ、そうか……そうだな、帰り道の警備の方法を隊長に相談してみよう」

「はい、俺もできる限りの協力をしますので、何でも言って下さい」

「ありがとう、それと疑うようなことを言って、すまなかった」

騎士は俺に向かって頭を下げると、ヘイルウッドを捜しに行った。

ラガート家の騎士は、王国騎士団の騎士とは違って身分は平民のままだが、それでも周囲からは一目も二目も置かれる存在だ。

そんな騎士でも自分が誤っていると気付けば、猫人の俺にも頭を下げるのだから、ラガート家の教えは徹底されているのだろう。


夕食後、ラガート子爵一行の護衛を取り仕切るヘイルウッドから呼び出された。

「呼びたててしまって悪かったな」

「いえ、護衛の件で相談があると伺いましたが……」

「うむ、脱走した例の猫人だが、今すぐ襲っては来られないだろうが、王都から戻る時には狙われる可能性がある。今のうちから備えを万全にしておきたい。協力してもらえるか？」

「イブーロやアツーカの平穏を守るためにも、子爵様は大切な方です。一行に加えていただいているのですから、協力するのは当然です」

　俺の返事を聞いて、ヘイルウッドは少し表情を緩めた。

「そう言ってもらえると心強いよ。君が作る盾には大いに期待している」

「条件が整えば守りきれると思いますが……また襲ってくるのでしょうか？」

「正直に言って分からない。反貴族派がどれほどの組織で、どこに拠点を置いているのかも分からない状態では予測は難しい。常に備えておくしかないだろうな」

　反貴族派の拠点がどこにあるのか知らないが、脱走したカバジェロが再度自爆攻撃を敢行するには、そこまで戻って粉砕の魔道具を手に入れる必要がある。

　ここから王都までの道中で、カバジェロが攻撃してくる可能性は低いが、王都からの帰り道を狙うならば準備を調える時間はあるだろう。

　それに、自爆攻撃を仕掛ける要員は他にもいるのかもしれない。

「自爆攻撃とは厄介な方法を考えたものですね」

「まったくだ、あれは我々騎士では防ぎようが無い」

　今回の襲撃では、俺が粉砕の魔法陣を知っていて、空属性魔法で防壁を築けたから子爵達を守れたが、騎士だけでは一緒に吹き飛ばされていただろう。

「ヘイルウッドさん、魔導車は爆風に耐えられますかね？」

「絶対に大丈夫とは言えないが、恐らく至近距離で爆破されなければ耐えられると思う」

「それならば、魔導車に近付かせなければ良いのですね？」

「理屈ではそうだが、物陰から飛び出して来られたら守りきれるか不安が残るな」

「俺が壁か柵を作っておきましょうか？」

考えたのは、車列を守る騎士達の外側に、空属性魔法でガードレールのようなものを作る方法だ。

空属性魔法で、地上から五十センチぐらいの高さに太さ十センチぐらいの見えないパイプを設置すれば、取りあえず不審者の接近は防げるはずだ。

「なるほど、目に見えないパイプならば、襲う側は気付かずにぶつかるという訳か」

「はい、ただし、この方法は街中では使えませんね」

「そうだな、通行人や擦れ違う馬車がいるとぶつかってしまうだろうな」

「でしたら、魔導車のすぐ脇に、見えない壁を作りましょうか？」

「爆発の衝撃に耐えられるのか？」

「それは分かりませんが、たとえ壊れたとしても、威力を低減させる効果はあるはずです」

「そうだな、街の中ではその方法で頼む」

王都まで残り二日の道中、俺はこの二つのパターンで守りを固めることになった。

第三十二話　新王都

クラージェを出発して二日目、ラガート子爵の一行は王家直轄領へと入っていた。

今日の夕方には、王都にある子爵の屋敷に到着できる予定だ。

直轄領に入ると、街道の両脇にはヒューレィの木が植えられていた。

ヒューレィは真っ直ぐ大きく伸びる木で、モミジを大きくしたような葉と、春に咲く黄色い花が特徴の王家を象徴する木だ。

黄色い花は、直径が十五センチぐらいある大きな花で、牡丹に良く似ている。

丁度開花の時期を迎えて、街道には甘い香りが漂い始めていた。

「いい匂いにゃ……」

「そうだろう、これからの時期、王都はヒューレィの香りに包まれる花の都になるんだぜ」

王都の各所にもヒューレィが植えられていて、王都の子供達は花の香りに包まれながら『巣立ちの儀』を受けるそうだ。

俺の故郷のアツーカやイブーロにもヒューレィの木は生えているが、こんなに密集して植えられていないし、花の時期も半月以上先になる。

「春だにゃぁ……」

「王都に着いたら、花見に連れていってやるぜ」

「ホントに？　美味しいものは売ってる？」

「当然だ、良い穴場があるぞ。その代わり、俺の護衛を頼むぜ」

「任せて！　お花見、楽しみだにゃ……」

ラガート領から南下を続けてきて、日差しには本格的な春の到来を感じるようになった。

当然、南に向かう魔導車の御者台はポカポカと暖かく、睡魔との戦いは厳しさを増すばかりだ。

「春眠暁を覚えず……一番の難敵は春の日差しだにゃ」

「王都までは、あと少しなんだ、頼むぜニャンゴ」

「うう、頑張る」

王家の直轄領に入った所から、ラガート子爵の車列には四人の王国騎士が同道している。

魔導車の前方に二人、後方に二人、ピカピカに磨き上げられた揃いの兜と胸当てが陽光を弾き、周りの旅人たちに無言の威圧を与えていた。

「やっぱり王国騎士は格好いいなぁ」

「だな。あれは式典用の装備で、兜と胸当て以外は普通の制服に見えるが、実際には物理攻撃、魔法攻撃への防御付与がされていて、鎧と同じぐらいの強度があるそうだぜ」

「そうなんだ、格好いいにゃ……オラシオも着られるようになるといいにゃ……」

王都が近づくほどに、オラシオとの再会を思って胸がドキドキしてきた。

イブーロで屋台巡りをした日から二年、オラシオはどれほど逞しくなっただろうか。

反貴族派の襲撃に関する報告をするために、王国騎士団への同行を求められているので、その時にオラシオに会う方法を聞いてみよう。

子爵家の騎士が一緒なら、猫人でも雑な対応はされなくて済むだろう。

オラシオに会ったら、話したいことがたくさんある。

アッーカにブロンズウルフが出た話や、チャリオットにスカウトされてイブーロに活動拠点を移した話、冒険者としての日々の生活、そしてワイバーン討伐の話。

そうそう、銀級に昇格したことも忘れずに伝えよう。

猫人の俺が冒険者として活躍ができるのだから、オラシオもきっと騎士になれるはずだ。

魔導車の御者台に座りながら王都での行動を考えていられるのは、街道が広く見通せるように整備されているからだ。

直轄領の街道は、馬車を四台ぐらい並べて走れるほどの広さがあり、さらに街道脇には建物の類は一切建てられていない。

茶店なども街道から離れて建てるように指導されているのだ。

ヒューレィの木も綺麗に剪定されていて、木に登ることも禁じられているそうだ。

木に登っているだけでも、何か邪な意思があると見なされて厳罰の対象となるらしい。

満開に咲き誇るヒューレィの木にハンモックを吊るして、昼寝を楽しむのはイブーロに戻ってからにしよう。

昼過ぎに到着した王都は、想像していた以上に広大な規模を誇っていた。

「凄いですね。さすが王都だ」

「ニャンゴ、ここはまだ王都の外だぞ」

「えっ、だってこんなに建物が建ってますよ」

「王都は、向こうに見える壁の内側だ」

「えぇぇ……」

てっきり王都に到着したのかと思っていたが、街道の両側に広がる街は都外と呼ばれる地域で、王都内で一般庶民が暮らす第三街区から溢れた人々が暮らす場所だった。

新王都ができ上がった当時、街は城壁の中に収まっていたそうだが、各地から仕事や富を求めて集まった者によって、すぐに街は一杯になってしまったそうだ。

前世の日本的な考え方をするならば、高層の建物や地下に空間を作るという発想になるが、王都の第三街区では地上は三階、地下一階までの建設しか認められていないそうだ。

王都を取り囲む城壁には五つの大きな門があり、通るには身分証明が必要になる。

冒険者ならば冒険者ギルドのカード、商人や職人は商工ギルドのカードが身分証となる。

「じゃあ、ギルドに登録していない人は王都へは入れないの？」

「基本的には入れない。ただし、教会への巡礼者だけは入都を許可されている」

「巡礼……？」

「あぁ、王都のミリグレアム大聖堂は凄ぇからな」

王都の第二街区に建つミリグレアム大聖堂は、ファティマ教の総本山だそうだ。

大聖堂の周辺だけは、一般庶民の立ち入りを認めた特別区となっているらしい。

「大聖堂の巡礼に行きたい場合には、教会からの紹介状を貰う。紹介状の用紙は普通に見ただけでは分からないが、特別な仕組みが施されていて偽造しても見破られるそうだぜ」

「へぇ、何か特殊な魔法陣なのかな」

王都の城門前には、入都の審査を待つ人の長い行列ができていた。

勿論、ラガート子爵の車列は王国騎士によって先導されているので、入都のための審査などは受けずに進んで行ける。

幅二十メートルはある水堀を渡り、高さ十メートルほどの城壁の門を潜った先にもビッシリと建物が建ち並んでいた。

門から王都の中心部へと向かう道は中央が王族専用、その両側に貴族専用の道、その両脇に一般庶民が使う道が造られている。

見た目は、バイパスと側道といった感じで、王族や貴族専用の道を横切る庶民のための道は、アンダーパスになっていた。

道の両脇には、大小様々な商店がひしめき合い、道にも通行人が溢れている。

まるで渋谷のセンター街や原宿の竹下通り、上野のアメ横でも見ているかのようだ。

「凄ぇだろう、ニャンゴ」

「ええ、ここまで賑わっているとは思ってなかった」

「ここ新王都は、権力と富が集中する場所だ。甘い蜜に引き寄せられる蝶のように、あっちこっちから人が集まって来るんだよ」

文明の進化の度合いならば、間違いなく前世日本の方が進んでいたが、権力や富そして人の集中という点では、日本を遥かに超えているようだ。

「見えて来たぜ、あれがミリグレアム大聖堂だ」

「うわぁ……デカい……」

高さ五十メートルほどの二つの塔を持つ聖堂は、大理石で造られているらしく白く輝いている。

前世の世界でも、巨大な建造物や長大な城壁は、時の権力者や宗教によって造られてきた。

王族、貴族の子息も参加して盛大に行われる『巣立ちの儀』では、例年膨大な魔力を所持した子供が現れるために、それを見ようと多くの観客も詰めかけるようだ。

第三街区と第二街区の間にも水堀と塀があり、中に入る検査は更に厳しくなるそうだが、王国騎士が一緒だし、子爵家の魔導車に乗っているので検査は素通りだ。

ここでも長い行列に並んでいる人からは、羨望の眼差しを向けられてしまった。

北西の門から王都に入った我々からは、ミリグレアム大聖堂は右手前方に見えている。

王城に向かって祭壇の女神ファティマ像が正対するように、大聖堂は北向きに建てられている。

「アイーダ嬢、大聖堂が見えるぞ」

「デリック様、動いている間にお立ちになられると危のうございます」

「もうすぐ魔法を授かれる。兄様達に追い付き、追い越し、次代の騎士団長となるのだ」

車内に集音マイクを設置するまでもなく、興奮気味のデリックの声が聞こえてくる。

代々王国騎士団長を輩出しているエスカランテ侯爵家に生まれれば、余程のことが無い限り魔力指数が乏しいなんてことは起こらないのだろう。

侯爵家のコネで王国騎士団の見習いとなることは決まっているようだが、恐らく、それに相応しい程度の魔力の強さは示すはずだ。

とにかく魔法が使えるようになりたいと願っていた俺とは期待の大きさも違うのだろう。

第二街区は、途中から中心部に向かって緩やかな上り坂となっている。

その先の第一街区から王城まで、新王都は元々あった台地の上に建てられているそうだ。

王都の中心である王城は、第三街区や都外からは、見上げるような高さに建っている。

日本の山城では水の確保に苦労したそうだが、この世界では水は魔法によって確保できる。

王城では魔道具によって、文字通り溢れるほどの水が作られているそうだ。

そのため、第二街区と第一街区の間にも水堀が築かれている。

堀を流れている水は、水路を通って第二街区の公園などの木々を潤しているそうだ。

第二街区から第一街区へ入る門には、さすがに行列はできていない。

この先には、基本的に王族と貴族、それに仕える者しか立ち入れない場所だ。

ギルドカードだけでは通してもらえない場合もあるそうので、第一街区から出る時には子爵家の証明書を持参するように言われている。

門の手前は半径五十メートルほどの広場になっていて、門の両側には屈強な騎士が二人ずつ、合計で四人が並んでラガート子爵の一行を出迎えた。

第一街区へと入る門の手前で車列は一旦停止し、ヘイルウッドが俺を迎えにきた。

子爵たちを乗せた魔導車は第一街区へと入り、襲撃犯を乗せた馬車は堀沿いの道を進んで第一街区には入らずに騎士団の留置場へと向かうそうだ。

第一街区に不審者が入り込むのは難しいので、襲撃の危険性はほぼ無い。

第二街区を進む襲撃犯を乗せた馬車の方が、反貴族派の襲撃に遭う可能性が高いので、俺はそちらの警備を頼まれたのだ。

「たいした距離ではないが、よろしく頼むぞ、ニャンゴ」

「了解です。気を抜くつもりはありませんよ」

ヘイルウッドの副官を務めるジョンストンと並んで御者台に座った。

第一街区と第二街区を仕切る水堀に沿って、護送用の馬車は進んでいく。

王国の騎士は二人が魔導車に同行し、残りの二人はこちらの馬車を先導している。

堀沿いの道を北の方角へ進むと、街区を仕切る壁と同じ高さの壁が正面にそそり立っていた。

王城を囲む第一街区と第二街区の北側四分の一ほどが王国騎士団の敷地だそうだ。

王国騎士には貴族としての身分が与えられるので、騎士の宿舎や事務所などは第一街区に建てられていて、訓練場や留置場などの施設が第二街区にあるそうだ。

護送用の馬車は、壁に突き当たった所で左に曲がり、少し坂を下った門へと向かった。

王国騎士に先導されて門を潜った途端、たくさんの視線が突き刺さってきた。

普段とは違うイレギュラーな存在に対して警戒する視線に晒されて、髭がピリピリする。

馬車は更に鉄柵と門を抜けながら、奥へ奥へと進んで行く。

受け渡し、引き継ぐようにして、警戒する視線は一向に途切れない。

長く平和な時期が続いているシュレンドル王国だから、王国騎士団も意外とのんびりしているのでは……なんて少し思っていたのだが、とんでもない誤解だ。

馬車が進むほどに、まるでドラゴンの体内に飲み込まれていくみたいに感じる。

「大丈夫か、ニャンゴ」

「いや、なんというか圧力が凄いですね……」

「その歳で、それが分かるならば大したものだ」

御者台の隣でジョンストンが笑顔を浮かべてみせたが、少し引き攣っている。

最初の門を潜ってから五百メートル以上進んだところで、ようやく馬車が停められた。

石造りの頑丈そうな建物は、いわゆる政治犯のための収容施設だそうだ。

ラガート子爵の一行を襲った連中は、ここで厳しい取り調べを受けることになるそうだ。

「ここはもう警戒する必要は無いから、ニャンゴは動かずに座っていてくれ」

「分かりました」

たぶん、猫人の俺がウロウロしていると、あらぬ疑いを掛けられるのだろう。

御者台からでは死角になってしまうので、空属性魔法の探知ビットと集音マイクで引き渡しの様子を探ろうとしたら、怒鳴り声が響いてきた。

「誰だ！　誰が魔法を使用している！　今すぐ魔法の使用を止めて申し出ろ！」

「すみません……自分です」

恐る恐る御者台で手を挙げると、槍を構えた騎士達に取り囲まれてしまった。

「貴様、何者だ！　ここで何をやっている！」

「待って下さい、彼は……」

「下がれ！　今はこいつに質問している。たとえ子爵家の騎士殿であっても口出し無用！」

取りなしてくれようとしたジョンストンの言葉も、あっさりと遮られてしまった。

「俺は、イブーロの冒険者ギルド所属の銀級冒険者ニャンゴ。ここへは襲撃犯の護送の手伝いで同行しました」

「先程、広範囲で魔素の動きを観測した。何をしようとした？」

「探知魔法で引き渡しの様子を知ろうとしていました」

「探知魔法？　風使いか？」

「いえ、空属性です」

「空属性ぃ？　怪しいな、本当に空属性なのか？」

「はい、なんなら証拠をお見せしますが……」

「空属性は、空気を固める属性だったな？　では、ここを固めてみせろ」

「どうぞ……」

「はぁ？　どこが固まって……なんだこれは……」

騎士は固めた空気の球を撫で回し、続いて軽く拳で叩いて確かめ始めた。

「ふむ……これが空属性か、初めて見た」

槍を構えていた騎士達も、空気の球を確かめる騎士の様子を興味深げに見守っている。

「貴様、先程探知魔法と言っていたな？　どうやって空属性で探知を行うのだ」

「その球よりも、ずっと小さく、壊れやすく作った空気の粒をばら撒いて、それに触れた物の形で探知しています」

「そんなこともできるのか？」

「はい、魔力切れで倒れるほど、たくさん練習しましたから」

「ほほう、そうか……だが騎士団の敷地内で範囲魔法の使用は禁じられている。今回は子爵家に免じてこれ以上は咎めないが、次は無いから気を付けろ」

「はい、すみませんでした」

不用意な魔法の使用で騒ぎになってしまったが無罪放免、ラガート子爵の屋敷へと向かった。

屋敷に着くと、ラガート子爵に呼び出されて王都での滞在が延びるかもしれないと言われた。

今の時期は、王都全体が『巣立ちの儀』への対応を中心として動いているそうで、今日引き渡してきた襲撃犯に関する騎士団への説明も、『巣立ちの儀』の後になるそうだ。

「ニャンゴ、儀式の当日は我々の護衛として参加してもらいたい」

「分かりました。子爵ご夫妻をお守りすれば良いのですね？」

「いや、第一は国王夫妻と王族の方々、その次に我々とアイーダを守るようにしてほしい」

「反貴族派は王族も狙うんですか？」

「貴族制度の根幹は、王であり王族だから当然狙われるであろう。それに、王族が庶民の前に姿を見せることは稀だから狙われる可能性は十分にある。騎士団がピリピリするのも無理は無い」

当日の大聖堂周辺は王国騎士団によって厳重な上にも厳重な警備が行われるが、ラガート子爵としても可能な対策は全て打っておきたいそうだ。

「ですが、当日の会場で猫人の俺がウロウロしていると、かえって警備を混乱させませんか？」

「勿論その対策は講じる。ニャンゴがラガート家の関係者であると一目で分かれば問題無い」

すでに子爵はラガート家に出入りする業者に使いを出しているそうで、服装か装備品でラガート子爵家の所属であると明示するつもりのようだ。

「少し仰々しい服装となってしまうかもしれんが、帰りの道中でもニャンゴが動きやすい態勢を整えておきたい。なので、明日は出掛けずに屋敷にいてくれ」

「分かりました」

「それと、紹介しておこう。息子のジョシュアとカーティスだ」

「銀級冒険者のニャンゴです。初めまして」

「ジョシュアだ、よくぞ家族を守ってくれた、礼を言うぞ」

「カーティスだ、ふむ、この体格でワイバーンを一撃で仕留めたのか」

子爵の二人の息子は、長男ジョシュアが十七歳、次男カーティスが十六歳で、子爵からワイバーン討伐や反貴族派による襲撃の話を聞いているそうだ。

ジョシュアはブリジット夫人に面立ちが似ていて、知的で落ち着いた印象を受ける。

逆にカーティスは子爵に似ていて、活発で少々やんちゃそうな感じがする。

カーティスは、俺を品定めするようにジックリと眺めた後で子爵に問い掛けた。

「父上、ニャンゴを我が家に仕官させないのですか？」

「今のところ、そのつもりは無い」

「なぜです、ニャンゴほどの才能であれば、他家に横取りされるかもしれませんよ」

「そうだな、実際アルバロス様も、アーレンスも興味を持っていた」

「ならば、尚更早く……」

「そう急くな。ニャンゴの魔法は、一般的な属性魔法と比べると異質だ。騎士団のような組織よりも、個の強さを求められる冒険者としての働きの中でこそ磨かれ、輝きを増すものだ」

子爵の言葉に納得したようにカーティスは頷いた。

というか、子爵は俺をそんな風に評価してくれていたのか。

「なるほど、それでニャンゴに装備を与えて儀式に参加させるのですね」

「その通りだ、ジョシュア。王族、貴族が顔を揃える『巣立ちの儀』の会場は、ラガート家とニャンゴの関係をアピールする格好の舞台だからな」

「それならば、なるべく目立つ装備にしましょう」

「当然だ、装備を着けたニャンゴを目立たせ、我が家の紋章も目立たせるぞ」

あれっ、さっきまでどんな装備になるのか楽しみだったのに、にゃんだか不安になってきたぞ。

翌朝、道中の疲れが出たのか、相部屋になったナバックに起こされるまで目が覚めなかった。

ゆっくりと朝食を済ませてから部屋に戻って待っていると、メイドさんが呼びに来てくれた。

案内された応接室には、子爵の他にタヌキ人の男性がいた。

「子爵様、おはようございます」

「おはよう、ニャンゴ。紹介しよう、武具を扱うラーナワン商会のヌビエルだ」

「イブーロの銀級冒険者、ニャンゴです。初めまして」

「ラーナワン商会で番頭を務めさせていただいておりますヌビエルと申します」

少し太り気味の体形で、頭に丸い耳、太いモフモフの尻尾がある典型的なタヌキ人という感じだが、身のこなしに隙が無い。

やはり武具を扱う商会の番頭ともなれば、何か武術の心得があるのだろう。

「さて、ヌビエル。今日足を運んでもらったのは、このニャンゴが『巣立ちの儀』の会場に入った時に、ラガート家の関係者であると一目で分かるような装備を頼みたいからだ」

「それでしたらば、革鎧はいかがでしょう?」

「うちの騎士と同じ意匠の金属鎧の方が見栄えが良くはないか?」

「申し訳ございません。金属鎧では『巣立ちの儀』には間に合いません。革鎧であれば間に合いますし、明るい色の革を使えば目を引く物にできます」

子爵は俺に視線を向けながら、革鎧を身に着けた姿を想像しているようだ。

「子爵様、できれば防御力よりも軽くしてもらえると助かります」

「そうか、ニャンゴは自前の防具を作れるのか」

子爵は理解してくれたが、空属性魔法で防具を作れるとは知らないヌビエルは首を捻(ひね)っている。

そこで実際に防具を作って触(さわ)らせると、驚(おどろ)きつつも理解してくれた。

「それでは強度よりも見た目と軽さを重視して作ればよろしいですね？」

「当日までに間に合うか？」

「お任せ下さい、子爵様」

『巣立ちの儀』までは日にちが少ないし、見た目重視の革鎧でも製作には相応の時間が掛かる。

ヌビエルは、革鎧の形やラガート家の紋章を入れる位置や大きさ、使用する革の色などを子爵と打ち合わせ、俺の体のサイズを測り終えると、そそくさと帰っていった。

「子爵様、王都での『巣立ちの儀』はどんな感じで行われるのですか？」

「規模が少々大きくなるだけで、基本的にはイブーロで行われるものと変わらない」

子爵は少々と言ったが、大聖堂で行われる儀式には王族や貴族の他に一般の王都民も参加する。儀式を受ける人数も多いし、見物に訪(おとず)れる人も当然多くなる。

「会場の見学ってできますでしょうか。できれば、前もって見ておきたいのですが……」

「それならば、カーティスに案内させよう」

「そんな、カーティス様にお願いするのは……」

「なぁに、家で大人しくしている方が苦痛だろうし、下手に一人で出歩かせるより安心だ」

昼食後、カーティスが『巣立ちの儀』の会場となるミリグレアム大聖堂を案内してくれることになったのだが、話を聞き付けたアイーダも同行することになった。

ミリグレアム大聖堂までは、ラガート家の魔導車で移動すると言われた。

てっきり歩いて行くと思っていたが、貴族がテクテク歩いていくはずがない。

カーティスにアイーダ、御者のナバックと俺、それに護衛の騎士二人、合計六人の一行だ。

同行する騎士二人は、胸当てと背当てだけ鎧を付けて帯剣している。

金属製の鎧には、盾に交差する戦斧と雷のラガート子爵家の紋章が刻まれていた。

なるほど見た目は格好良いが、猫人の俺には金属製の鎧は俊敏性を奪う重りでしかない。

「ニャンゴ、中に乗れ」

「よろしいのですか？」

チラリとアイーダに視線を向けると、こっくりと頷いてみせた。

どうやら反貴族派の襲撃で護衛としての能力が認められ、好感度が改善したらしい。

魔導車のキャビンは、長時間の乗車にも耐えられるように、ゆったりとした造りになっていた。

体を包み込むソファー、大きなガラス窓、走り出しても殆ど振動を感じない乗り心地は御者台に座っている時とは大きな差を感じる。

御者台はフレームに直付けだが、キャビンはサスペンションを介して取り付けられている。

これは、御者は直接振動を感じ取ることで静かに進めるような操作を心掛け、それでも残る振動をキャビンには伝えないための仕組みだそうだ。

魔導車は第一街区内の道を進み、南門から第二街区へと出た。

大聖堂から王城を真っ直ぐに結ぶ道は、『巣立ちの儀』の当日に王族が通る道だそうだ。

真っ直ぐに王城へと向かう道とあって、南門は他の門よりも大きく頑丈な造りとなっている。

ラガート家の紋章が入った魔導車なので、止められることも無く門を通過できた。

第二街区に入ると第一街区では殆どいなかった歩行者を見掛けるようになったが、人混み(ひとご)というほどの数ではないし、道の角には二人一組で周囲を警戒する兵士の姿があった。

「カーティス様、普段からこのような警備がされているのですか？」

「いいや、『巣立ちの儀』に備えての措置(そち)だな。普段も巡回(じゅんかい)している騎士はいるが、このように十字路ごとに配置はされていない」

「お兄様、襲撃はあるのでしょうか？」

警備が厳重になっていると聞いて、アイーダは少し不安そうだ。

「さぁな、それは襲撃を計画している連中に聞いてくれ」

「そんな、いい加減な……ニャンゴ、あなたはどう思っているの？」

「襲撃は、あると思って備えるべきです。フロス村で、あれだけの襲撃があったのですから、王都では更に手の込んだ襲撃があると考えておくべきです」

特別に脅(おど)すつもりは無かったが、アイーダもカーティスも少し驚いた顔をしていた。

「だが、ニャンゴ。見ての通り第二街区には厳重な警戒態勢が敷(し)かれていて、怪しい者どもが入り込む余地など無いぞ」

「カーティス様、この警戒態勢が行われるようになったのは、いつぐらいからですか？」

「いつから……どうだった？」

カーティスから問われた護衛騎士は、少し考え込んだ後で二週間程前からだと答えた。

「では、それ以前に入り込んでいたとすれば、網に掛かっていないのではありませんか？」

「そんなに前から……」

「今回の『巣立ちの儀』には、第五王女様が参加されると伺っています。この情報は、それこそ王女様が誕生なさった時から分かっていた話です。王族が列席する機会を狙う者達ならば、早い時点から計画を立て、準備を進めていると考えるべきです」

カーティスとアイーダは更に表情を引き締め、護衛の騎士は何度も頷いていた。

「ニャンゴ、奴らはどうやって襲撃すると思う？」

「俺は王都の街並みに詳しくないので、どこをどう攻めるといった予測はできません。ただ、フロス村での襲撃が予行演習だったならば、魔銃や粉砕の魔道具が使われる可能性が高いでしょう」

粉砕の魔道具は魔法陣が刻まれているものの、見た目は一辺五十センチ程度の板だ。

警戒が厳重になる前ならば、荷物に紛れ込ませて持ち込めただろう。

「だが、ニャンゴ。あらかじめ怪しい連中が入り込むには、手を貸す者が必要だろう。この第二街区に居を構える者達は、王都の繁栄のおかげで栄華を手にした者達ばかりだ。言わば、反貴族派とは対極にある者だぞ。そんな連中が手を貸すと思うか？」

「そうですね。その点に関しては、カーティス様のおっしゃる通りだと思いますが、騒ぎに紛れて特定の人物の殺害を目論むとか、ある程度の騒乱が起こった方が都合が良いと考える者ならばいるのではありませんか？」

「なるほど、己の利益のために反貴族派を利用するのか……」

カーティスは腕組みをして考え込むと、アイーダは更に不安げな表情になってしまった。

「そんな顔をするな、アイーダ」

「ですが、お兄様……」

「襲撃への警戒は、騎士団に任せておけば良い。お前はラガート家の娘として恥ずかしくない立ち居振る舞いをすれば良い」

「はい……」

カーティスに頭を撫でられ、アイーダは目を細めて微笑んだ。

ゆっくりと走っていることもあるが、やはり王都は俺が考えているよりも広いようで、ラガート家の屋敷から大聖堂まで三十分近く掛かった。

ミリグレアム大聖堂はファティマ教の権威の象徴でもあるからか、見上げるほどの尖塔と聖堂の外壁は白い大理石で造られている。

壁面はファティマ教の偉人とされる人物や寓話をモチーフとした彫刻で飾られ、窓は色ガラスを使ったステンドグラスで彩られている。

教会の前はサッカーグラウンドほどの広さが、地下二階分ほどの深さで掘り下げられていて、内部へは客席のような階段を下りて入るようになっていた。

教会の入り口と広場を挟んで正対する階段の上には、更に階段を上がる石造りの舞台が設えられていて、王族や貴族はこの上から儀式の進行を見守るそうだ。

すでに一般の人間は近付けないが、カーティスやアイーダが一緒なので会場に入れた。

「凄い広さですね。当日はどのぐらいの人が詰めかけるのですか？」

「二万から三万人だと聞いたことがあるが、正確な数までは分からないな」

屋外のスポーツアリーナのような感じで、この規模ならば二万人以上の人が入れそうだ。

「儀式を受ける子供らは、中央の通路を空けて挟んで向かい合うように並ぶ。教会の入り口前で儀式を受けたら、通路を進み出て王族や貴族の前で魔法を披露する」

王族や貴族が見物する場所から見ると、階段、魔法を披露するスペース、中央に通路を空けて儀式を受ける子供、儀式を行う場所、教会の入り口という感じになる。

石舞台の中央に王族、その両側に貴族、外側を警備の騎士が固めるように配置されるらしい。

貴族の間にも、仲の良い悪いがあるらしく、席の配置はそれを考慮して行われるそうだ。

カーティスから、おおよその席の位置を教えてもらい、儀式に参加する子供までの距離を目測すると五十メートル以上の距離がある。

やってできないことはないだろうが、客席の位置からアイーダを盾で守るのは難しそうだ。

観客席でパニックが起こった場合には、アイーダを見失ってしまいそうだ。

子爵からは王族の安全を第一にしてラガート家の安全は二の次だと言われている。

俺としてはラガート家の人々も守りたいが、両方を守ることは不可能だろう。

状況によって、どちらを守るか瞬時に決断しないと、両方を守り損ねてしまいそうだ。

襲撃があった場合、王族は舞台後方に控えている魔導車に乗り、周囲を騎士に守られて王城へと戻る手筈となっているらしい。

俺が手を貸すとすれば、魔導車に乗り込むまでだろう。

『巣立ちの儀』の当日は、教会前の広場だけでなく、教会の周囲への立ち入りも制限され、見物を望む者は身元を証明し持ち物の検査を受けるそうだ。

「折角ここまで来たのだ、教会の中も覗いていくか」

教会近くには、厳しい立ち入り制限が敷かれているが、それでも何人かの巡礼者の姿があった。

巡礼者は教会に入る際にも入念なチェックを受けているが、ここでもラガート家の兄妹と一緒なので止められることなく内部へと入れた。

教会の内部は、中央と左右の通路を除いて、祭壇に向かって木製のベンチが並べられていて、ここだけでも五千人以上の人が座れそうだ。

「夜を跨いで行われる秋分のミサでは、ここに入りきれない信徒が広場に跪いて祈りを捧げる。蝋燭の明かりに照らされた聖堂と、祈りを捧げる聖歌の歌声は秋の風物詩でもあり、その時にも多くの巡礼者で王都は賑わうぞ」

前世の風習で言うならば、クリスマスのミサや初詣のようなものなのだろう。

「カーティス、こんな所で何をしてるんだい？」

教会の入り口から祭壇に向かって歩いていると、気さくに声を掛けてきた男性がいた。

プラチナブロンドの髪を短く整えたチーター人で、細身だけれど鍛えている感じがする。

カーティスに気軽に声を掛けて来るのだから、どこかの貴族の息子なのだろう。

後ろには、小柄なガゼル人らしき女性騎士が控えていた。

「ファビアンか、そっちこそ教会に来るなんて珍しいんじゃないのか？」

軽い調子で受け答えをしたカーティスとは対照的に、アイーダと護衛の騎士が跪いて頭を下げたのを見て、慌てて俺も跪いた。

「あぁ、そんなに畏まらないでくれ、どうせ僕は王様にはならないからね」

「そうそう、ファビアンは、お堅いのは苦手だから普通にしていて構わないぞ」

会話の内容から察するに、このファビアンは王子様のようだ。

王様にならないというのは継承順位が低いのか、それとも本人にその気が無いのかは分からないが、いばり散らすタイプの王族ではないらしい。

アイーダや騎士が立ち上がったのを確認して俺も立ち上がると、ファビアンに好奇心に満ちた瞳で見つめられていた。

背中に嫌な汗が滲んできたのを感じた時、アイーダが挨拶の言葉を述べた。

「お久しぶりです、ファビアン殿下。カーティスの妹のアイーダです」

「やぁ、アイーダ。カーティスから、すっかりお淑やかになったと聞いているよ」

「お、恐れ入ります……」

ファビアンが浮かべた意味深な笑顔にアイーダが顔を引き攣らせた横で、カーティスは顔を背けて肩を震わせて笑いを堪えている。

「アイーダも『巣立ちの儀』を受けるのだったね。妹のエルメリーヌとは学園でも一緒になると思うから、仲良くしてやってくれるかな？」

「はい、喜んで」

アイーダに微笑みかけた直後、またファビアンは俺に視線を向けてきた。

こういう時は、俺から先に挨拶をすべきなのか、それとも平民ごときが王族に挨拶するなど失礼にあたるのか、こちらの世界どころか前世でも王族なんかに会ったことが無いので分からない。

挨拶すべきか迷って、あわあわしていたらファビアンが視線を外してカーティスに問い掛けた。

「カーティス、彼は？」

「ニャンゴか……うちの切り札だ」

「ほぉ……」

うわぁ、なんつー面倒（めんどう）な紹介をしてくれやがるんだ。

「イ、イブーロギルド所属の銀級冒険者、ニャンゴです」

「ほぉぉ……銀級か」

「おっと、ファビアン。ニャンゴは駄目（だめ）だぜ、ラガート家が先約だ」

「それは、フレデリック殿が目を付けたってことかい？」

「そうだ、親父（おやじ）が道中の護衛に雇（やと）い、その狙い通りの活躍をしてみせたんだぜ」

カーティスはまるで自分が見ていたかのようにフロス村での襲撃の様子を語り、話が進むほどにファビアンの俺を見る目が怪しい光を増しているように見える。

好奇心を隠（かく）そうとしないファビアンも面倒そうだが、後ろに控えている女性騎士が恐ろしい。

銀髪（ぎんぱつ）のショートカット、臙脂（えんじ）の騎士服という出（い）で立ちは、もっと周囲の注目を集めてもおかしくない美しさなのに驚くほど気配が薄（うす）い。

どこを見ているのか分からない茫洋（ぼうよう）な目つきは、戦闘（せんとう）態勢に入った時のシューレを彷彿（ほうふつ）させ、相当な使い手のように感じる。

俺の話題ばかりなのが気に入らない様子のアイーダが、上手く話題を『巣立ちの儀』に切り替えてくれたところで、少し下がって大聖堂の内部を見回した。

大聖堂は外から見ても大きいと感じるが、内部は地下二階分掘り下げられているので、更に天井が高く感じる。

地上部分までの壁面にはビッシリと大理石の彫刻が施され、地上部分からはステンドグラスを通した色とりどりの光が降り注いでいた。

祭壇は地下二階部分から地上部分までの高さがあり、祭壇の真下からだと女神ファティマの像を首が痛くなるような角度で見上げることになる。

暗い地下から見上げるので、ファティマ像は光に照らされて神々しい雰囲気に包まれていた。

なるほど、信徒のための演出としては、これ以上ないと思われる出来栄えだ。

ファティマ像は、両腕を前方に差し出すようにして、こちらを見下ろしている。

祭壇は木材と大理石を組み合わせて作られていて、こちらも見事な装飾が施されている。

祭壇からファティマ像、背後のステンドグラスと視点を移動させていたら、ふと違和感を覚えて二度見してしまった。

ファティマ像は流れるような曲面で形作られているが、首の後ろに角ばった物が見える。

他の彫刻を見ても、台座の部分には直線の部分はあるが、彫刻自体は滑らかな曲面ばかりだ。

「どうした、ニャンゴ。行くぞ」

ファティマ像に気を取られて、カーティス達が先に進んだのに気付かず、護衛の騎士に急かされてしまった。

「あの、あそこ……」

「ファティマ像が、どうかしたのか？」

「ええ、首の後ろに何か置かれてませんか？」

「首の後ろ……ん、なんだ……？」

どうやらラガート家の騎士も違和感を覚えたようで、ファティマ像を見上げて目を細めている。

逆光になっていて見辛いのだが、何か置かれているように見えるのだ。

「どうした、何かあったのか？」

「カーティス様、ファティマ像の首の後ろに何か置かれているようです」

戻って来たカーティスが騎士から話を聞いてファティマ像を見上げ、その様子を見たファビアン達も戻って来た。

ラガート家の騎士が教会の職員に声を掛けると、外で警備を行っている王国騎士も呼ばれ、聖堂内部は緊迫した空気に包まれた。

「カーティス様、俺に行かせてもらえませんか？　俺なら祭壇の上を通れますから」

ファティマ像の後ろに出るには、祭壇の狭い通路を通らなければならないようだが、エアウォークが使える俺なら簡単に回り込める。

ファビアンも口添えしてくれたおかげで、教会から像の背後を確認する許可が下りた。

教会の職員に見守られながらエアウォークで祭壇を越え、ファティマ像の背後を覗き込んだ瞬間全身の毛が一斉に逆立った。

「カーティス様、ファビアン様とアイーダ様を連れて下がって下さい。粉砕の魔道具です！」

「分かった！」

カーティス達は騎士に守られながら教会の外へと退避していった。

ファティマ像との間に五層の複合シールドを展開し、フルアーマーも着込んで慎重に近付く。

襲撃に使われたのと同じ粉砕の魔道具のようだが、こちらには紐状の物が繋がれていた。

おそらく魔力を流すための魔導線なのだろう、祭壇の下まで続いているようだ。

一度祭壇の下まで降りて、魔導線を巻き取りながらファティマ像の背後に戻り、設置されていた粉砕の魔道具を回収していく。

台座の部分に三枚、ファティマ像の膝、腰、背中、そして首の後ろに一枚ずつ。

合計で七枚もの粉砕の魔道具が仕掛けられていた。

粉砕の魔道具を抱えてエアウォークで祭壇を越え、聖堂の床に降ろしたのだが、教会の関係者どころか騎士までもが遠巻きにして近付いて来ない。

「普通の魔道具と同様に魔力を流さなければ爆発はしませんよ」

俺の言葉を聞いた王国騎士が歩み寄ってきて、へっぴり腰で粉砕の魔道具を運んでいった。

「お手柄だ、ニャンゴ。直ちに教会内部の捜索を行え、僅かな異状も見逃すな！」

粉砕の魔道具と入れ違いに戻ってきたファビアンは、厳しい口調で騎士に指示を出した後でカーティスに向き直った。

「カーティス、申し訳ないが城まで同行してくれ」

「分かった。ニャンゴ、お前も一緒に来てくれ」

「えっ、俺もですか……こんな格好ですけど」

「ふふっ、構わんだろう……なぁ、ファビアン」

「あぁ、勿論一緒に来てもらうぞ、襲撃の時の話も聞かせてもらいたい」

王都に来るのは楽しみだったが、まさか城の中にまで連れて行かれるとは思っていなかった。

カーティスが一緒なら大丈夫だと思うが……無事に帰れるのかにゃ。


聖堂を出て魔導車へと戻り、ファビアンが乗る魔導車に続いて王城を目指す。

第一街区を抜けて王城へと入る門には、行列ができていた。

『巣立ちの儀』を控えた今の時期には、連日晩餐会や舞踏会が催されていて、そのための食材や酒なども運び込まれているそうだ。

「王城に持ち込まれる品物は全て検められる。食材などは運び込まれる倉庫まで騎士が同行し、全ての箱や樽に異状がないか調べられる。たとえ貴族から王家への贈り物であったとしても、業者が持ち込む物は一度開封され、改めて包装を整えられるのだ」

「綺麗に包装された物もですか？」

「そうだ。というか、贈り物を届ける業者は、梱包せずに持ち込み、ここで綺麗に包み直し、届け先を明記して騎士へ預け、証明書を受け取って帰ることとなる」

大量の食材を持ち込む業者を除いて、外部の一般人が入り込むことは殆ど無いそうだ。

俺達の乗った魔導車にはラガート子爵家の紋章が飾られているし、第六王子ファビアンの魔導車に続いての通行なので止められることなく城内へと入れた。

大きな門の内側には水堀があり、城に向かうには橋を渡っていく。

橋は跳ね上げられるように造られているし、堀の向こうには更に壁が築かれていた。

万が一、第一街区にまで敵に入られたとしても、更に堀と壁で守りを固めてあるという訳だ。

この調子だと、城から脱出するための抜け穴とかもありそうな気がするな。

跳ね橋を渡り、最後の城壁を潜った先は、別世界という感じだった。

「えっ……羊？」

城壁の内側には、広々とした草地が広がり、モコモコの羊が草を食んでいる。

その内側は農園になっていて、樹林帯を抜けると、ようやく庭園へと入った。

「カーティス様、これは籠城への備えなのですか？」

「その通りだ。ニャンゴはうちの城を訪れたことはあるか？」

「はい、あっ……城内に果樹が植えられてありました」

「王城は、それよりも更に進んでいて、外部と隔絶されたとしても困らない造りとなっている」

城の備えとしては正しいのだろうが、何となく自給自足の引きこもりのように感じてしまった。

庭園を抜けた先に建つ城も、他の貴族の屋敷とは別格の大きさと豪華さを誇っていた。

ここまでの道中、いくつかの貴族の屋敷を見てきたが、正に格が違っている。

規模の大きさ、高さ、装飾の精緻さ……グロブラス伯爵の金ピカ成金屋敷も相当な金が掛かっていると思ったが、王城を形作る全ての物が選び抜かれたものだと分かる。

ついさっき見たミリグレアム大聖堂の威容にも圧倒されたが、更に上をいっていた。

時の権力者と宗教には逆らわない方が身のためだと思わされてしまう。

車止めから城の玄関までは長い渡り廊下になっていて、ずらりと鎧姿の騎士が並んでいた。

先にファビアンが魔導車を降りて、城の内部へと入っていく。

王家の魔導車が移動した後で、ラガート子爵家の魔導車が停められ、まずは護衛騎士、続いて俺が下りてドアの脇に並んで頭を下げた。

騎士が降りた時には感じなかったが、俺がドアを出ると明らかに周囲の空気が変わった。

猫人の俺が普段着で姿を見せれば、こうした反応になるのも仕方ないだろう。

俺達に続いてカーティスが先に降り、エスコートされてアイーダが降りてきた。

カーティスは普段通りに見えるが、アイーダの表情は少し強張(こわば)っているように感じる。

まぁ、俺の方がガチガチなんだが、貴族でも緊張(きんちょう)するのかと思うと少しだけ肩の力が抜けた。

「ニャンゴ……」

カーティスに手招きされた。ラガート家の騎士は、ここから先へは同行しない。

ファビアンから指名を受けて城まで来たので、俺は中まで入らない訳にはいかない。

ここから先も突き刺さるような警戒の視線を受け続けなければならないかと思うと、カーティスへ歩み寄る足が重たく感じた。

「ふぁっ？」

「この先は、色々と面倒だからな……思ったよりも軽いな」

後に続こうと歩み寄ったら、胴体(どうたい)に腕を回されて小脇に抱えられてしまった。

「え、えっと……」

「まぁ、少しの間だ辛抱(しんぼう)しろ」

「はぁ……」

確かにカーティスに抱えられた途端、周囲からの視線の質が変わった気がする。

そのまま抱えられて行くと、通路に居並ぶ騎士達の鎧が小刻みに震えているのが分かった。

あれは、武者震い(むしゃぶるい)なんかじゃなく、絶対に笑われている。

恨(うら)めしげな視線を投げ掛けると、ほんの僅かだが兜が横を向いた。

「ふふふふ……こいつは、なかなか楽しいな。次に城に上がる時にも同行してくれ」

「いやいや、絶対に怒(おこ)られますから……」

そのままの格好で玄関ホールへ入ると、待っていたファビアンに腹を抱えて笑われた。

敵意や警戒を向けられるよりはマシなのかもしれないが、ちょっと複雑だ。

城の内部は、外観に輪を掛けて豪華な造りとなっていた。

天井から巨大なシャンデリアが吊るされ、巨大な彫刻が飾られている。

正面の階段を上った先に飾られているのは、現在の国王の肖像画(しょうぞうが)だろうか。

キャンバスの大きさだけで、大人の背丈(せたけ)の二倍ぐらいはありそうだ。

王城は大きく分けて二つの区画から構成されているようで、玄関に近い南側が来客用、奥側が王族が暮らす居住区となっているらしい。

俺達は、西側の居住区に近い応接室へと案内された。

応接室といっても、バスやトイレ、更衣室(こういしつ)、仮眠(かみん)のためのベッドルームまで備わっている。

カーティスは、俺を抱えたまま庭園を望むソファーにドッカリと腰を下ろした。

「カーティス様、俺は後ろに控えていた方が……」

「それでは話が遠い、いいからここに座ってろ」

「はぁ……」

ソファーとソファーの間に置かれたテーブルも無駄に広く感じるが、来客が危害を加えようとした場合に、騎士が割って入れる時間を稼ぐためだそうだ。

俺達が席につくと、すぐにメイドさんがお茶の支度を調えてくれた。

華やかな香りのお茶だけでなく、焼き菓子や生菓子がそえられている。

チーズケーキ、アップルパイ、たっぷりと生クリームが盛られたシフォンケーキ。

見ているだけで口の中にジュワーっと唾液が溢れて来て、腹が鳴ってしまった。

「はははは、ファビアンは大聖堂の件の報告もあるだろう。待っている間にいただくとしよう」

「た、食べちゃっても良いんですか？」

「構わんぞ……」

笑顔で答えたカーティスの向こう側から、アイーダの硬い声が飛んで来た。

「みっともないから、ニャーニャー鳴くんじゃないわよ」

「ぐぅ、わ、分かってます」

エスカランテ侯爵家の夕食の件をまだ根に持っているのだろうか、主のアルバロス様が咎めなかったんだから良いではないか。

カーティスがクッキーを一つ口に運んだのを見て、俺はアップルパイに手を伸ばした。

「うみゃ！　パイ生地がサックサク、トロトロりんごは甘酸っぱくて、う……みゃ……」

アイーダに凄い視線で睨まれた。

「はっはっはっ！　いいな、ニャンゴ、実に美味そうだ。どれ、俺もいただいてみるか」

「ちょっと、お兄様！」

「うん、美味い！　確かにサクサクの歯ざわりが素晴らしい、甘みと酸みのバランスも良いな。どうしたニャンゴ、遠慮せずに食べろ」

「はい、んー……うみゃ！　サクサク、トロトロ、うみゃ！」

たぶん、小麦粉も、バターも、りんごも、手に入る最高の品物が使われているのだろう。

それを腕の良いシェフが調理して、良い出来の品だけが提供される……美味くない訳がないのだ。

誘惑に抗いきれず、チーズケーキもうみゃうみゃしていたら、ファビアンが戻ってきた。

「なんだい、なんだい、僕を除け者にしてずいぶんと楽しそうじゃないか」

慌てて立ち上がって出迎えると、ファビアンは妹らしい少女を伴っていた。

「これはこれは、エルメリーヌ姫、ご無沙汰いたしております」

「カーティス様、アイーダ、お久しぶりです」

金色のフワフワな髪の獅子人の美少女が、『巣立ちの儀』を受ける第五王女のようだ。

そのエルメリーヌが、小首を傾げて俺の方を見ていた。

「イ、イブーロギルド所属の銀級冒険者、ニャンゴです……」

エルメリーヌは好奇心を抑えきれないようだが、不快に思っている様子は無い。

ただし、その後に控えているガゼル人の女性騎士から氷のような視線が突き刺さってきた。

「後に立たせておいては話が遠くなると思って、俺が横に座らせたのだが……」

「あぁ、構わないよ。ニャンゴにはジックリと話を聞かせてもらいたいからね」

好奇心の塊のような王族兄妹と氷のごとき女騎士に、完全にロックオンされてしまった。

くぅ……でも、アップルパイもチーズケーキもうみゃかったから仕方ない。

てか、シフォンケーキも食べちゃ駄目かにゃ……。

「ファビアン、ニャンゴと一緒に食べると実に美味いんだ」

そんな風に紹介したカーティスが全部悪いのだ。

別に良いではないか、エルメリーヌ姫だって美味しそうにケーキを味わっていたし。

シフォンケーキもうみゃうみゃして、アイーダとガゼル人の女騎士に凄い視線で睨まれた。

「ではニャンゴ、そろそろグロブラス領での襲撃の様子から教えてほしい」

「はい、襲撃が行われたのは、昼食の休憩のために立ち寄ったフロス村でした……」

茶トラの猫人による自爆攻撃から始まり、カバジェロの自爆未遂まで、一連の襲撃について順を追ってファビアンに話をした。

話し終えたところで、ファビアンから複合シールドの強度について尋ねられた。

「それに関しては私がご説明いたしますわ」

発言の機会を窺っていたアイーダが、ジュベールとの腕比べの様子を話して聞かせると、ファビアンは更に興味をそそられたようだ。

「ニャンゴ、うちのジゼルに試させてもらっても構わないか?」

「はい、構いませんが……どうやって試されますか?」

「そうだな……こういうのはどうだろう?」

ファビアンの出した条件とは、俺と護衛の女性騎士ジゼルが向かい合い、盾によって動きを阻害できたら俺の勝ち、邪魔される前に盾を壊して寸止めできたらジゼルの勝ちとするものだった。

勝負は応接室から庭園へと下りるテラスで行うこととなった。

「では、始め！」

七メートル程の距離を取って向かい合い、ファビアンの合図で始まった勝負は一瞬で決した。

サーベルの柄(つか)に手を掛け、一歩踏(ふ)み出したところでジゼルは動きを止めて目を見開いた。

「参りました」

「どうした、ジゼル」

「ファビアン様、ここに盾があるのがお分かりになりますか？」

「なんだって？」

盾を展開する場所に制約は付けられなかったので、ジゼルの目の前に盾を展開しておいたのだ。

それに全く気付かずに踏み出したジゼルは、手で触れて初めて存在を認識したようだ。

「こうして目の前で見ても、手で触れなければ存在すると分からないぞ」

「場所が分かっていれば、斬(き)れるかもしれませんが、見えない物は斬りようがございません」

「そうか……ニャンゴ、この盾をジゼルに斬らせてもらっても構わないかい？」

「はい、どうぞ……」

ファビアンに頷かれたジゼルは盾の位置を確認すると、二歩下がってサーベルの柄を握(にぎ)った。

「しゃっ！」

気合いと共に繰(く)り出されたジゼルの抜き打ちを、複合シールドは鈍(にぶ)い音を立てて受け止めた。

「どうだい、ジゼル」

「ワイバーンの鱗(うろこ)にでも斬りつけた感じです。斬り裂(さ)ける気がしません」

それでもジゼルの一撃は、五層で作った複合シールドの三層目まで斬り裂いた。

「ニャンゴ、君の作ったこの盾が、子爵一家を爆風から守ったのだね？」

「形は異なりますが、少し傾けて設置することで、上手く爆風を逸らすことができました」

「この盾は、どのぐらい遠くまで設置することができるんだい？」

「見える範囲であれば設置は可能ですが、あまり離れた場所からだと精度が甘くなります」

「そうか……会場の石舞台から、儀式に参加する子供達のいる場所だったらどうだろう？」

「やってできない距離ではありませんが、精度や強度が落ちる可能性はあります」

「なるほど……」

ファビアンは、空属性の盾を撫でて、叩いて確かめた後、一同に席に戻るように促した。

全員が着席したのを確認すると、ファビアンが話を切り出した。

「カーティス、『巣立ちの儀』の間だけで構わない。ニャンゴを貸してくれないか？」

「俺の一存では決められないが、まぁ大丈夫だろう。エルメリーヌ姫様の警護をさせるのだな？」

「そうだ。ニャンゴの盾ならば他の者からは見えないし、離れた場所からも展開が可能だ」

「だったら俺からも一つ頼みがある。アイーダを姫様の近くにいさせてもらえないか？」

「なるほど、それならばニャンゴが二人を守ることができるな」

「どうだ、良いアイディアだろう？」

「あぁ、悪くない」

妹思いの二人の兄は互いの思い付きを称賛しているが、肝心なことを忘れている。

「あのぉ……どこからお二人を見守れば宜しいのでしょう？　自分の背丈だと群衆に埋もれて、お二人の姿を確認できない恐れがございます」

今度『巣立ちの儀』に臨む子供達は俺よりも二つ年下になるが、体の大きな人種だと俺よりも背丈は大きいはずだ。

参列者の周りから見守る形だと、二人を目視で確認できない恐れがある。

「そうか、視界か……そこまでは考えていなかった」

「逆にニャンゴ、どこからならば守れる？」

「そうですね。石舞台から見て儀式場の両サイド、階段を上がり切った所に監視用の櫓みたいなものを設けるというのはどうでしょう？」

両脇の観客席よりも上ならば、群衆の視界を遮らないし、距離的にも石舞台よりも近い。

何より、見晴らしの良い場所から騎士が監視していれば、何か異変が起こった時もすぐに対応ができるように感じる。

「監視用の櫓か……だが今から作らせて間に合うだろうか」

「そんなに高さは必要ではありませんし、簡単な木組みで作らせて、周囲は布を巻き付けて粗は隠してしまえば良いのではありませんか？」

「なるほど、祭りの飾り付けのようなものだな」

元々、会場の周囲には騎士を配置する予定だったらしく、その助けにもなると判断したファビアンは、左右三ヶ所ずつ、合計六ヶ所の櫓を作るようにジゼルを伝令として騎士団に走らせた。

「ふぅ、ニャンゴのおかげで爆破も未然に防げたし、エルメリーヌの警護も強化できる、これで安心して『巣立ちの儀』を迎えられるな。カーティス、今夜の舞踏会には来るのだろう？」

「王子様自らの誘いでは、断るわけにはいかないな……勿論、何か企んでいるのだろう？」

「企むなんて人聞きの悪い……ちょこっと抜け出すだけだ……」

にこやかに談笑する王族と貴族の子息……前世の日本のＢＬ趣味の女性達が見たら、妄想を捗らせるシーンだけど、ちょっと気を抜き過ぎではないだろうか。

「あ、あのぉ……」

「どうした、ニャンゴ」

「ファビアン様は、これで当日は安心と思われていらっしゃるのでしょうか？」

「どういう意味だい？」

「フロス村で襲撃を行った者達と、大聖堂に粉砕の魔法陣を仕掛けた者が同じ組織の者であるとしたら、襲撃は最低でも五段構え、こちらが本番だと考えるならば、七、八段以上の構えで襲撃を行って来るはずです。まだ我々は、その内の一段を防いだにすぎません」

「では、まだ他にも襲撃が行われると思っているのかい？」

「大聖堂で発見された粉砕の魔法陣ですが、魔導線が繋がれていました」

「そのようだね、それがどうかしたのかい？」

「たとえば、道の補修を装って、事前に粉砕の魔法陣を土の中に埋め込み、魔導線だけを外に引き出しておいたら……」

道路脇に爆弾を埋設する方法は、テロの手段として前世の頃にニュースで何度も目にしたが、こちらの世界では知られていないのだろう。

ファビアンだけでなくカーティスやアイーダ、エルメリーヌ姫も顔色を変えている。

「ニャンゴ、どうすれば防げる？」

「少なくともこの一年に、王城から大聖堂まで向かう道で補修工事が行われていないか、行われたとすれば不審（ふしん）な魔導線が周囲に無いか調べさせるべきでしょう」

「分かった」

ファビアンは、メイドに紙とペンを持って来るように命じると、大聖堂での粉砕の魔法陣の発見から予想される街道沿いでの爆破テロへの警戒を簡潔にまとめ上げた。

迷うことなくペンを走らせる様子から見ても、かなり頭の回転は速そうだ。

ファビアンがペンを置くのとほぼ同時に、伝令に行っていたジゼルが戻ってきた。

「ジゼル、追加の指令だ。これを近くにいる騎士に命じて騎士団まで持って行かせろ。それが終わったら、戻って来て話を聞いているように……さて、ニャンゴ。他に僕らは何をすれば良い？」

ファビアンは、実に楽しげな視線を向けて来た。これは少し長くなりそうだ。

ケーキ三個の代償（だいしょう）としては、高くつきそうな気がしてきたにゃ。

この後もフロス村での襲撃を参考に、予想される襲撃手段について話を進めたが、アイーダが舞踏会の支度のために子爵家の屋敷へと戻らなければならなくなった。

その代わりに、明日もファビアンを訪ねて来る約束をさせられてしまった。

エルメリーヌ姫が参列する『巣立ちの儀』を無事に終わらせるためだと王子様直々に言われてしまえば、平々凡々（へいへいぼんぼん）の一般庶民の俺が断れるはずがない。

明日は違うケーキを用意させよう……なんて言葉に釣（つ）られたわけじゃないんだからにゃ。

一夜が明けて、今日も王城へ行く約束だが、俺一人で行ったところで門前払(もんぜんばら)いになるだけだ。

そこで、カーティスに連れられていく予定なのだが、昨夜の舞踏会で羽目を外し過ぎたらしく、王城へ行くのは午後からになった。

『巣立ちの儀』が終わるまでは王都観光も難しいので、部屋のバルコニーでぬくぬくとひなたぼっこをしていたら子爵に呼び出された。どうやら、革鎧ができ上がったらしい。

「失礼いたします」

「おぅ、来たかニャンゴ。早速(さっそく)だが、着てみてくれ」

ラーナワン商会のヌビエルから説明を受け、朱染(しゅぞ)めの革鎧を身に着ける。

胸当て、背当て、左右の肩当てと腰当て、合計六枚のパーツは革のベルトで繋がれていた。

胸当てと背当てを繋ぐ肩の部分のベルトを緩め、右サイドのベルトを外し、潜り込むようにして身に着けたら体に合わせてベルトを締める。

見栄え良く張りを持たせるために、相応の厚みの革で作られているので、思っていたよりも重さを感じるが、動けなくなるほどではない。

革鎧の目立つ場所には、青い盾、銀の戦斧、金の稲妻(いなずま)のラガート家の紋章が描(えが)かれている。

王都の警備を担当する騎士や兵士は、貴族の家の紋章を暗記させられるそうで、この革鎧を身に着けていればラガート子爵家に縁(ゆかり)のある者だと認識されるらしい。

「どうだ、ニャンゴ」

「サイズは問題ありません。ただ、やはり少し動きが制限されてしまいます」

「警護に支障を来(きた)すレベルか？」

「そこまで重たくありませんし、主に魔法での警護となりますので、大丈夫だと思います」

「その警護だが、ラガート家はファビアン様からの申し出を受けることにした。『巣立ちの儀』の当日は、エルメリーヌ姫を守ることに全力を注いでくれ」

「承知いたしました」

「アイーダの安否は考えなくて良い。何よりも姫様の安全を最優先に考えてくれ」

了承したと答えたものの、エルメリーヌ姫だけを助けてアイーダを切り捨てるつもりはない。

俺は貴族ではないし、そこまで割り切った考え方はできない。

それならば、二人まとめて完璧に守ってみせれば良いだけだ。

「あの……ヌビエルさん、少し質問させてもらってもよろしいでしょうか？」

「何でございましょう。私に答えられることでしたらば、何なりとお聞き下さい」

「第二街区に店を構えている方々は、殆どが貴族とお取り引きされていらっしゃるんですよね？」

「はい、おっしゃる通りです。違う言い方をさせていただくならば、貴族の皆様と取り引きする実力が無ければ、第二街区で店を構えることは叶いません」

「では、反貴族派に手を貸すような人はいない……そう考えてもよろしいのでしょうか？」

「勿論です。我々は、王都の平穏があってこそ商売を続けられるのです。その平穏を乱すような者達と、手を組むはずがございません」

『巣立ちの儀』の当日に、第三街区から第二街区へと入り込むのは困難を極めるはずだ。

だとしたら、検問が厳しくなる以前に第二街区に入り込む必要がある。

そして、第二街区に潜入したならば、当日まで潜伏する場所が必要だ。

一番有力なのは、大聖堂と同じ敷地にある巡礼者が泊まるための宿舎だが、そこはファビアンからの命令で徹底的な調査が行われているはずだ。

それ以外だと第二街区にある商会の敷地だと考えたが、反貴族派に協力するとは思えない。

「他に第二街区で、人が隠れて暮らせるような場所はありませんか？」

「単純に隠れるだけならいくらでもありますが、何日も隠れ住むのは無理だと思います」

ヌビエルの話を聞く分には、大人数が潜伏するのは難しそうだが安心はできない。

たとえば、家族を人質に取られて脅されれば協力せざるを得ないだろう。

大聖堂に粉砕の魔道具が仕掛けられていたことを考えれば、何らかの襲撃があると思って備えておいた方が良さそうだ。

子爵に視線を向けると厳しい表情で頷かれ、急に革鎧の重さが増したような気がした。

午後からは、カーティスに連れられて王城へと向かった。

早速、仕上がったばかりの革鎧を着込んでいる。

これなら、いくら猫人であっても不審者だとは思われないだろう。

魔導車が王城の車寄せに停められ、まずは俺が……カーティスに抱えられて降りた。

ぶほっ……カシャカシャ……。

フルプレートの金属鎧に身を固めた王国騎士達が、揃って肩を震わせている。

うん、出落ちはオッケー……じゃねぇよ、俺を使って遊びすぎだろう。

「うむ、行くぞニャンゴ！」

「はぁ……」

抱えられた状態だから、俺に拒否権(きょひけん)なんて無いだろう。

俺を抱えて胸を張って歩くカーティスと、小刻みに震える鎧の騎士達……どんな絵柄なんだよ。

所詮(しょせん)、猫人の冒険者なんて貴族様のオモチャなのか……なんて思っていたら急にカーティスは足を止め、玄関へと続く通路の脇へと退いて跪いた。

ついでに、隣に跪いた俺の頭をグッと下に向かって押(お)さえ込んだ。

騎士達が一斉に姿勢を正す音が響いた後、何者かが近づいてくる足音が聞こえてきた。

コツコツと通路の大理石を踏む音が近づいて来て、俺たちの前で止まった。

視界に見えるのはピカピカに磨き上げられた長靴(ちょうか)で、サイズからして大柄な男性のようだ。

「ラガート家の息子か」

「はっ、アーネスト殿下におかれましては、ご機嫌麗(きげんうるわ)しゅう……」

「ふん、そんな訳がなかろう。なんだ、その劣等種(れっとうしゅ)は」

「私の護衛にございます」

「戯言(たわごと)を……先祖の功績に驕(おご)って、あまり調子に乗るなよ」

「はっ……」

アーネストという王族と従者数人が通り過ぎるまで、カーティスは微動(びどう)だにせず跪いていた。

結局、獅子人らしき後ろ姿しか見られなかった。

「ふぅ、先が思いやられるな……」

カーティスはアーネストを見送ると、さぁ行くぞとばかりに首を振って歩きだした。

抱えられていないのは、それはそれで少しつまらないので、エアウォークを使って浮いていると分かる高さでカーティスの後へと続いた。

オドオドとすれば余計に不審に思われるだろうから、胸を張って堂々と歩く。

当然、騎士達の視線が集まるが、警戒するというよりも興味を引かれているという感じだ。

子爵家の紋章が入った革鎧を着て、宙に浮いて歩く猫人……なかなか良いのではないかい。

騎士の気配に気づいて振り返ったカーティスは、仏頂面を崩して笑みを浮かべた。

玄関を入ると、すでに連絡が届いていたのだろう、メイドさんが応接室へと案内してくれた。

今日もカーティスの隣に座らされたが、メイドさんが用意してくれたのはお茶だけだった。

そんな……今日は違うケーキを用意してくれるって話だったのに……。

「心配するな、ニャンゴ。まだ昼が済んだばかりの時間だから、お楽しみはもう少し後だ」

「はぁ……」

ケーキの心配をしていたのを見透かされてしまったのは情けないが、ちゃんと用意されているらしいので安心してお茶を飲んだ。

さすがに王城で出されるものだけあって、華やかな香りと味わいで、うみゃ。

「あの……カーティス様、先程の方は?」

「アーネスト殿下は、第一王子……つまりは次期国王に一番近い場所にいる方だ」

第一王子が、劣等種なんて言葉を使っていたとは驚きだ。

先が思いやられると、カーティスが案じるのも当然だろう。

王族にあんな差別的な考えの人間がいるのでは、反貴族派が生まれるのも当然ではないのか。

暴力による現状打破、しかも子供たちにとっては一生に一度の晴れ舞台である『巣立ちの儀』を利用するなんてことは断じて容認できないが、差別や偏見を王族自らが助長しているならば、今後の対応は考える必要があるかもしれない。

カーティスに、なぜ劣等種なんて言葉を使ったアーネストを咎めなかったのか聞こうとした時に、ファビアンがエルメリーヌ姫と護衛のジゼルを伴って現れた。

ファビアンは、俺の革鎧を見て目を細めた。

「ほぅ……早くも手を打ってきたのかい、カーティス」

「王家に取られないように……と思ったのだが、アーネスト殿下のお気に召さなかったようだ」

アーネストの名を聞いた途端、ファビアンの表情が曇った。

「ニャンゴ、何か不快なことがあったならば、私から謝罪しよう」

「いいえ、大丈夫です。慣れてますから、お気になさらず……」

「いいや、それでは駄目だ。一部の者たちが理不尽に虐げられるような状況に慣れてしまうなんて間違っている。兄には私から抗議をしておくよ」

アーネストとの温度差に驚いていると、エルメリーヌ姫も厳しい表情で頷いていた。

どちらが王族として主流派か分からないが、差別を良しとしない王族も存在するようだ。

少なくとも、エルメリーヌ姫は守るに値する王族なのだろう。

金髪のフワフワとした巻き毛に、おっとりとした柔らかな表情は、絵に描いたようなお姫様という感じだが、芯の強さも兼ね備えているようだ。

改めてソファーに腰を落ち着けて、明日の予定を確認する。

俺はアイーダと一緒に会場でエルメリーヌ姫と合流し、可能な限り近くに控えている予定だ。

「警護が一番手薄になるのは、儀式が行われている最中だ。儀式の開始を告げる祈りの後、エルメリーヌが最初に儀式を受け、魔法を披露して退場するまでの間は、警護の騎士も近くにはいられない。長い時間ではないが、この間の警護をニャンゴに頼みたい」

「かしこまりました」

会場や大聖堂、それに付随するファティマ教の施設は徹底した調査が行われ、夜の間も不審な者が立ち入らないように警護を行っているそうだ。

「ニャンゴのおかげで、粉砕の魔法陣を用いた襲撃の心配はほぼ無くなった。あとは攻撃魔法か刃物などを使った襲撃を防ぐだけだ」

「儀式の間なのですが、封印を解く瞬間や魔法を披露するときは難しいですが、たとえば儀式を終えて魔法を披露する場所まで歩く間、姫様の周囲に盾を巡らせておきたいのですが……」

「構わないよ、むしろお願いしたいが……何か問題があるのかい？」

「はい、実は先日襲撃犯を騎士団の施設まで護送した時なのですが……」

探知魔法を使ったのを気付かれて咎められた経緯を説明し、盾を展開すると襲撃と誤認される恐れがあると伝えた。

「なるほど、確かに探知を行う者からすれば魔素の動きがあれば警戒するのは当然だな」

ファビアンの話によれば、魔素の動きを感じ取って魔法の発動を見破る騎士がいるそうで、『巣立ちの儀』の会場にも配置されるらしい。

俺が会場でシールドを展開すれば、間違いなく気付かれるだろう。

「自分がシールドを展開することで、他の魔法の検知に支障をきたすと困りますよね？」

「そうだな……打ち合わせておいた方が良さそうだな。よし、騎士団に行ってみるか」

「兄上……」

「なんだい、エルメリーヌ」

「お出掛けになる前に、ニャンゴさんとのお約束を果たされた方がよろしいのでは？」

「あぁ、そうだった。確かに騎士団まで行って打ち合わせをして、それから戻って来るのでは少々遅(おそ)くなりそうだからな」

　ファビアンが合図をすると、メイドさんがお茶とケーキを用意してくれた。

　今日のケーキは、ナッツぎっしりのタルトと、カスタードたっぷりのミルフィーユ、ベリーをふんだんに使ったロールケーキだ。

　正直、どれにしようか迷ってしまう。

「さぁ、ニャンゴ、遠慮せずに食べてくれ」

「よ、良いのですか？」

「あぁ、なんなら全部味わってもらって構わんよ」

「全部……ありがとうございます」

　最初に選んだのはナッツのタルトで、四種類ぐらいのナッツがぎっしりのっている。

「うみゃ！　ナッツが香(こう)ばしくてコリコリで、うみゃ！　種類によって味わいが違うし、下はマロンクリームで、うみゃ！」

「はははは、気に入ってもらえたようで何よりだよ」

今日はアイーダがいないけど、ジゼルから氷のような視線を浴びせられているが、極上ケーキの味わいの前では全くの無力なのだよ。

ミルフィーユもベリーたっぷりのロールケーキも、うみゃうみゃさせていただいた。


道中別々では話ができないので、騎士団の施設には王家の魔導車で向かうことになった。

ファビアン達と共に玄関ホールに出ると、向かい側の廊下から来た男性と行き会う形になった。

すかさずカーティスとジゼルが跪こうとしたが、護衛の騎士を連れた白虎人の男性は、軽く右手を挙げて声を掛けてきた。

「あぁ、そのままで構わんよ。確か、ラガート家の次男坊だったな？」

「はい、カーティスです。ご無沙汰しております、バルドゥーイン殿下」

「ファビアンやエルメリーヌと仲良くしてくれているようだな、これからもよろしく頼むよ。なにせ、ファビアンは変わり者だからな」

「兄上だけには言われたくありませんよ」

「ふははは、自覚が無いのはお互い様というところか」

先程、通路で出くわした第一王子のアーネストが陰の気の塊だとすると、このバルドゥーインという王族は陽の気の塊のように感じる。

そのバルドゥーインの視線に捉えられて、思わず髭がビビっとした。

「カーティス、ずいぶんと風変わりな騎士を連れているようだが……」

「兄上、ニャンゴはエルメリーヌの護衛に借り受ける切り札ですよ」

カーティスの代わりにファビアンが答えたのだが、ジゼルとの手合わせなどを嬉々としてバルドゥーインに語って聞かせている。だから、切り札の手の内をペラペラと喋りすぎだろう。

「ほぉ、凍獄のジゼルが斬れぬ盾か……面白いな」

バルドゥーインの底光りする蒼い瞳に見詰められると、背中の毛がゾワっと逆立った。

何か分からないが、カーティスやファビアンのような無邪気な好奇心とは違うものを感じる。

というか、ジゼルって王族にも名前の知られている二つ名持ちなのかよ。

「ファビアン、有能な者を取り立てることを咎めるつもりは無いが、明日の警備を仕切るのは兄上だ。齟齬をきたさぬように打ち合わせをしておけよ」

「はい、心得ております」

「そうか、それならば良い。ニャンゴだったな、妹を頼むぞ」

「かしこまりました」

バルドゥーインは笑顔で頷くと、しなやかな足取りで騎士を連れて去っていった。

パッと見ただけでも、かなり武術の鍛錬を積んでいるように感じる。

バルドゥーインを見送った後、俺達も車止めへと向かい王家の魔導車に乗り込む。

魔導車が動き始め、門へと向かう道を進み始めたところでファビアンが切り出した。

「僕は、バルドゥーイン兄様に次の国王になってもらいたいと思っているのだが……」

「王室の慣例ってやつか？」

「あぁ、下らない仕来りさ」

この世界では、違う種族同士が結婚した場合、生まれてくる子供は父親か母親、どちらかの種族を引き継いで生まれてくる。

たとえば、獅子人と虎人が夫婦になった場合、生まれてくる子供は獅子人か虎人で、ライガーのようなハーフは生まれて来ない。

現在の国王は獅子人で、複数いる王妃には獅子人以外の者もいる。

それ故に、バルドゥーインやファビアンのように、獅子人以外の王子が存在しているのだが……王室の慣例として国王には獅子人の王子が選ばれるそうだ。

王室典範のようなものに明記されている決まりではないので、厳密に守らなければならない訳ではないらしいが、それでも歴代の国王は獅子人しかいない。

バルドゥーインはアーネストとは母親が違い、誕生日は二週間ほどしか変わらないそうだ。

それでも第二王子だし白虎人ということで、次期国王の候補にはならないらしい。

「王城の中では、どこに人の目や耳があるのか分からないから、こうした場所でしかカーティスとは話せないが、アーネスト兄様の純血主義は目に余る」

「アーネスト様は、まだ国王ではないし、俺もラガート家の当主ではないから黙っていたが、ニャンゴを劣等種と呼んだ時には、正直 腸が煮えくりかえったぞ」

「劣等種って……そんなことを口にしたのか。ニャンゴ、すまなかった」

「あぁ、やめて下さい。ファビアン様の責任ではございません」

俺に向かって頭を下げようとしたので、慌てて止めた。

ファビアンやエルメリーヌ姫、バルドゥーイン殿下が猫人を差別する感じは全くない。

そんな人達に頭を下げさせては、かえって申し訳ない気持ちになってしまう。

「もし、アーネスト兄様が次期国王となり、それでも一部の人種を差別するならば、僕は一命を賭してでも諫めるつもりだ」

「あぁ、その時は俺も呼んでくれよ」

「兄上、私も御一緒いたします」

平然と人種差別を行うアーネストに対して、決して差別を許さないと決意を固めている若き王族や貴族の存在に、ちょっとウルっとしてしまった。

明日は、全力を尽くそう。微力でも、この若き王族、貴族の力となれるように。


決意を新たにして騎士団へと乗り込んだが、あまり歓迎されていないような空気が漂っていた。

応対した第一部隊の副長は、ファビアンに対しても露骨に迷惑そうな表情を浮かべてみせた。

「申し訳ございません。お申し出の趣旨は理解いたしましたが、会場内部では儀式を執り行う司教と、儀式を終えて披露する者にしか魔法の行使を認めておりません。会場には魔素の動きを感知する者を配し、発動の気配を察知した時点で警報を出すように命じる予定でおります。そうした者達の働きを妨げることとなりますので、たとえ防御のための魔法であってもお控え下さい」

ファビアンが、俺の魔法は守りを固めるためのものだと力説しても、感知の妨げを理由として副長は首を縦には振らなかった。

話し方は丁寧なのだが、俺に向けられる視線には蔑みの色が混じっているように感じる。

まぁ、王国騎士団ともなれば、エリート中のエリートとして鍛えられ、磨かれてきたという自負もあるだろうし、得体の知れない猫人に反発するのも当然なのだろう。

「あのぉ……警報が出た後でも駄目でしょうか？」

「警報が出た後だと？」

「はい。何らかの襲撃が行われたら警報が出されて、騎士団の皆(みな)さんは当然魔法の準備をして、感知云々(うんぬん)ではなく戦闘態勢に移行するのですよね？」

「まぁ、そうなるな……」

「では、そのタイミングならば、姫様を守る魔法を発動しても問題はありませんよね？」

副長は苦虫を噛(か)み潰(つぶ)したような表情になりつつも、それでも首を縦に振らず、結局空属性魔法の盾を作って試させて、ようやく俺の参加を認めた。

当日混乱しないように、俺が陣取る櫓も決めておいた。

後ろ姿では判別がつかない恐れがあるので、姫様が参列する場所とは通路を挟んだ反対側の斜面(しゃめん)の上に陣取ることになった。

襲撃時には、観客の頭の上をエアウォークで駆(か)け抜けて、姫様の近くへ行く許可も取り付けた。

あとは、持てる力の全てを使って、姫様とアイーダを守るだけだ。

大聖堂に仕掛けられた粉砕の魔法陣は撤去(てっきょ)できたが、あれだけの仕掛けをする連中ならば、他の手段を使って襲撃してくるはずだ。

今夜は、眠(ねむ)りに落ちるまで、護衛のシミュレーションをしておこう。

第三十三話　恐れていた襲撃

『巣立ちの儀』当日は快晴で、緩やかな南風がヒューレィの花の甘い香りを漂わせていた。

ラガート家の紋章が入った革鎧を身に着けて準備していると、子爵から呼び出しを受けた。

「準備は良いか、ニャンゴ。今日はよろしく頼むぞ」

「はい、昨夜は早めに寝たので体調も万全です」

「そうか……だが念のために、こいつを渡しておこう」

子爵が差し出したのは、小ぶりの薬瓶に入った青い液体だった。

「これは何ですか？」

「魔力ポーションだ。もし襲撃があって、途中で魔力切れになる恐れがある場合には使ってくれ」

ポーションには、傷の治療用、内服用、体力回復用、魔力回復用など、いくつかの種類が存在しているが、まともな効果が期待できる品物はどれも高価だ。

第五王女の警護を担当する俺に手渡すのだから、かなり高価な品物だろう。

「飲むだけで効果があるのですか？」

「そうだ、ニャンゴの体格ならば、まずは半分程度を飲んで様子をみてくれ。あまり大量に服用すると魔力に酔う場合があるらしい」

「分かりました。いざという時の切り札にさせてもらいます」

子爵の説明からすると、ちょうど魔物の心臓を食べた時のような感じなのだろう。

大量に摂取して気分がハイになりすぎて、やらかしてしまわないように気を付けよう。

魔力ポーションは割れないように布で包み、血止めのポーションや包帯などの応急手当の品と一緒に鞄に入れておいた。

ラガート子爵家は、末娘アイーダの晴れの日だから全員で出掛けると思っていたが、長男のジョシュアは家に残るそうだ。

万が一、警備の想定を超える襲撃が行われた場合でも、全滅を防ぐための措置らしい。

「ニャンゴ、今日はよろしく頼むわよ」

「はい、お任せ下さいアイーダ様、今日は一段とお美しいですよ」

『巣立ちの儀』に臨むアイーダは、ヒューレィの花を思わせる黄色いドレスに身を包み、普段はスッピンだが薄化粧もしている。

「あ、あんたに褒められたって、別に嬉しくないんだからね」

「これは失礼いたしました」

アイーダには昨日のうちに、襲撃の際にはエルメリーヌ姫の側にいるように念を押した。

盾を展開する範囲が小さければ小さいほど、強固な盾を形成できる。

逆に、守る範囲が広くなってしまうと、どうしても盾の強度も落とさざるを得ない。

空属性の盾は、魔法による攻撃に対しては高い防御性能を持つが、物理攻撃に対しては耐性強化の刻印を使っても限界が生じる。

襲撃の種類によっては、盾の性能も変えて対応したいので、姫様と離れ離れになるのだけは何としてでも避けてもらいたい。

あとは、俺自身がどれだけ早く二人の元へ駆けつけられるかだろう。

会場入りした後、子爵とアイーダと共にエルメリーヌ姫の元へと出向いた。

エルメリーヌ姫の居場所は、遠くからでも一目で分かった。

真っ赤なドレスに身を包んだエルメリーヌ姫は輝いて見えた。

装飾用の宝石をちりばめた豪華絢爛なドレスも、エルメリーヌ姫を引き立てる脇役でしかない。

一緒に儀式に臨むエスカランテ侯爵家のデリックも、魂を抜かれたような表情でエルメリーヌ姫に目を奪われていた。

「エルメリーヌ姫殿下、本日はおめでとうございます」

「ありがとうございます、ラガート子爵」

「本日の儀式の間、娘のアイーダと当家が雇い入れたニャンゴが護衛を務めさせていただきます」

「はい、頼りにしています」

スカートを摘まんで優雅に挨拶するアイーダの傍らに跪き、頭を垂れて挨拶をした。

そのまま持ち場に移動しようとしたら、エルメリーヌ姫に呼び止められた。

「ニャンゴさん、これを……」

差し出されたのは、細い鎖で首から下げられるようになっているメダルだった。

表面には、ヒューレィの花の文様が刻まれている。

「これは女性王族が用いる紋章で、私の縁者である証明となります。警備に役立てて下さい」

「ありがとうございます。お借りいたします」

昨日の騎士団での様子を見て、俺が警備の現場で動きやすいように気を配ってくれたのだろう。

エルメリーヌ姫自ら俺の首に掛けたのを見て、貴族の子息たちが驚きの表情を浮かべていた。

姫様と別れて監視用の櫓へ向かうと、さっそくメダルが威力を発揮した。

昨日あれほど確認をしたのに、俺が姫様の警護をするなんて聞いていないと、門前払いされそうになったのだが、メダルを提示するとアッサリと櫓に上がらせてくれた。

櫓は騎士達に合わせて作られていて、俺の背丈では粗隠しの布に遮られて外が全く見えない。

仕方がないので、手摺に上って会場を見下ろした。

会場には、多くの王都民が詰めかけていた。

今日の儀式は王族や貴族だけでなく、富裕層の子供や一般の子供も参加する。

一般庶民にとっては、王族と同じ場所に立つなど一生に一度あるかないかという貴重な機会だ。

自分の子供や孫の晴れ舞台を一目みようと、多くの親族が詰めかけているらしい。

儀式の開始までは時間がありそうなので、櫓の上で会場に目を光らせている騎士に尋ねてみた。

「あのぉ……例年と同じぐらいの人出ですか？」

「まぁ、そうだな……」

「例年は櫓ではなく、地面の上から見下ろしていたんですよね？」

「そうだ、ファビアン様のご提案だと聞いているが、確かにこれならば良く見通せる」

監視用の櫓は、会場の傾斜のすぐ上に作られているので、見下ろすとかなりの高さを感じるが、地面の高さからでは見通せない所まで目が届く。

今日の『巣立ちの儀』は、まず一般の子供達が入場し、次に貴族の子供、最後にエルメリーヌ姫が会場に入ったタイミングで始められるそうだ。

まず、儀式の開始を告げるために大聖堂の鐘が十回鳴らされ、続いて大司教が宣言を行う。

最初に儀式を受けるのはエルメリーヌ姫で、封印が解かれたら通路を進んで魔法を披露する。

その後、後方の階段を上り、石舞台の国王の許へと向かう。

俺の役目は、エルメリーヌ姫が石舞台に上がるまでで、そこから先は騎士団によって厳重な警備が行われるそうだ。

儀式が行われている間は、エルメリーヌ姫とアイーダが離れ離れになる時間が存在する。

覚悟はしているが、そのタイミングでは襲撃を行わないで欲しいと切実に思う。

国王陛下の臨席が伝えられると会場の観客が一斉に立ち上がり、石舞台に向かって頭を垂れた。

会場が掘り下げた形になっているのは、こうして王族が庶民を見下ろすためかもしれない。

国王に続いて貴族が席についたところで、会場の一般人も着席した。

続いて、儀式を受ける子供たちが入場してくる。

どの子供達も、期待と不安に胸を躍らせている。

イブーロの教会前で儀式を受けた時は、俺もあんな感じで緊張していたのだろう。

貴族の子供達に続いてエルメリーヌ姫が姿を現すと、会場は大きくどよめいた。

横にいる騎士さえも、感嘆の声を洩らしたほどだ。

俺の位置から見ると、観覧席の下に儀式を受ける一般の子供達がいて、中央の通路を挟んで貴族の子供とエルメリーヌ姫が座っている。

エルメリーヌ姫は、貴族の子供達とも少し距離をおいた席に座っていて、その後にはアイーダだけが控えている形だ。

俺のいる櫓からの距離は三十メートル程度なので、今すぐにでもシールドの展開は可能だ。

イブーロの司教が使っていたものよりも、更に大きな宝珠が嵌められた煌びやかな杖を右手に持ち、左手に聖書を携えて大司教が姿を現した。

儀式場の中央に大司教が歩み出て、一つ頷いてみせると大聖堂の鐘が打ち鳴らされた。

カーン……カーン……。

甲高く澄んだ鐘の音は、余韻を楽しむかのように、ゆっくりと打ち鳴らされる。

鐘の音が繰り返される度にざわめきが消え、会場は厳かな空気に包まれていった。

貴族の子供の中にも緊張で顔を蒼褪めさせている者もいるし、デリックは儀式が待ちきれずにソワソワしているように見える。

アイーダも少し緊張気味に見えるが、エルメリーヌ姫は落ち着き払っていた。

カーン……カーン……。

十回目の鐘の音が響き、聖書を押し頂くように目を伏せていた大司教が顔を上げた時だった。

ズドドドドドーン……。

地響きを伴う連続した爆発音が響いたが、会場からは離れているように感じる。

爆発音が聞こえた前方左手に目を転じると、何かが打ち上げられたのが見えた。

「敵襲ぅ！　南西の方角、上から来るぞ！」

大声で叫びながら、エアウォークを使って観覧席の上を駆け抜ける。

俺が襲撃犯だと思われたかもしれないが、そんなことを気にしている余裕は無い。

俺が全力で駆けつけた時には、すでにアイーダも席を立ってエルメリーヌ姫に寄り添っていた。

「複合シールド、ダブル！」

ズダダダダダダ……。

俺が三層の複合シールドで二重のドームを作り終えた直後、『巣立ちの儀』の会場に拳よりも大きな石礫が雨のように降り注いだ。

ドームを二重に展開したのは正解だった。

「これヤバい……ラバーシールド！」

石礫によって外側のシールドが砕けるのを感じて、咄嗟に内側のドームの上にゴム状のシールドを追加で展開した。

追加したラバーシールドまで壊されてしまったが、内側のドームは一層目も砕かずに済んだ。

「痛い、痛い、どいてくれぇ！」

「おいっ、しっかりしろ！」

「駄目だ、動かすな！」

「助けて……誰か、助け……」

あれほど厳かな雰囲気に包まれていた会場は、呻き声と怒号が渦巻く酷い有様になっている。

階段状になった観覧席で多くの人が逃げ惑った結果、人々が雪崩のように倒れている。

石礫の直撃によって負傷した人だけでなく、崩れ落ちた人の下敷きになって怪我をしたり、現在進行形で窒息しそうになったりしている人がいるようだ。

昨晩、第二街区に入らずに襲撃する方法を考えた時に、頭に浮かんだのが砲撃だった。

粉砕の魔道具の爆発力で弾を飛ばせば、大砲として使えると思ったのだが、まさか単発ではなく砲弾を散弾にするとは思わなかった。

それでも砲撃を予測してドーム状のシールドを準備しておいたおかげで、エルメリーヌ姫とアイーダに怪我をさせずに済んだ。

だが儀式に参加していた子供達の中にも、石礫で負傷した者や倒れたまま動かない者がいる。

エスカランテ侯爵家のデリックも頭から血を流しながら、左肩(ひだりかた)を押さえて蹲(うずくま)っていた。

デリック以外に四人の貴族の子供がいたが、そのうちの一人は頭から血を流して倒れている。

「ニャンゴさん、救護をお願いします」

「姫様、まだ襲撃が終わったとは思えません。今シールドを解くのは……」

「お願いします」

階段状の観覧席で将棋倒(しょうぎだお)しが発生していて、警護の騎士は近づいて来られないでいる。

応急手当をしておいた方が良いだろうし、エルメリーヌ姫から強く求められては断れない。

「分かりました。では、一緒に移動していただけますか？」

エルメリーヌ姫、アイーダと一緒に、シールドごとデリック達に歩み寄った。

「姫様とアイーダ様は、ここを動かないで下さい」

一旦(いったん)シールドを解き、改めて二人を囲むドーム状にシールドを展開し、俺は救護にあたる。

「デリック様、大丈夫(だいじょうぶ)ですか？」

「か、肩をやられた……」

どうやら、飛来した石礫が頭を掠(かす)めた後、左の肩にぶつかったようだ。

頭の負傷なので出血は多いが、意識はしっかりしているようだ。

傷口をハンカチで強めに押さえるように助言して、鞄から細いロープを取り出し、左腕(ひだりうで)を首から吊るように輪を作る。

「デリック様、これで左腕を吊って、姫様の近くにいて下さい」

「ぐぅ……分かった」

再度ドーム状のシールドを解き、今度はデリックを加えた三人を守るように展開し直す。

「ラガート家の者です。そのまま無理に動かさないで下さい」

倒れている少女は石礫の直撃を受けてしまったのか、意識を失っているようだ。

右の後頭部から出血していて、早く治癒士に治療させた方が良さそうだ。

鞄から布を取り出し、血止めのポーションを染み込ませて傷口に当てて包帯を巻いた。

「姫様、申し訳ありませんが彼女の近くに来ていただけますか」

再度シールドを解除し、倒れた少女に寄りそうように姫様達を座らせてからシールドで覆った。

「傷口を見せていただけますか、ポーションで血止めをします」

残りの三人は、頭を庇った手や肩などを負傷していたが、命に別状は無さそうだ。

「北西の門が破られた！　暴徒が雪崩れ込んで来る、応援に向かってくれぇ！」

貴族の子供達に応急処置を行っていると、不穏な知らせが聞こえた。

その直後、再び地面を揺らすような爆発音が聞こえてきた。

ズドドドドドド――ン……。

「姫様達の近くへ集まって！　うずくまって頭を守って！」

貴族の子供達に声を掛けたのだが、周りにいた子供達も集まって来てしまった。

「複合シールド、ラバーシールド・ダブル！」

姫様達を守るように複合シールドのドームを作り、その外側に可能な限り大きく二重のラバーシールドを展開した。

ズダダダダダダ……。

再び拳よりも大きな石礫が、雨のように会場に降り注ぐ。

俺を中心として直径二十メートル程の範囲はラバーシールドで守りきれたが、範囲の外では轟音と悲鳴が入り混じり、また観覧席で将棋倒しが起こった。

「今度は南西の門が襲われている、早く、早く応援を頼む！」

南西からの砲撃、北西門の襲撃、別の場所からの砲撃、南西門の襲撃……すでに四段構えの襲撃が行われているようだが、まだ終わりとは思えなかった。

「ニャンゴ、これからどうするの？」

石礫が降り注いでいる間は、頭を抱えて蹲っていたアイーダだが、今は不安げに会場のあちこちを見回している。

「まだ会場の混乱が収まっていませんから、今動くのはかえって危険です。もう少しすれば、騎士団が避難誘導を始めるはずです。彼女も動かせませんし、騎士が辿り着くまで待ちましょう」

「分かったわ」

俺一人では、エルメリーヌ姫とアイーダを護衛して、更に負傷した令嬢まで運ぶのは無理だ。応援の騎士が来るのを待つしかないのだが、通路は逃げ惑う人達で埋まっている。

ドガ――ン！　ドガ――ン！

また粉砕の魔法陣と思われる爆発音が、今度は大聖堂の裏手から聞こえてきた。

同時に、叫び声のようなものも聞こえて来て、どうやら近くでも騒ぎが起こっているようだ。

「押すな！　落ち着いて上がれ！」

「女性や子供を優先しろ！　怪我人には手を貸してやれ！」

観覧席の上では、騎士達が声を張り上げて避難の誘導を始めている。

石舞台の方でも、王族や貴族の一部は席を離れて移動を始めたようだ。

避難が進めば混乱も終息に向かうはずだが、髭がビリビリしっぱなしで嫌な予感が消えない。

子爵から渡された魔力ポーションを取り出して、半分ほど口にした。

「うぇ……苦い」

襲撃が続くなら魔力切れが心配だし、切れてから補充したのでは間に合わない可能性がある。

半分飲んで、残りの半分は念のために残しておく。

ドガァァァァ……！

さっきより近い距離で爆発音が響き、聖堂の方へ避難した人達が悲鳴を上げて戻って来た。

「貴様ら、何をしてる！　止まれぇ！」

ドガァァァァ……！

大聖堂の裏手、南門へと続く道の方角にむかって騎士が声を張り上げた直後、更に間近で爆発音が響き騎士の体が吹き飛ばされた。

逃げ惑っていた人達も巻き込まれ、貴族達がいる石舞台でも悲鳴が上がった。

「殺せ！　王族、貴族、金持ち連中は全員ぶっ殺せ！」

階段上に姿を現した黒覆面の男達が、銀色の筒状の魔銃を会場に向かって乱射しながら叫んだ。

ドガァァァァ……！

魔銃を乱射する男に気を取られていたら、逆側の観覧席の上で爆発音が響いた。

粉砕の魔法陣を使った大砲を水平発射しているのだろう、バラバラに吹き飛ばされた騎士の肉片(にくへん)や鎧(よろい)のパーツが会場へと降り注ぎ、また新たな悲鳴があがった。

「シールド！」

姫様達の複合シールドは維持(いじ)したまま、頭上に単層で大きなシールドを展開した。

三十メートル×四十メートル程の大きさで物理、魔法耐性の刻印入りだ。

「次を持ってこい！　まだ貴族のガキが生き残って……ぐはぁ(あ)」

魔銃を乱射しながら叫ぶ男の腹に、三点バーストで風穴を空けてやる。

吹っ飛んだ男の後ろから、屈強(くっきょう)な男が二人掛かりで土管のようなものを抱えて出て来た。

どうやら、これが反貴族派の大砲なのだろう。

「シールド！」

「発射！」

ドガァァァァ……！

爆発音と同時に、筒(つつ)を抱えていた男たちが吹き飛んだ。

大砲の発射口をシールドでガッチリ固めてやったから暴発したのだ。

「ニャンゴ、後ろだ！」

デリックの声で振(ふ)り向くと、逆側からも大砲で狙(ねら)われていた。

発射口を固める余裕は無かったので、大砲の前面で粉砕の魔法陣を発動させる。

「ニャンゴ・ダイナマイト！」

「発射！」

ドガァァァァ……！

咄嗟だったので威力の加減とかはできなかったが、どうやら俺の魔法陣の方が上回ったようだ。

ボッ……ボッ……ボッ……

「熱い、助けてぇ！」

姫様達を守るドーム状のシールドに炎弾が当たって弾け、周りに集まった子供に降り注いだ。

炎を被った子供に水の魔法陣でシャワーを浴びせて消火しながら、上に張ったシールドを消して、炎弾が飛んで来た方向に新たなシールドを立てた。

大聖堂の内部を通って来た新手の一団がこちらに魔銃を乱射しながら走り寄って来る。

「ちっ、どうなってやがる……当たらねぇぞ！」

「あのニャンコロの仕業なのか？」

「おい、手前ぇ！　その妙な魔法を解かなかったら、周りにいるガキ共を……」

ドリュ……

喚き散らす黒覆面の男の頭を三点バーストで吹き飛ばした。

「姫様、少しの間、目を閉じていてもらえますか？」

「いいえ、私は王族として見守る義務があります」

「分かりました、では手早く片付けます」

エルメリーヌ姫と会話している間も、黒覆面の達は魔銃を乱射してきた。

「ニャンゴ・ファランクス！」

パパパパパパパパパ……

三十人ぐらいいた黒覆面の男達を、連射を使って数秒で薙ぎ払う。

「ニャンゴ、上よ！」

「しつこいにゃ、ニャンゴ・キャノン！」

観覧席の上に大砲を持って現れた二組の男達を砲撃で吹き飛ばす。

モグラ叩きのように大砲を持った連中が現れるので、魔銃の男達に向けていたシールドを解除して探知ビッドを配置して、近付いて来た連中を片っ端から砲撃で大砲ごと吹き飛ばしてやった。

黒尽くめの男の中には、狼人や虎人の男も交じっている。

反貴族派は、人種による差別を受けている者とは限らないのだろうか。

また大聖堂の内部を通り抜けて、黒覆面の一団が姿を現し、魔銃の乱射を始めた。

「シールド！　ニャンゴ・ファランクス！」

粗悪な魔銃ごときでは俺のシールドは破れないし、連射で一薙ぎして終わりだ。

貫通した弾丸によって、大聖堂の扉が燃えちゃったけど、非常時だから勘弁してもらおう。

「騎士団だ！　騎士団の応援が来たぞ！」

観覧席の一番上で、恐る恐る外を窺っていた男が声を張り上げると、会場は歓喜の声に包まれた。

また爆発音が聞こえてきたが、会場からはかなり離れているように感じる。

「動くな！　武器を捨てて床に伏せていろ！　抵抗したら容赦しないぞ！」

連射を食らわせた一団で生き残っている連中に警告し、魔力ポーションの残りを飲み干した。

「にぎゃ……魔力ポーション、にぎゃ」

まだ油断はできないが、髭のビリビリも収まったし、どうやら襲撃はここまでのようだ。


姫様に傷一つ付けずに守り通せたが、おかげでめちゃめちゃ悪目立ちしてしまった。

今回の『巣立ちの儀』は、エルメリーヌ姫のために開催されていると言っても過言ではない。

シュレンドル王国では、縁談を進めるのは『巣立ちの儀』の後という不文律があるそうで会場に貴族が顔を揃えていたのは、これから本格的な縁談のシーズンに入るからだそうだ。

王家との繋がりを強めるために、エルメリーヌ姫が『巣立ちの儀』を受けた瞬間から、嫁取りレースの幕が切って落とされるはずだった。

『巣立ちの儀』が終わった後、王城でお披露目の舞踏会が行われ、そこでは多くの貴族の息子たちが、我こそはと名乗りを上げるはずだったのだ。

貴族たちの思惑が渦巻き、いやが上にも注目が集まる会場で、エルメリーヌ姫は大混乱の真っ只中に取り残されてしまった。

降り注ぐ石礫、黒覆面の男達による相次ぐ襲撃、見守るしかなかった貴族達は何度も絶望に目を覆いそうになったそうだ。

ところが、エルメリーヌ姫は傷一つ負うことなく、襲撃した男達は返り討ちにされていく。

近くに居るのは、一緒に儀式を受けるはずだった子供と、宙に浮いている革鎧の猫人のみ。

儀式を受ける前は魔法を使えないのだから、誰がエルメリーヌ姫を守ったのかは一目瞭然だ。

会場の混乱がようやく収まり、エルメリーヌ姫を迎えに来た騎士達は、挨拶もそこそこに俺を握手攻めにした。

「ありがとう、よくぞ姫様を守り抜いてくれた」

「さすがはラガート子爵が選んだ者だ」

どの騎士も体のデカいゴリゴリのマッチョマンで、それが感情に任せて握手をしてくるのだから、身体強化魔法を使っていなければ手を握り潰されていたかもしれない。

まったく、脳筋連中は加減というものを知らないから困る。

「ニャンゴさん、両親のところまで送って下さいますか？」

「はい姫様、喜んで」

って、答えたのは良いけど、両親といったら国王様と王妃様だよね。

マズいよね、礼儀作法とか全然知らないんだけど、どうしよう……。

会場は応援に来た騎士団によって管理下に置かれ、観客の避難、怪我人の搬送が行われている。

会場後方の階段の一つと中央を通る通路が、エルメリーヌ姫のために片付けられ、両側は警護の騎士によって固められていた。

避難途中の観客や石舞台に残っていた貴族達、それに警護の騎士達の視線を浴びながら、エルメリーヌ姫を先導する形で歩く。

姫様の後方にアイーダ、それにデリックや他の貴族の子供も騎士に支えられて歩いている。

階段の手前に差し掛かった辺りで、誰が始めたのか分からないが拍手が起こった。

最初はパラパラと疎らだったが、あっと言う間に広がって会場を包み込んでいく。

反貴族派の襲撃によって『巣立ちの儀』は中止を余儀なくされた。

その中にあって、エルメリーヌ姫の美しい姿こそは王家健在の象徴と捉えられているのだろう。

割れんばかりの拍手の中、階段を上りきって石舞台へと歩み寄る途中で騎士に制止された。

足早に近付いてくる獅子人の偉丈夫を見て、エルメリーヌ姫が俺を追い越していった。

「お父様、お母様……」

「おぉ、エルメリーヌ、よくぞ無事で戻った」

国王様の前で、どう振る舞って良いのか分からないので、とりあえず跪いて頭を下げておいた。

伏せた視界の中で、国王が歩み寄って来るのが見えた。

「よくぞエルメリーヌを守り通してくれた。顔を上げ、名を申せ」

「はっ、ニャンゴと申します」

「ふむ……なかなかの面構えだ。ニャンゴ、ありがとう。今はこの状態だ、改めて褒美を取らせる」

「はっ、ありがとうございます」

俺が頭を下げて礼を言うと、再び拍手が沸き起こった。

褒美って、何か凄い美味しい物でも食べさせてもらえるのだろうか……などと考えていたら、血相を変えた騎士が駆け込んで来た。

「申し上げます！　アーネスト殿下の乗られた魔導車が攻撃され……殿下が亡くなられました」

「何だと！　間違いないのか！」

「はっ、確認に確認を重ねましてございます」

「治癒士は……治癒士は間に合わなかったのか！」

「殿下は……アーネスト殿下はバラバラに……」

どうやら第一王子のアーネストは、先に会場を離れていたようだ。

国王を残して、会場警備の責任者が先に逃げるってどうなんだ。

俺達が会場を出るまで時間が掛かっていたが、その間に知らせが届かなかったのは、アーネストの遺体を確認していたのだろう。

ここから王城へと戻る道は、粉砕の魔法陣が埋設されていないように調べたはずだ。

それとも、大砲の水平発射を食らったのだろうか。

反貴族派の襲撃によって落ち込んだ雰囲気を無事に戻ったエルメリーヌ姫が和ませた形だったのに、再び重たい空気が圧し掛かって来た。

「今宵の舞踏会は中止とする。『巣立ちの儀』を含め、今後のことは追って知らせる。皆、気をつけて屋敷に戻ってくれ」

国王は集まった貴族達に静かに告げると、エルメリーヌ姫を左腕で抱き寄せ、右手で顔を覆った。

貴族達が見送る中、国王とエルメリーヌ姫、それに王妃と思われる女性は会場を後にする。

「お父様……」

「アイーダ、どこも怪我は無いか」

話し声に気付いて振り向くと、ラガート子爵がアイーダを抱きしめていた。

平民であろうと、貴族であろうと、親子の情愛に違いなどないのだろう。

「ニャンゴ、良くやってくれた。まさかこれほど大規模な襲撃が行われるとは思ってもみなかった。よくぞ姫様と娘を守ってくれた。いくら礼を言っても足りないぐらいだ」

「ご期待に応えられてなによりです。いただいた魔力ポーションのおかげで、最後まで全力を発揮できました」

「そうか、念のために準備したのだが正解だったな」

俺と子爵が握手を交わしていると、立派な鎧に身を固めたジャガー人の騎士が歩み寄って来た。

「フレデリック、私からも彼に礼を言わせてくれ」

「あぁ、構わないぞ。ニャンゴ、彼はデリックの父親で、現在の騎士団長だ」

「アンブリス・エスカランテだ。よくぞ姫様とうちの息子を守ってくれた、心から感謝する」

「ニャンゴと申します。申し訳ございません、最初の攻撃を防ぎきれず、ご子息に怪我をさせてしまいました」

「何を言う、息子は自分よりも姫様を守らねばならなかったのだ、命が助かっただけでも幸運だ。それに、息子が素早く姫様を守りに動けていたら、君が一緒に守れていたのではないのか？」

「そうかもしれませんが……」

「気に病む必要など無い。あの状況で、会場にいた全員を守りきるなど誰にもできなかった。それどころか、君がいなければ姫様も無事でいられたとは思えない。胸を張りたまえ、君は素晴らしい仕事を成し遂げたのだ」

「ありがとうございます」

現騎士団長のエスカランテ侯爵と握手を交わすと、また周囲の人々から拍手が起こった。

その後、何人もの貴族から称賛され握手を求められたが、人数が多すぎて覚えきれなかった。

貴族達の握手攻めから解放されて、子爵たちと屋敷に戻ることになった。

ラガート家の魔導車は、襲撃によって傷こそついたものの無事だった。

そして、御者台（ぎょしゃだい）には手を振るナバックの姿があった。

「ナバックさん、大丈夫でしたか？」

「あぁ、最初の石礫が降ってきた直後に、こいつの下に潜（もぐ）り込んで震（ふる）えてたぜ。王都に来る途中の襲撃に続いて、肝（きも）が冷えたなぁ……」

両腕で体を抱えて震えてみせるが、その表情には余裕がありそうだ。

要領が良いし、意外に肝が据（す）わっているので、ナバックみたいな人は今回の襲撃のような混乱した状況でも生き残るような気がする。

屋敷までの帰り道も、魔導車の車内で子爵一家から礼を言われた。

「それにしても、父上がニャンゴを連れて来てくれなかったら、どうなっていたか……」

「いいや、カーティス、私の想像以上だった。ただし、道中の襲撃、それに今日の襲撃、我々が無事だったからと喜んではいられぬぞ」

「アーネスト殿下が亡くなられて、王家も本腰（ほんごし）を入れて反貴族派の対策を進めるでしょうね」

「それだけ民衆の不満が蓄積（ちくせき）している現れでもある。ラガート領も、これまで以上の改革を進め、民衆の暮らしを良くせねばなるまい」

今日の襲撃犯達を見ると、人種云々（うんぬん）ではなく貧富（ひんぷ）の格差が問題の根底にあるような気がする。

貧しくとも肩を寄せ合って平穏（へいおん）に暮らせているならまだしも、貧民街の住民のように虐（しいた）げられて暮らしている者達は、裕福（ゆうふく）な者達への不満を募（つの）らせているのだろう。

その富の象徴こそが王族や貴族の存在、国の仕組みだと認識された結果が、今回のような襲撃に繋がっていると思われる。

俺の頭では良いアイディアが浮かばないし、以前ナバックに言われたように、これこそが王族や貴族が考えるべき問題なのだろう。

子爵達の話を聞いている途中で、エルメリーヌ姫からメダルを借りたままなのを思い出した。

「お話の途中にすみません。姫様からお借りしたメダルを持って来てしまったのですが……」

どうすれば良いか尋ねたのだが、子爵もカーティスも揃って渋い表情を浮かべている。

「これ、持って来ちゃいけない物なんですか？」

「ニャンゴは知らなかったのだろうし、私も止めそこなってしまったのだが、女性王族がメダルを首に掛けるのは、近衛騎士を任命する方法なのだ」

「えぇぇぇぇ……で、ですが……」

「うむ、通常は『巣立ちの儀』を終えた後、正式な場を設けて任命を行うので、これは正式な任命とは言えないのだが……」

「父上、姫様にしてやられましたね」

「そんな……俺は冒険者には戻れないんですか？」

「国王陛下は改めて褒美を取らせるとおっしゃっていたから、我が家に内示が来るはずだ。その時に私から聞いておくが……まぁ、覚悟はしておけ」

「そんなぁ……」

首から下がったメダルが、急にズシリと重さを増したような気がした。

『巣立ちの儀』の翌日、まだ俺はラガート家の屋敷に足止めされていた。

オラシオを訪ねたかったのだが、昨日の騒動で騎士団は現場の調査、襲撃犯の身元の調査、聞き込み、不審者の洗い出しなどが続いており、そこに騎士見習いも駆り出されているらしい。

花見に行ける雰囲気ではないし、ナバックも魔導車に損傷が無いか点検を行っている。

革鎧の手入れも済ませてしまったし、つまり俺は暇を持て余しているのだ。

日当たりの良いバルコニーで昼寝でもしたいところだが、生憎と朝からシトシトと雨が降っているし、やることが無かった。

雨が降っているせいで肌寒く、騎士達の使う宿舎の談話室の暖炉の前に空属性魔法でクッションを作り、そこで丸くなろうかと思っていたらジョシュアが訪ねてきた。

「ニャンゴ、少し王族について話しておこうと思う」

「いえ、王位継承争いとか知らない方が……」

「王子の名前を間違えたら、下手をすると首が飛ぶが……」

「聞きます、説明してください」

「まぁ、冗談だがな」

くぅ……やっぱり腹黒お坊ちゃまだ。

「ニャンゴが顔を合わせた王族は、アーネスト殿下、バルドゥーイン殿下、ファビアン殿下、エルメリーヌ姫の四人だな?」

「国王陛下と王妃様にも『巣立ちの儀』の会場でお会いしました」

「あぁそうか、陛下と第四王妃様かな?」

「さぁ、たぶんエルメリーヌ姫の母君だと思いますが」

「ならば、第四王妃フロレンティア様だろう」

ファビアン殿下とエルメリーヌ姫は、第四王妃の子供だから日頃から仲が良いらしい。

「まぁ、他の王妃の子供であっても仲は良い……ようには見えるな」

「その口ぶりですと、実際には色々とありそうですね」

「少々複雑だから、良く聞いてくれ」

「はい……」

あまり首を突っ込みたくないのだが、ジョシュア自身が誰かに話して考えをまとめたいようにも見えたので仕方なく聞いたのだが、少々どころか相当面倒な状況のようだ。

「シュレンドル王国には六人の王子がいたのだが、アーネスト殿下が亡くなられて現在は……第二王子バルドゥーイン殿下、第三王子クリスティアン殿下、第四王子ディオニージ殿下、第五王子エデュアール殿下、第六王子ファビアン殿下の五人だ」

「ジョシュア様、次の王様は王位継承順位で決まるものなんですか？」

「いいや、王位継承順位は考慮されるが、最終的な判断を下すのは現在の国王様だ」

「では、国王様の意思次第では、継承順位が下の王子様が国王になることもあるのですね？」

「そうなんだが、そうした場合には当然揉め事が起こりかねない。すんなりと王位継承が行われる場合もあるが、大きな争いとなったこともあったそうだ」

たぶん王家の歴史とか内乱とかは、アツーカ村の学校でも教えていたのだと思うけど、俺は薬草摘みに出ていることの方が多く、習った記憶が残っていない。

というか全く興味が無かったので、右から左に聞き流していたのだろう。

「確か、次の国王には慣例として獅子人の王子が選ばれると聞きましたが、五人の中で獅子人はどなたとどなたですか？」

「第三王子クリスティアン殿下、第四王子ディオニージ殿下、第五王子エデュアール殿下の三人なのだが……クリスティアン殿下とディオニージ殿下は母親が別の王妃で、誕生日は一ヶ月程度しか離れていない」

「エデュアール殿下はいくつ年下になりますか？」

「二人よりも二つ下の十六歳だ」

「では、普通に考えると、クリスティアン殿下とディオニージ殿下のどちらか……ということになるのでしょうか？」

「そうなるのだが……なぜこの話をしているのか思い出してくれ」

「あっ……昨日の襲撃」

アーネスト殿下は、魔導車に仕掛けられた粉砕の魔法陣によって暗殺された可能性が高い。

王位継承順位一位のアーネスト殿下が亡くなれば、当然継承順位二位の者が得をすることになるが、そのバルドゥーイン殿下は白虎人ゆえに慣例で選ばれにくい。

だとすれば、クリスティアン殿下かディオニージ殿下が怪しいのだろうか。

「正直に言うと、ファビアン殿下を除いた四人の王子は全員怪しい」

「でも第二王子のバルドゥーイン殿下は獅子人じゃないですよね」

「そうだが、バルドゥーイン殿下の母親である第二王妃は、ディオニージ殿下の母親でもある」

「弟を次の国王にするため……ですか？」

「というよりも、各王妃の陣営が怪しいという感じだな」

「王子個人というより、各王子を次の王様にしたい人達の仕業……という感じですか？」

「そう考えるべきだろうな。王妃の実家である貴族、懇意にしている貴族、それらと取り引きのある商人、裾野はどこまで広がっているか分からん」

これは、俺が想像していたよりも遥かにドロドロしてそうだ。

「その第三、第四、第五王子は、みんな次期国王への意欲を示しているのですか？」

「そうだな、これまで表立って公言していたのは第三王子のクリスティアン殿下ぐらいだが、ディオニージ殿下も　エデュアール殿下も、その気は無いと公言はしていない」

「もしかして、アーネスト殿下が亡くなられて、これからは対立が表面化するんでしょうか？」

「そんな感じだな。アーネスト殿下と対立していないように取り繕っていた感じだ」

「選ばれたらやる……みたいな感じですか？」

「それも無いとは言えないな」

「ラガート家の立ち位置は？」

「中立だ。我が家は、どこの派閥にも加担しない」

隣国との国境に接するラガート家が派閥に属して遺恨を遺せば、有事の際の出兵に悪影響を及ぼしかねないので、王位継承争いには関わらないと家訓に定めているそうだ。

「それならば、アーネスト殿下の殺害疑惑など調べなければ良いのではありませんか？」

「それは違うぞ、ニャンゴ。我々は特定の王子に肩入れすることはないが、邪な方法で他者を蹴落とすような王族がいるならば諫言せねばならない。『巣立ちの儀』の会場の襲撃が、アーネスト殿下を殺害するために行われたのだとすれば、王族の仕業であったとしても許されることではない」

正確な数字は分からないが、襲撃で命を落とした人は十人や二十人では済まないだろう。

王位を手に入れるために、無辜の命を奪う人物が、次の国王に相応しいはずがない。

「犯人は見つかるでしょうか？」

「さぁな……国王が調査を行う騎士団に、どの程度の権限を与えるか……だな」

調べを進めていけば、必ず王族や貴族が壁となって立ち塞がるだろう。

露骨な捜査妨害をすれば怪しまれてしまうが、王族が不敬であると言えば、それ以上の追及はしづらいだろう。

「実はな、すでに第三王子クリスティアン殿下からニャンゴの譲渡を打診されたが断った」

「えぇぇ……」

「なんだ仕官したかったのか？」

「いえいえ、そうではなくて、何で自分を欲しがるのですか？」

「決まっている。エルメリーヌ姫を守り抜いた防御力を買われたのだ。アーネスト殿下亡き今、一番王位に近いのはクリスティアン殿下だ。次に狙われるのは自分だと思っているのだろう」

「なるほど……ですが、クリスティアン殿下には近衛騎士が付いていらっしゃるんですよね？」

「無論だ。だが、近衛騎士は一人しか選べない訳ではない。アーネスト殿下と会っているなら、複数の騎士を連れているのを見ただろう」

「あっ……そういえば、そうでした」

頭を下げて足下しか見えなかったので、アーネスト殿下は後姿しか見ていないが、数人の騎士を引き連れていた。

あれが全部近衛騎士で、あの人数を揃えていても爆破テロを仕掛けられれば命を落とすのだ。

「他の王子からも打診されたりするんですかね？」

「可能性は高いな……仕官するか？」

「とんでもない。そんな窮屈な所に行くぐらいなら、エルメリーヌ姫の近衛騎士になりますよ」

「去勢されてもか？」

「えっ……？」

「女性王族の近衛騎士は、当然後宮にも出入りする必要があるから、男性の場合には去勢されるぞ」

「ふみゃぁぁぁ……き、聞いてませんよ。危ない、エルメリーヌ姫の近衛騎士なら……って、ちょっと思っちゃってました」

「ははははは……正式な任命を受ける前に知って良かったな」

猫人に生まれ変わってから、女性との恋愛をどうすれば良いのか悩み続けて結論が出せないでいるが、何もなすことなく取られちゃうのは勘弁してもらいたい。

第三十四話　儀式と叙任

『巣立ちの儀』の三日後、ミリグレアム大聖堂で第一王子アーネスト殿下の葬儀が営まれた。

通常、王族が逝去した場合には、王城を出た棺は第一街区から第三街区までを順に巡るが、今回は直接大聖堂へと入った。

理由の一つは、反貴族派の襲撃が行われたことで、街の混乱が完全に収まっていないためだ。

もう一つ、通常王族の棺は蓋が開けられた状態で街を巡り、国民に姿を見せてから荼毘に付されるのだが、アーネスト殿下の場合遺体の損傷が酷すぎるようだ。

どうやら粉砕の魔法陣は、アーネスト殿下が腰を下ろした座席の真下に仕掛けられていたらしく、本人の確認が困難なほどバラバラになっていたらしい。

そして、爆破された魔導車は、日頃からアーネスト殿下が使っていたもので、最初から狙われていた疑いが濃厚となっている。

大聖堂の葬儀には、俺もラガート家の護衛として参加した。

前々から予定が決まっている訳ではないので、反貴族派の襲撃は無いと思われるが、それでも油断する訳にはいかない。

『巣立ちの儀』の会場とは違い、櫓の上から監視をする訳にはいかないので、俺はラガート家の騎士の肩に座って警護を行っている。

ステップを使えば、もっと高い位置からの監視もできるのだが、式場内部での魔法の使用は厳しく制限されているそうなので、仕方なくこの形に落ち着いた。

葬儀の会場とあって、声を出して笑う者はいないが、すれ違った人の多くが肩を震わせていた。

俺としては、たとえ見世物になろうとも、ラガート家の皆さんを守るつもりだ。

長身の騎士の肩に乗っているおかげで、王族の顔も良く見えた。

紹介されていないから誰が誰だかも分からないが、沈痛な面持ちを装いつつも、王子同士で交わす視線には剣呑な光が宿っているように感じる。

アーネストという頭一つ抜けた存在がいなくなり、次期国王選びは混沌としてきている。

個人の資質については分からないが、年齢と人種という条件に限定するならば、第三、第四、第五王子は横一列と言っても構わないだろう。

男性王族の周囲が戦場のごとく張り詰めた空気に包まれている一方で、女性王族の周りはまるで静謐な花園のようだ。

前世の世界のように、葬儀の席であっても女性は黒いベールを身に着けていないので、磨き上げられた美の競演が繰り広げられている。

葬儀に参列し、ラガート家の警備を行っている身としては不謹慎だとは思うが、欲深い野郎どもを眺めているよりも、可憐な花を眺めている方が良いに決まっている。

『巣立ちの儀』の時の絢爛豪華なドレスとは打って変わって、シックな喪服に身を包んでいても、エルメリーヌ姫の美貌にはいささかの陰りも無い。

いずれ有力貴族の美丈夫と将来を共にするのだろうが、デリックあたりでは釣り合いが取れそうもないな……などと思っていたら、エルメリーヌ姫と目が合った。

かなり離れているけれど、俺を見て少しだけ表情を緩めたのを見て、ドキっとさせられた。

騎士の肩の上に座っている姿を見て表情を緩めたのだろうが、逃がさないわよ……と言われたような気がしたのだ。

参列した貴族たちは、棺の周囲に花を供えて祈りを捧げる。

ここでも棺の蓋は固く閉ざされたままだ。

参列者全員の献花が終わり、ファティマ教の神官による祈りの言葉の後、国王が棺の前に立って会場を見渡した。

次期国王と目されていたアーネスト殿下を亡くされて、もっと憔悴しているものと思っていたが、国王の瞳には強い光が宿っている。言うまでもなく、怒りの炎だ。

「この度の卑劣な襲撃によって、アーネストのみならず多くの命が失われた。その中には『巣立ちの儀』を迎え、希望に胸を膨らませていた、これからこの国を担っていく前途有望な若者も多く含まれていた。私は、今回の襲撃を企てた者を決して逃がしはしない。たとえ地の果てまで逃亡しようと、追いかけ、追い詰め、必ず捕らえて罪を償わせる」

大きな声を出している訳でもなく、声を荒げている訳でもないのに、国王が静かに紡ぐ一言一言がビリビリと空気を震わせているようだ。

もし自分が襲撃犯の仲間だったら、その場に平伏し、罪を認め、命乞いをしていただろう。

「もう一度言う、襲撃に加担した者は、一人残らず捕らえて罪を贖わせる。それと同時に、国の改革を強力に推し進める。貧しき者達には生活を立て直す助けを与え、他者を虐げ私腹を肥やす者には鉄槌を下す。この国に住まう全ての者が、笑って暮らせるような世の中にするために、私の残りの人生を費やすと誓おう。そして、私の意志を継ぐ者こそが、次代の国王になると心得よ」

国王に視線を向けられた王子達は、姿勢を改めて頷いてみせた。

「今一度、アーネストの魂に祈りを……」

カーン……カーン……カーン……

国王が目を伏せて祈りを捧げると同時に、大聖堂の鐘が打ち鳴らされた。

参列した全ての貴族が黙祷を捧げているが、俺は右目を見開いて異状が無いか監視を続けた。

幸い、何の襲撃も行われず、滞りなく葬儀は終了した。

参列した貴族は、大聖堂の前で花の山に埋めつくされた棺を見送り、この場で解散となる。

棺は王城の火葬場で荼毘に付され、骨は砕かれた後で王家の墓所に納められるそうだ。

棺が見えなくなるまで見送った後、貴族達が動き出す。

俺も騎士の肩から降りて、ラガート家の皆さんの元へと歩み寄った。

「なんだ、もう降りてしまったのか……」

「カーティス様、お戯れが過ぎますよ」

「何を言う、落ち込んだ空気を和ますためだぞ、ケチケチせずに一肌脱げ」

「この後は、お屋敷に戻られるのですね？」

「あぁ、道中の警護を頼むぞ」

この後、ラガート家の人々は一旦屋敷へと戻り、夕刻に服装を改めて王城へと上がるそうだ。

アーネスト殿下を偲ぶ晩餐会が行われ、貴族の子息のための『巣立ちの儀』も行われ、ついでに俺の名誉騎士への叙任も行われる。

王家とラガート子爵家の交渉の結果、エルメリーヌ姫の近衛騎士への就任は取り消され、俺は名誉騎士として叙任を受けることになった。

名誉騎士は、王国に多大な貢献があった者を王国騎士と同等に遇するための制度で、貴族としての地位と俸禄が与えられるそうだ。

エルメリーヌ姫から受け取ったメダルは、叙任の時に返却すれば良いと言われている。

ラガート家の屋敷から大聖堂まで、往復の道程を魔導車の屋根に上って警護した。

ただの猫人の格好だと不審者扱いされてしまうが、ラガート家の紋章をこれでもかとあしらった革鎧を身に着けていれば大丈夫だ。

大丈夫どころか沿道を警備する騎士は、俺の姿を認めると敬礼をしてみせた。

見よう見まねの敬礼を返しておいたが、騎士団には顔というか姿が売れているらしい。

ただし、騎士達は敬礼した瞬間は引き締まった表情をしているのだが、俺が敬礼を返すと何だか緩い笑顔になっている。もしかして、俺の敬礼はどこか変なのだろうか。

屋敷に戻った後は、一度革鎧を脱いで食事を済ませ、時間まで仮眠させてもらうことにした。

名誉騎士への叙任や『巣立ちの儀』、アーネスト殿下を偲ぶ会と、まだまだ一日は終わらない。

名誉騎士に叙任されるので、ラガート家の皆さんとは離れた席に座らされる可能性もあるらしい。

もしも王族の近くに座らされたら、途中で居眠りなんかやらかす訳にはいかないのだ。

今夜着る衣装は、一昨日の午後、王城の衣装係が採寸に来て、今日の葬儀の間に届けられていた。

デザインは騎士と同じだが、王国騎士の制服は臙脂色で、俺の騎士服は蒼い生地だ。

カワセミの羽のように独特な光沢があり、肩や袖、ボタン回りが金糸で装飾されている。

裏地はサラリとした手触りで、袖を通しても窮屈な感じは一切しない。

パンツは光沢のある白い生地で、ゆったりとした形に仕立てられている。

そして、騎士服と一緒に届けられている品物がもう一つある。黒い革靴だ。

昨年末に、兄貴と服を買った時に靴も買ったのだが、箱に入れたまま一度も履いていない。

猫人に生まれ変わってから、靴なんか履かずに暮らしてきたので馴染めないのだ。

勿論、前世では普通に靴を履いていたが、裸足の解放感に慣れてしまい戻りたくないのだ。

それに、俺の肉球のクッションと爪のグリップに敵う靴は存在していない。

「まぁ、今夜は仕方ないから我慢するか……にゃにゃ、これは……」

試しに履いてみた革靴は、イブーロで購入したものよりもしっくりときた。

いつもの調子で歩こうとすると滑って転びそうになるが、魔法で上手く補助しておこう。


夕刻から行われた晩餐会は、王城の南側の庭園に面したホールで行われた。

この席で、先日行えなかった貴族の子息たちの『巣立ちの儀』も執り行われるので、魔法を披露するのに屋外に出る必要があるからだ。

魔法を披露する様子が良く見えるように、テーブルは庭園に向かって大きく開かれた扉を扇状に囲むように配置されていた。

今夜は第一王子アーネスト殿下を偲ぶ会でもあるので、王都に屋敷を持つ全ての貴族は誰かしらを出席させている。

『巣立ちの儀』を執り行うのは良いとして、肝心の主役である貴族の子供たちの怪我は大丈夫なのかと心配したが、襲撃の後に王室直属の治癒士による治療を受けたそうだ。

デリックは頭の傷も肩の負傷も癒えているそうだし、意識を失っていた令嬢も何事も無かったように出席していて、両親と共に何度も礼を言われた。

全ての参加者が席に着いたところで、おもむろに国王が席を立って話し始めた。

「皆の者、よくぞ集まってくれた。今宵は、過日の襲撃によって命を落としたアーネストを悼むための集いだ。ささやかではあるが食事を共にして思い出話に花を咲かせてくれれば、アーネストも喜んでくれるだろう。食事に先立ち、先日儀式を受けられなかった者達の『巣立ちの儀』と騒動の鎮圧に功績のあった者を顕彰する」

式の順序は、開会前に王家の執事さんから説明を受けている。

国王に向かって、中央にエルメリーヌ姫、その左側に『巣立ちの儀』を受ける貴族の子供、右側に俺が並んで頭を下げた。

先日は真っ赤なドレスを着こなしていたエルメリーヌ姫だが、今日は白を基調として金糸や銀糸の刺繍が施されたドレスを着ている。

ドレスもキラキラと輝いているが、エルメリーヌ姫の美貌の引き立て役でしかない。

「ラガート子爵領、ニャンゴ、前へ……」

「は、はい！」

おかしい、説明では先に『巣立ちの儀』を行い、俺の叙勲は後のはずだが……国王が含みのある笑みを浮かべていた。

自分の息子を偲ぶ会なのに、アドリブとか楽しみすぎだろう。

「国王陛下、まずはこのメダルをお返しいたします」

「ふむ、エルメリーヌの近衛の地位は望まぬか?」

「はい、浅学な未熟者ゆえ、今少し世の中を学び、野にあって王家の役に立ちたいと思います」

「そうか、エルメリーヌよ、ニャンゴはこう申しておるが……」

えっ、ちょっと待って、この問答も、事前に執事さんから教えられたもので、国王様は納得して
メダルを受け取ることになっていたはずだけど……。

「ニャンゴさん、私の近衛になるのは、そんなにお嫌ですか?」

「はっ、いえ……何と申しましょうか……その、去勢されるのは……」

「その件でしたらば心配ございません。私を妻として娶ると約束していただければ去勢する必要はございませんよ」

「えぇぇぇぇ……つ、妻として……」

メダルを返却するだけのはずだったのに、なんで妻とか話が大きくなってるんだよ。

「エルメリーヌ、それはならぬぞ」

「どうしてですか、お父様」

「シュレンドルの王族たるもの、平民のもとへと嫁ぐことは許されぬと王室典範に定めておる。民の範たるべき王族が、自ら決まりを破ることは許されぬ」

「分かりました。では、お父様、褒賞の続きを……」

「うむ、そうだな……」

いやいやいや、待って待って、褒賞の続きを進めると名誉騎士に叙任されちゃうんだよね。

それって、平民から貴族に格上げされるってことで……えぇぇぇぇ。

国王は、俺が跪(ひざまず)いて両手で差し出したままになっていたメダルを手に取ると、控(ひか)えていた執事さんに手渡し、代わりに短剣(たんけん)を手に取った。

「ラガート子爵領、ニャンゴよ。そなたは混乱する会場において幾多(いくた)の襲撃者を退(しりぞ)け、エルメリーヌを守り通したのみならず多くの者の命を救った。石礫(いしつぶて)や炎弾(えんだん)を撥(は)ね除(の)けた様は『不落』と称(しょう)するに相応(ふさわ)しい見事な働きであった。その功績を称(たた)え、ここに名誉騎士の称号を与える」

国王は、抜き放った短剣を俺の左肩(ひだりかた)に当てて高らかに宣言すると、鞘(さや)に納めて差し出した。

もっと体格の良い者が、通常サイズの剣を使って叙任されれば絵になるのだろうが、俺の体に合うサイズの剣では少し長めのナイフにしか見えず少々締まらない。

「はっ、ありがたき幸せ……」

「今宵からは、ニャンゴ・エルメールと名乗るが良い」

「ははっ……」

えっ……名誉騎士の叙任を受けるとは聞いていたけど、家名まで与えられるとは聞いてないし……エルメールって、姫様の名前から取ったんだよね。

てか、これで一応貴族になっちゃったんだけど……。

「お父様、これで私がニャンゴ様の許(もと)へと嫁ぐことに、何の問題もございませんね？」

「『巣立ちの儀』も済ませておらず、世の常識にも疎(うと)い。縁談(えんだん)を進めるのは学院を出てからだ」

「はぁ……仕方ありませんね」

厳格な態度で縁談をこばむ国王と、不満げな表情を隠(かく)さないエルメリーヌ姫、これはいったい何のコントなんですか。

剣を両手で受け取って目線を上げると、国王もエルメリーヌ姫も意味深な笑みを浮かべている。

うにゃぁぁ……怖い、怖い、縁談とか本気で言ってるんじゃないよね。

執事さんに目で促されて元の位置まで戻ったけれど、背中に嫌な汗が滲んでくる。

「続いて『巣立ちの儀』を執り行う」

促された神官が歩み出て、入れ替わるように国王は席へと戻った。

儀式を行うのは、先日よりも若い神官だ。

当日に儀式を行うはずだった大司教は、襲撃で負傷したために来られないそうだ。

ぶっちゃけ姫様たちを守るのが精一杯で、教会の関係者がどうなったとか全く見ていない。

というか、女神ファティマ像の後ろに粉砕の魔法陣が仕掛けられていたり、襲撃犯が教会内部を通って会場まで下りて来たり、内通しているのではないかと少し疑っている。

当然、騎士団の調べが入るだろうけど、ファティマ教はそれこそシュレンドル王国全土に広がっている組織だから明確に敵対すると面倒なことになるだろう。

だからと言って、葬儀での国王の態度からして、手心を加えるとも思えない。

王族と貴族、反貴族派、ファティマ教の三竦みの状況になれば、更に事態は混乱するだろう。

「シュレンドル王国第五王女エルメリーヌ姫殿下、こちらへ……」

「はい」

俺達が『巣立ちの儀』を受けた時には、神官の前に呼び付けられて、見下されるように跪かされたけど、さすがに姫様とあって椅子が用意されている。

落ち着いた様子で腰を下ろしたエルメリーヌ姫に対して、神官は緊張しているらしく大きな宝玉が嵌った杖を持つ手が震えていた。

「め、女神ファティマ様の加護の下、健やかなる時を過ごされ、巣立ちの時を迎えられた姫殿下に祝福を……」

宝玉が白い光を放つと、エルメリーヌ姫の体は眩いばかりの光に包まれた。

「おぉぉ……属性は光！　エルメリーヌ姫殿下、女神ファティマの恩恵をご披露下さい」

「はい……」

立ち上がったエルメリーヌ姫は庭園に向かって歩を進め、不意に立ち止まって振り返った。

「姫殿下、いかがなされましたか？」

『巣立ちの儀』を終えたら庭園に出て魔法を披露する予定になっているのだが、エルメリーヌ姫は神官の声など聞こえていないように、ジッと俺の顔を見詰めた後で戻ってきた。

「姫様……？」

「ニャンゴ様、そのまま動かないで下さい」

「は、はい……」

エルメリーヌ姫は俺の眼帯を外して大きく深呼吸をすると、右手を俺の潰れた左目に添えた。

「女神ファティマ様の名のもとに、光よ癒やせ！」

エルメリーヌ姫の右手の温もりが、体の芯まで染みていく心地良さに思わず右目も閉じた。

暗闇の中に柔らかな光が灯り、閉じたままの瞼を通して左目の網膜を照らした。

「えっ……？」

左目が光を感じていると気付いた瞬間、体に震えが走った。

「ニャンゴ様、目を開けてみて下さい」

エルメリーヌ姫に促されて恐る恐る左目を開けると、ボンヤリとした視界が美しいエルメリーヌ姫の笑顔となり、直後にグシャグシャに歪んだ。溢れてくる涙が止められない。

「見える……左目が見える……」

「良かったです。初めてなので、上手くできるか少し心配でした」

「もう左目は一生駄目だと諦めていたのに……ありがとうございます……」

気が付くと会場は、割れんばかりの拍手に包まれていた。

優れた魔法の資質を持つ王族でも、光属性を得る者は少ない。

その上、初めての治療で失明した目の古傷を癒やしたのだ。

会場の全ての者が、エルメリーヌ姫の活躍に期待し祝福していた。

「姫様、『巣立ちの儀』おめでとうございます。これからのご活躍をお祈り申し上げます」

「ありがとうございます。今日の日を無事に迎えられたのは、ニャンゴ様が守って下さったからです。これから学院で学び、治癒の技術も高めて多くの民を救ってまいります。ですから、いずれ……エルメリーヌ・エルメールにしていただけますよね？」

「えっ……？」

エルメリーヌ姫の顔が近づいて来て、チュッと小さな音を立てた後で離れていった。

にゃ、にゃんて場所で、にゃんてことをしちゃうんですか。

さっきまでの祝福ムードから、一瞬で空気が変わっちゃってるじゃないですか。

は、早く次の人の儀式を進めて下さい。

この後、アイーダ達の『巣立ちの儀』も行われたのだが、さすがに貴族の子供とあって、全員が一般的な子供に比べると遥かに魔力が高かった。

騎士団の魔導士が補助していなければ、怪我人が出ていたかもしれない。

アイーダは小型の太陽でも召喚したのかと思うほどの火球を作り出し、デリックが作り出した水球のせいで危うく室内が水浸しになる所だった。

最初からこんなに魔力が高ければ、魔物の心臓を生で食べようなんて考えないんだろうな。

魔法の披露を終えたデリックは、念願の火属性ではなかったが誇らしげな表情をしていた。


全員の『巣立ちの儀』が終わった後は、そのままの会場で晩餐会となった。

エルメリーヌ姫、アイーダ、デリックと同じテーブルになったのだが、俺は治療をしてもらった左目に意識を奪われていた。

ピカピカに磨き上げられたナイフの刃に顔を映してみると、コボルトの爪に引き裂かれた傷跡は少し残っているものの、金色の右目と青い左目の瞳が並んでいる。

金と青のオッドアイなんて格好良すぎて、思わず口許が緩んでしまう。

「まったく、いくら嬉しいからといって自分の顔を見てニヤニヤしてるんじゃないわよ」

向かいの席に座ったアイーダに窘められても、にやけた口許は締まりそうもない。

「アイーダさん、ニャンゴ様はすでにシュレンドル王国貴族のお一人です。敬意を持って接しなければいけませんよ。私たちも今日からは子供ではないのですから……」

「し、失礼いたしました。エルメリーヌ様」

いやいや、謝るなら姫様でなく俺だろう、けど別に謝ってもらうほどのことではないか。

それに、今日は何を言われようともニヤニヤは止まりそうもない。

納得のいくまで左目を確かめてから、ナイフをテーブルに戻して向かいの席に目を転じた。

視線が合ったデリックが、ニコっと微笑んでから頭を下げた。

「ありがとうございました。エルメール卿がいなかったら私は死んでいたかもしれませんし、水属性だと分かった時に自分に失望していたと思います」

「では今は、満足されていらっしゃるのですか？」

「はい、私はエルメール卿のように工夫を重ねて、水属性でも騎士団長になってみせます」

「水は命の源ですし、火とは違って重さがあります。霧や靄に姿を変え、味方の渇きを癒やし、敵の足元から自由を奪えます。デリック様が、騎士団長になられる日を楽しみにしています」

「はい！」

ほんの数日の短い付き合いだが、デリックは着実に成長しているように見える。

たった数日でも成長して見えるのだ、二年間でオラシオはどれほど成長しているだろうか。

俺が名誉騎士になったと知ったら、どんな顔をするか会うのが楽しみだ。

楽しみといえば、これから始まる晩餐会の料理が楽しみでならない。

イブーロにも美味しい料理を出す店はあるが、さすがに王城の料理と比べるのは酷だろう。

その晩餐会の料理が、いよいよテーブルに配られ始めた。

今回もテーブルマナーは、アイーダの真似をして切り抜けるとしよう。

「な、何を見てるのよ……見ていらっしゃるのですか？」

「い、いえ、別に……」

王城での晩餐会なのだから、俺がボロを出さないで済むように、大人しく見られていなさい。

「アイーダさんと席を変わってもらった方が良かったのかしら……ニャンゴ様は、ちっとも私を見て下さいませんし……」

なんですかエルメリーヌ姫、唇を尖らせて拗ねてみせたりして、可愛いじゃないですか。

でも、ごめんなさい。最初の料理が運ばれてきてしまいました。

「これは……？」

「アミューズでございます」

「ど、どうも……」

アミューズはプチシュークリームのようで、赤いソースが掛けられている。

一緒に細身の足つきのグラスに食前酒が注がれたが、これは口を付けるだけにしておこう。

香りからしてベリー系のソースのようだが……一口サイズなので、アイーダを真似てフォークで刺してパクっと口に入れた。

プチシューの中身はクリームチーズで、濃厚な味わいとベリーの甘酸っぱさが絶妙だ。

「うっ……」

「どうかなされましたか、ニャンゴ様？」

「い、いえ……た、大変美味しゅうござる」

「ござる……？」

エルメリーヌ姫が首を傾げ、アイーダは口許を押さえてプルプルしている。

うみゃうみゃ鳴くのは思い留まったものの、完全に挙動不審だ。

他のテーブルの人にも気付かれていないかと心配になって周りを見回してみると、ホールは想像していたよりも遥かに和やかで賑やかな会話で溢れていた。

アーネスト殿下を偲ぶ会でもあるから、もっとシンミリした感じだと思っていた。

「アーネスト兄上は宴席では賑やかに語らうことを好まれていたので、兄の好む形にしようと父が取り計らっているのです」

「なるほど……」

俺の叙任式での茶番じみた振る舞いも、場の空気を和ませるための国王の作戦だったようだ。

「ですから、ニャンゴ様も遠慮なさらず、うみゃうみゃなさって下さい」

「は、はい……」

考えてみれば散々ケーキをうみゃうみゃしているのだから、今更取り繕っても手遅れだ。

周りも騒々しいし、姫様からも許可が出たので、二品目からは遠慮せずに食べよう。

二品目は、生ハムで細切りにした野菜を巻いた料理だった。

「うみゃ、生ハムうみゃ、野菜シャキシャキで、ほろ苦くてうみゃ、ビネガーのソースがうみゃ！」

しっとり濃厚な生ハムと、ほろ苦い春の野菜のシャキシャキ感、そこにビネガーのソースのサッパリ感が合わさってメチャメチャうみゃい。

夢中でうみゃうみゃして、ふと気付くとホールがシーンと静まり返っている。

恐る恐る周囲を見回すと、周りのテーブルから視線が俺に集中していた。

これ、やっちまいましたか……？

「うーん、とても美味しいですわ。野菜の歯触り（はざわり）が良いですね」

エルメリーヌ姫の一言と共に、止まっていた時間が動き出したかのように周りのテーブルでも感想が語られ始めた。

「おぉ、確かに春の息吹（いぶき）を感じる一品ですな」

「この生ハムも、とても上品な味わいですわ」

「このソースが素晴（すば）らしい、これが全体のバランスを整えているのだ」

なんだよ、みんな美味しいと思うなら、俺など気にせずに食べれば良いのに……。

三品目は、ポタージュスープとパンが出された。

「うみゃ、カボチャとミルクの味わいが濃厚でうみゃ、すんごい滑（なめ）らかでうみゃ！」

また俺がうみゃうみゃすると、ホールが静まり返って、直後に賑やかな語らいが戻ってくる。

これは、やはり少々軽蔑（けいべつ）されているのだろうか。

四品目は大きなエビを縦に割りホワイトソースをかけて焼き上げたグラタンだった。

「うんみゃ！　エビがプリップリでソースのコクと絡（から）みあって、うんみゃ！」

ホールが静かになろうと関係ない、それほどグラタンは絶品だった。

グラタンをうみゃうみゃしていると、デリックが話し掛けてきた。

「あの……エルメール卿、少しお伺（うかが）いしても宜（よろ）しいでしょうか」

「なんでしょう？」

本当はグラタンに集中したいから駄目だけど、ちょっとなら許してしんぜよう。

「エルメール卿ほどの方が、どうして左目を負傷されたのですか？」

「あの負傷は、身の程を知らずに無茶をやった報いでした……」

晩餐会の席に相応しいか分からなかったが、ミゲル達を助けるためにコボルトの群れに特攻を仕掛け、左目を失った時の話をした。

「おぉ、さすがはエルメール卿、あなたは素晴らしい勇気の持ち主だ」

「いいえ、師匠のゼオルさんが駆け付けてくれていなかったら、コボルト達に食われていたでしょうし、たくさんの人達に心配をかけてしまいました」

村長の家で目を覚ました後、お袋とカリサ婆ちゃんに泣きながら怒られたことを思い出した。

あの日、大切な人を悲しませないためにも無茶はしないと心に誓ったけれど、その後もゾゾンに背中を切られたり、ワイバーンの爪で足を貫かれたり、危ない場面があった。

それでも、無我夢中で頑張ってきたからこそ名誉騎士として認められ、エルメリーヌ姫に左目を治してもらえたのだ。

「あぁ、アツーカ村に帰りたいにゃ」

「ニャンゴ様、そんなに王都はお嫌いですか？」

思わず呟いた一言をエルメリーヌ姫に聞かれて、悲しげな表情をされてしまった。

「いえ、そういう訳ではなくて、この誇らしい騎士の姿と綺麗に治った左目をお世話になった人達に見てもらいたいと思ったんです」

「ニャンゴ様の大切な方々なのですね」

「はい、とっても大切な人達です」

この後もホールの注目を一身に集めながらも、デザートまでうみゃうみゃさせてもらった。

晩餐会が終わったあとは、ホールを変えて舞踏会(ぶとうかい)となった。

ダンスは、ゆったりとした曲調の社交ダンスだが、参加している貴族に小柄(こがら)な人種は見当たらないので、俺ではどうやっても体格が合わない。

エアウォークを使えば目線の高さは合わせられなくもないが、大人しく壁際(かべぎわ)で置き物になっていようと思っていたのだが……。

「エルメール卿、一曲踊(おど)っていただけますか？」

「姫様……」

通常、ダンスは男性から誘(さそ)って、踊るか否(いな)かは女性が決めると聞いている。

そんな慣例を破ってまで、王族であるエルメリーヌ姫に誘われたら断る訳にはいかない。

エアウォークで姫様と目線を合わせる高さまで上がった所で、良いアイディアが浮かんだ。

「姫様、俺は浮いてますから、踊っているように振り回してもらえますか？」

「あら、ダンスは男性がリードするものですよ」

「そんな無茶な……」

「仕方ありませんね。今夜だけですよ」

「みゃみゃっ！」

あまり密着するのは不味(まず)いと思って、控えめなポジションを取ろうと思ったのに、エルメリーヌ姫にグイっと引き寄せられてしまった。

密着どころか、発育の良い胸の谷間に埋まってしまいそうだ。

「ひ、姫様、もう少し離れたほうが……」

「あら、ダンスはしっかりと体と呼吸を合わせるものですよ」

音楽が流れ始め、エルメリーヌ姫はゆったりとステップを踏み、華麗にターンをしてみせる。

目線がブレたり傾いたりしないのは、姫様のダンスが上手い証拠だろう。

きらびやかなシャンデリアが飾られたホールで、着飾った男女がクルクルと回る様子を見ていると、遊園地のメリーゴーラウンドに乗っているようで気分が踊りだす。

ガチガチだった緊張が解けてくると、ふわりと良い香りがするのに気付いた。

「ヒューレィの香り……」

「はい、今夜はヒューレィの香水をつけています」

ニッコリと微笑んだエルメリーヌ姫は、ヒューレィの花よりも可憐に見えた。

「ヒューレィの花よりも、姫様の方がお綺麗ですよ」

「エルメール卿……他の女性にも仰ってるのですか？」

「う、うんにゃぁ、姫様が初めてです」

「では、私だけにしていただけますか？」

「分かりました」

「約束ですよ」

「うにゃぁ、姫様、目が回るぅぅぅ……」

エルメリーヌ姫と踊り終えると、今度はアイーダに申し込まれてしまった。

さては、これまでの恨みをまとめて晴らそうという魂胆かと思いきや、純粋なお誘いだった。

俺に手合わせを申し込んできたくらいだから武術の心得があるのだろう、滑らかなステップで踊るアイーダのダンスはかなり上手い。

「アイーダ様、お上手ですね」

「いいえ、いつもは相手を振り回してしまうので上手く踊れないのですが、エルメール卿ならば心置きなく踊れますわ」

なるほど、振り回すにはこれ以上ない相手という訳か。

アイーダと踊り終わった後も『巣立ちの儀』の会場で助けた令嬢などから申し込まれ、次々にパートナーというか一人ダンスの付属品を務めた。

きらびやかに着飾った人達に交じって、クルクルと踊っていると、ジワジワと自分が貴族の一員になったという実感が湧いてきた。

子爵様を護衛してラガート領に戻ったら、アツーカ村に里帰りしよう。

カリサ婆ちゃんに、騎士になった姿を、姫様に治してもらった左目を見てもらうんだ。

晴れ姿を披露する日を思いつつ、夜が更けるまでダンスを楽しんだ。

あとがき

大変長らくお待たせいたしました！

ようやく黒猫ニャンゴの冒険、第四巻をお届けできることになりました。

お買い上げいただいた皆様、本当にありがとうございます。

今回のニャンゴはワイバーン討伐の功績や魔法の腕前が認められ、新王都へ向かうラガート子爵の一行に護衛として加わります。

新王都までの道中や巣立ちの儀の会場での大活躍、猫人の地位向上やアツーカ村の発展を望む気持ちと厳しい現実への葛藤など、お楽しみいただけましたでしょうか。

そして表紙を御覧いただいてお気付きの通り、ニャンゴの左目が復活いたします。

片目のニャンゴも格好いいですが、オッドアイになって中二病感マシマシです。

今回も素敵なイラストを描いていただいた四志丸先生、ありがとうございました。

編集、校正、印刷、装丁、ニャンゴの出版に関わっていただいた皆様、ありがとうございます。

コミカライズを担当していただいている佐藤夕子先生、ありがとうございます。

コミック単行本も発売となっておりますので、こちらも応援していただければ幸いです。

今回、ページ数の関係でオラシオとの再会までは辿り着けませんでしたが、カリサ婆ちゃんに騎士服姿をお披露目するシーンを含めて、次巻で書ければなぁ……と思っております。

篠浦　知螺

DRAGON NOVELS
ドラゴンノベルス

黒猫ニャンゴの冒険4

レア属性を引き当てたので、気ままな冒険者を目指します

2023年11月5日　初版発行

著　　者　篠浦知螺（しのうらちら）

発行者　山下直久

発　　行　株式会社 KADOKAWA
〒102-8177　東京都千代田区富士見2-13-3
電話 0570-002-301（ナビダイヤル）

編　　集　ゲーム・企画書籍編集部

装　　丁　AFTERGLOW

D T P　株式会社スタジオ205 プラス

印刷所　大日本印刷株式会社

製本所　大日本印刷株式会社

DRAGON NOVELS ロゴデザイン　久留一郎デザイン室＋YAZIRI

●お問い合わせ
https://www.kadokawa.co.jp/（「お問い合わせ」へお進みください）
※内容によっては、お答えできない場合があります。
※サポートは日本国内のみとさせていただきます。
※ Japanese text only

定価（または価格）はカバーに表示してあります。

ISBN978-4-04-075190-0　C0093